中國古典文學基本叢書

王惲全集彙校

第七册

〔元〕王　惲　著
楊亮　鍾彦飛　點校

中　華　書　局

王惲全集彙校卷第六十二

文

詛蠹魚文 并序

王子曝書于庭，風動帙開，有蠹十數輩倘佯其間①，取書視之，甚有噛壞者。遂爲文以詛之，亦且攄予懷之梗概云。其辭曰：

嗟上蒼之生物兮②，曾巨細之不遺③。隨一物而一名兮，乃各有其所施④。龍驤首而霧集兮⑤，鷙搏擊而翰飛⑥。蝪緣隙而射蝎兮，蚓含凄而應時。蟻結陣而雨妥兮⑦，蛛縈絲而喜隨⑧。至於蛇虺毒而虎豹猛兮，網繩搦刃，人得驅而遠之。彼蠹魚之何爲兮？當去之而不疑⑨。我固拙而未貧兮，尚其書之滿家。規姚姒而法周孔兮⑩，浩波瀾之無涯。念披讀而有次兮，譬草木之品差。歲翻閱而莫周兮⑪，蠹乘隙而遺櫱芽⑫。感餘浥而化育兮，何族類之紛拏。正如深山大澤人迹所不至兮，足魍魎而生龍蛇⑬。爾名爲魚，厥號曰蠹。無鱗鬐以自衛，不潛淵而躍渚。披景慕之虚名，蘊蠶食之邪慮。天壤之間充汝腹者多矣，尋茫茫之墜緒。幸不爲人之害兮，唯簡編之見惡。信黄卷之有味，汝得幽潛而饜飫。黯輕碧之微軀兮，曳白鬚而容與。曾賢愚之無間兮，輒遇之而必妬。誰謂汝無牙兮，何以穿予之竹素？紛篆籀之紆屈兮，致篇章之脱誤。欲散帙而撲滅兮⑭，念忌器之善喻。芼春薺之纖葉兮⑮，雜芸芳而細注。恐物感之有驗兮，庶噍類之一去。曾少力之不獲兮，愈滋蕃而無數。汝豈學道之人兮，咀糟粕而未悟。將生死於文字之間兮，凝精思於朝暮。不然秦李斯之徒兮，師《六經》而依據。一旦燔之而叛道兮，俾黔首而聾瞽。流餘孽而見化兮，終宇宙而惡著。聖防謹其萌芽兮，堅冰凝於霜履。苟不處而不區兮⑯，恐齧缺而無餘也。

布我牀榻，汎我庭宇。亂牙籤於風中，趁秋陽之烈馭。既不能仝湯鼠之磔裂兮，以炎暉而爲治具⑰。藉流爍之熾焰兮，書難爲之一抒。熠魄類而莫逃兮，遞糜竭於諸部。失餘浥之所在兮，斂炎光於書户。齊潔竹書之簡，森列周宣之鼓。固我扃鐍，若有神護。喜卷舒而無恙，殆遺亡而見補。既收書而入室，遂慨然而懷古。彼微蟲之蠹書，尚爲害而斯巨。吁姦邪之在朝，妬忠直於時主，其擯斥危亡之禍將何如哉？

嗚呼噫嘻！我得之矣：嚚嚚管蔡，爲周公之蠹兮，幾謗成於王所；睊睊子西，爲宣父之蠹兮，化不霑於荆楚；臧倉媒孽，爲子輿之蠹兮，道不行於東魯；上官娼嫉，爲屈平之蠹兮，賦《懷沙》於汨浦；匹夫絳灌，爲賈生之蠹兮，老長沙之一傅；孫弘變詐，爲仲舒之蠹兮，策不施於漢武；恭顯讒慝，爲蕭傅之蠹兮，致炎運之中阻；封論小人，爲鄭公之蠹兮，太宗幾以刑而爲務；盧杞姦邪，爲真卿之蠹兮，卒糜軀於賊虎⑱；逢吉陰險，爲裴度之蠹兮，播緋衣之訕語。蠹兮去之而不可疑兮，尚拔山之固兮。況任遇寵信，返爲忠直之輔兮。奮筆成文，吾爲此而懼兮！

【校】

①「十數」，抄本、四庫本同元刊明補本；薈要本作「數十」。

②「嗟」，抄本、四庫本同元刊明補本；薈要本作「嗟彼」。

③「巨細」，抄本、四庫本同元刊明補本；薈要本作「巨靈蠢細」。

④「乃」，抄本、四庫本同元刊明補本；薈要本作「莫不」。

⑤「龍」，抄本、四庫本同元刊明補本；薈要本作「神龍」。

⑥「鷙」，抄本、四庫本同元刊明補本；薈要本作「鷙鳥」。

⑦「蟻」，抄本、四庫本同元刊明補本；薈要本作「玄蟻」。
⑧「蛛」，抄本、四庫本同元刊明補本；薈要本作「蜘蛛」。
⑨「當」，抄本、四庫本同元刊明補本；薈要本作「自當」。
⑩「規」，抄本、四庫本同元刊明補本；薈要本作「上規」。
⑪「莫周」，抄本、四庫本同元刊明補本；薈要本作「猝莫週」。
⑫「蠹」，抄本、四庫本同元刊明補本；薈要本作「蠹魚」。「櫱」，抄本、薈要本同元刊明補本；四庫本作「孽」，亦可通。
⑬「魎」，元刊明補本、抄本作「魎」，形似而訛；據薈要本、四庫本改。
⑭「欲」，抄本同元刊明補本；薈要本、四庫本作「啓」，形似而誤。
⑮「芼」，抄本同元刊明補本；薈要本作「采」，亦可通；四庫本作「採」，亦可通。
⑯「區」，抄本、薈要本同元刊明補本；四庫本作「驅」，亦通。
⑰「具」，抄本同元刊明補本；薈要本、四庫本作「其」，形似而誤。
⑱「糜」，抄本、四庫本同元刊明補本；薈要本作「縻」，亦可通。「賊」，抄本、薈要本同元刊明補本；四庫本作「賦」，形似而誤。

祭諸葛丞相乞靈文

維大元至元八年歲次辛未九月壬戌朔某日，承事郎、前監察御史、衛人王某，敢昭告于漢大丞相忠武侯諸葛公之靈：

嗚呼！事有曠百世而相感者，以道義故也。維公挺天人之資，奮雲雷而起，黜功利之邪説，明剛健之正體。攘伏羣陰，嗣興漢紀。兩立偏安，幽燭厥理。茲少康克復之本心，何戰國縱横之可擬？由是而觀，公之志何意於鼎足而峙也？至於開誠心，布公道，從權制，示儀軌，牧民訓兵，賞善黜戾，以君臣大義而言，乃忠武開濟之餘事也。宜魏人畏之而如虎①，走狐狸而號魍魅②，偃回旆之威靈，嘆奇材於壁壘。故三代而下，巍然王者之佐，惟公一人而已。繄一介之凡庸，何清光之敢企③！

然揚洪蜀郡之功曹，楊顒莫府之屬吏，蹔一言而表擢，感忠規而隕涕。又如李平、廖立，以過見廢，俾之怨艾，固匪遐棄。及夫蜀婦既髽，痛吾已矣，恨終左衽，發憤而斃。是又見公不屑與新之教，采葑采菲之意，無以下體而爲累也。若惲也，質朽才疏，有志未遂，年迫知命，動昧操履，蹣跚仕途，幾年于此。八月行臺，僅免官謗；三年御史，莫吐其氣。今則俟大治之甄陶，聽鼠肝而蟲臂，雖耿耿以自信，復何爲而何逝？恐生無益於人，死罔聞於世也。用是中夜慨歎，不遑寤寐，乞靈祠下，陳辭而跽④。我公在天，日星昭緯，容光必照，奚間彼此？思蛻濯其塵穢，扣囊底之餘智，覬增益其不能，爲砭針其頑鄙⑤。付清明於眇躬，極臣子之所上⑥。有來厥脩，神所惠祉。庶免夫年與時馳，意從歲易；悲嘆窮廬，遂成枯萎。區區之懷⑦，竟無及於追悔也。尚享！

【校】

①「如虎」，元刊明補本、抄本作「虎如」，倒；據薈要本、四庫本改。

②「魅」，抄本、四庫本同元刊明補本；薈要本作「魆」，亦可通。

③「敢」，抄本、四庫本同元刊明補本；薈要本作「可」。

④「辭」，抄本同元刊明補本；薈要本作「絲」，非；四庫本作「詞」。

⑤「針」，元刊明補本、抄本作「訂」，非；據薈要本、四庫本改。

⑥「上」，抄本同元刊明補本；薈要本、四庫本作「止」。

⑦「區區」，抄本同元刊明補本；薈要本、四庫本作「逼逼」，亦通。

爲虎害移澤州山靈文

大元國至元十二年九月日，承直郎、平陽路總管府判官王惲，近被藩府檄，伐石東鄙，有以虎害言者，謹移文以告：

澤爲州①，當太行心腹間，傍雖長林巨壑，獸蹄所交，窟宅所在。然鳥獸陰類，神寔主司，陰禦默捍，限隔常處，制其暴厲，使無犯越以爲人害，此神之職，守吏之責也。今不湜之獸悍然不安其所安，食其所不當食，怖農耕，梗行路，啖民畜，膏肥厥身，以孳乳其遺類，亂區制之常經，忽太府之命吏②，是將與吏民雜處此土。方今聖賢在上，世道清夷，政令簡肅，年穀登，盜賊弭，守吏者承流宣化，牧養斯民爲任，坐視若此，安能俛首降心、偷安朝夕、容此物横？重念民之於國，備犧牲粢盛，供天地百神之祀；出兵賦芻餉，佐軍旅征伐之用。重繁若此，幽明兩間，敢不敬忌以顧恤邦本？且民又未嘗輒犯於彼，彼胡爲而然哉③！若曰妖孽之來，蓋有由然，秪吏之不德，政有不善，自有任其責者，奈何禍延平民，使居者、行者惴惴焉懷旦夕不安之恐，一至於此哉？即欲窮幽致討，勦絶而後已，逮禽獮草薙等耳④。然神不於其告，輒從事於彼，是守吏不有其神，此文告所以先也。維神聰明正直，念守吏克虔之告，思職分當然之理，赫靈威，迅符牒，搜索兇渠，斃諸原野，餘則鞭笞驅逐，遠放林壑，限以常處，永絕斯害，使一方安靖，遂田里有生之樂。雖神之職也，寔神之惠也。惟明靈其圖之。

【校】

①「州」，元刊明補本作「用」，據抄本、薈要本、四庫本改。

②「太」，抄本同元刊明補本；薈要本、四庫本作「天」。

③「胡」，抄本、四庫本同元刊明補本；薈要本作「何」，亦可通。

④「逮」，抄本、薈要本同元刊明補本；四庫本作「殆」。

瘞畜犬文 有銘

犬之於人有功矣，晝則守禦，夜則警盜。其健則能搏物①，猛則能取威，窮則不遺其主，靈則不失其家，玆犬德之大率也。予有畜犬曰蒼頭，髯猇被體②，耽耽然有獅猛之姿，誠獹犯之上品也。其爲德則不貪饞，不䑛穢，不虛吠，不狂遊，寢有常處，履擇其地。

投之物，非嗾之不敢齧；叱之退，非招之不敢前。至於親屬賓客一及於門牆者，聆其聲亦能識其人。指揮馴狎，咸會人意，可謂有人性而無狸德矣。

嗚呼！物之生，稚而壯，壯而老，老而病，病而死，順常理也，主人何憾焉？且計其歸于我以至於死，蓋十有一年于兹，其服勤守禦，功亦多矣。主人惻然而興，命童子具畚鍤，裹以寢簀，枕用玄石，瘞於古堞之下，亦弊蓋不弃，毋使首陷之義也。《記》曰：「捕田鼠者祀之。」矧犬有功於人也昭昭矣？故繫之銘。其辭曰：

嗟嗟奇狵，獶犯之種。曰守曰禦，或静或動。靡失其常，風鳴意聳。卧護我家，取威于衆。相非狸德，爾馴且勇。唯有稱德，與良馬共。生也服勤，死當禮送。弊蓋之義，敢不是奉？

【校】

①「其」，元刊明補本作「某」，形似而誤；據弘治本、薈要本、四庫本改。

②「狵」，弘治本、四庫本同元刊明補本；薈要本作「猇」。

諭平陽路官吏文

爲判官初任時作時九年五月也

契勘國家張官置吏，本以爲民，且縣而州，州而府，吏而官，官而長，雖上下分殊，大小職異，以承宣而言，寔爲一體。

至若親臨民事，周知下情，如賦税、課程、婚姻、良賤、債負、田宅、刑名等事，推明根源，分别曲直，兩盡物情，一歸于正，爲莫若州縣耳。故諺有之「既爲民父母，當作子孫看。」此言雖微，可以喻大。恐不當憚其煩勞，一委於吏，致開塞倖門，情生詐起，附會科條，高下其手，富强恃勢者理本曲而返伸，貧弱寃抑者情久鬱而罔訴，事體既乖，勢成稽滯。及愬者有辭，莫可推延，仍作疑似，上之于州。州司設有窺避事情①，捨難趨易，艱於勞心者止憑縣解，略不詳審，輒上於府者有之；易而有謂者一委胥吏，聽其飾説，亂行剖決者有之；謂如按驗未完，辭情稍備，或明具條章，不行定擬，冒亂上陳，倖其萬一者有之。又念徇情同列者，視違錯而不言；既滿望代者，以患失而爲慮。至於辭不清明而曰「民嚚於訟」，身不力行而曰「事擁于下②」，以職以分，何不思之深也！總府固當持大綱，略苛細，不宜求痕洗垢，以察爲明。然念軍國之利害，刑罰之枉濫，脱或差誤，而總府亦不敢止守大綱。究其所以，自有任其責者矣。至若總司行有不逮，虧一道之紀綱，亦何以逃朝廷共理之責乎？又念郎官上應列宿，苟非其人，百里受害，静言思之，可不畏歟？稔聞公等類皆明直，恪勤官政，小則寄百里之命，大則近連率之職，天官天禄，實荷恩榮。獨有履正奉公，竭盡心力，以功名圖報，上可以答國家委寄之恩，下可以塞爲民父母之望。

噫！社稷人民，莫非王事，視如私家，無不修理，推廣此意，又何俟告辭之丁寧，公移之督責也？自今以往計，能强其所當行，勉其所未盡，以一體爲心，共理爲務，遠懲積習，作新斯民，使一道元元霑被王澤而遂有生之樂，寔公等之力，總府敢叨其功乎？所以集衆思、廣忠益者③，惟期王事有成，則總府亦庶乎其寡過矣。

【校】

①「窺」，抄本、薈要本同元刊明補本；四庫本作「規」，亦可通。

②「擁」，抄本、薈要本同元刊明補本；四庫本作「壅」，亦可通。

③「忠」，抄本同元刊明補本；薈要本、四庫本作「衆」，涉上而聲誤。

敦諭百姓文

汝等性秉五常，智周品物，聞善必遷，知過速改，此汝固有之理①，恒久保身之道也。方今明教化，勸農桑，彰善癉惡爲務，庶爾有衆，比屋安然，遂有生之樂，此明天子之意也。

平陽，陶唐故都，詩書遺俗，世不乏德。比者自遠思之，化陵夷衰晉之風，尚氣亢强，頗乖正理，致使訟牒囂繁，動經歲月，較其所争，至甚微眇，親舊變爲仇讎，畎畝棄而荒穢，事端既起，歲計一空。亟當戒者，乘氣窒塞，不度輕重，果於自殘，禍延後人。嗚呼！一忿輕生，乃至於此，非愚而何？况朝廷委付守臣之責，非特有司常務而已②，正以承流宣化、美厚風俗、安靖一方爲重。兄兄弟弟，夫夫婦婦，恩義至篤也，不可因細故而致争；比鄰共里，連鄉並黨，緩急相恤也，不可以小忿而興謗。蓋好鬥者，喪身之原；健訟者，破家之本。興言及此，我心悲傷，汝也何心忍於爲此？

常念禮讓者，安順和睦之方；孝悌者，福澤富厚之本。一日自新，終身樂地，能爾，何止公庭致束杖之清，田里獲共安之樂，將見祖先神靈安於上，子孫德澤流於下，比屋雍熙，永爲善俗，豈不快哉！豈不樂哉！據教諭社長、耆舊人等，請以此意敦諭中外，使咸知勸戒，毋重其改作也。其有不待教率，自來孝悌勤儉，力田而省事，循理而畏法者，申明上司，別加顯異。若兇頑如前，恬不知省，上違總府之訓辭③，下悖父兄之忠告，是亂常敗俗之人，國有常刑，悔將何及？至於有司非横以侵牟，豪强兼并而爲事，科差不均，力役偏重，縱而不問，以致失宜，使汝下情鬱抑，控告無所，是總司撫字無方，得罪於汝，將何以息閭里愁嘆之聲，迸朝廷共理之責乎④？汝等其詳思毋忽！

【校】

①「汝」，元刊明補本、抄本闕，據薈要本、四庫本補。

②「務」，抄本同元刊明補本；薈要本、四庫本作「常」，涉上而誤。

③「總」，抄本、四庫本同元刊明補本；薈要本作「守」，非。

④「迸」，抄本同元刊明補本；薈要本、四庫本脱。

勸農文

切惟民生之本在農，農之本在田；衣之本在蠶，蠶之本在桑；耕犂耙種之本在牛①，耘鋤收穫之本在人；人之本在勤，勤之本在於盡地利。人事之勤，地利之盡，一本於官吏之勸課。夫田功既盡，縱罹水旱，尚有所得，仰事俯畜，迺克匡生②；稽事不勤，雖植農桑③，終無所穫④，賦税飢寒將何以濟？由是而觀，克勤者身之寶，自惰者家之殃，此勸課所云急也。

提刑按察司欽奉聖旨，所至勸課農桑，使職近緣巡歷，考照簿書。其耕播栽植之事，勤惰勸率之方，大抵虚文，多失實效，勸農之官，長民之吏，安得不任其責？況今春首，農事方作，巡行勸勉，適在兹時。仰所在有司照依已降條畫，徧歷鄉村，奉宣聖天子德意，敦諭社長、耆老人等，隨事推行，因利而利，察其勤惰而懲勸之。所有事條，開列如後：

一、如田多荒蕪者，立限墾劚，以廣種蒔。其有年深瘠薄者，教之上糞⑤，使土肉肥厚以助生氣，自然根本壯實，雖遇水旱，終有收成。若無閒田，此最良法。

一、穀麥美種，苟不成熟，不如稊稗。切須勤鋤功到，去草培根，豈不聞「鋤頭有雨，可耐旱乾」？結穗既繁，米粒又復精壯，此必然理也⑥。

一、一麥可敵三秋⑦，尤當致力以盡地宜。如夏翻之田勝於秋耕，概䎱之方⑧，數多爲上。既是土壤深熟，自然苗實結秀，比之功少者收穫自倍。

一、所在水利常令修葺，毋得因循廢棄。倘遇旱乾，獨沾豐潤⑨，是地利偏惠一方，人力可不加謹？又兼此係朝廷最重之事，切當用意，仰體至懷。

一、桑麻之務，衣服所資，切須多方栽種⑩，趁時科薅，自然氣脈全盛，葉厚稭長，飼蠶績縷，皆得其用。又栽桑之法，務要坑坎深闊，蓋桑根柔弱，不能入堅，又不宜拳曲難舒。根既易行，三年之後即可採摘⑪。

一、蠶利最博，養育寔難，如浴連生蟻，初飼成眠，以至上簇，必須遵依《蠶書》，一切如法，可收倍利。嘗聞山東農家因之致富者皆自絲蠶，旬月之勞，可不勉勵？

一、耕犂之功全藉牛畜，須管多存芻豆，牧飼得所，不致羸弱，以盡耕作。其或引重服勞，使長有餘力。若有羸老不堪者，切須戒殺，勿擅行屠宰⑫。

一、雞豚鵝鴨之屬，菜果瓠芋之類，皆可養人，務須繁畜廣種⑬，用之接闕⑭，不爲無補，故古人有言「菜不熟曰饉」，豈爲細事？

一、時至物成，罷亞壟畝，更加併力收斂，以防風雨損壞，有失歲計，不惟盡廢前功，一飯到口，自行暴棄，良爲可惜。

一、古人蓄積最爲急務。故國無九年之蓄，國非其國也。如平陽、太原兩路例有蓄積，往往山下饑荒，鮮聞山上失所。近日官設義倉，正爲此也。蓄積之事，其可後哉！

一、織紝紡績，責在女工，可諭家長，戒其慵惰，嚴立程限，造成端疋，以備粧着。蓋非鳥獸，必須温煖，可禦冬寒，若無衣褐，何以終歲？

一、或有頑不率教，惰農自安，背本趨末，敗壞淳風，朋游羣飲稱曰事情，釀酒屠牲指爲口願，田務方集，躭樂城市；其或別生事端，遭值官司，父兄親戚理須營救，豈止破壞家産，田産轉成荒廢。此等切當禁治，毋得輕犯。

一、有孝悌力田爲衆表率，汝等舉明到官，優加寬卹。如有浮泛雜役可除者，即爲蠲免，以勸餘人。

據已上事條，仰社長、耆老人等各於當社時時開陳，隨事推行，因利而利，察其勤惰而勸懲之，不致因循苟且，徒文具而已，庶可以仰副朝廷愛養元元、務農重穀之本意也⑮。除已暗行體察不如教者，須議省諭各令通知。

勸農詩

總勸

分司勸課不辭頻，汝但聞言日克勤。倘使有名無實效，到頭俱是具虛文。

糞田

年深蒔種薄田疇，糞壤頻加自昔留⑯。田果糞餘根本壯，縱遭水旱亦豐收。

種桑

年年勸汝盛栽桑，相度田園土脈良⑰。屬汝一根如法種，明年要見百根長。

勤鋤

鋤頭有雨潤非常，此是田家耐旱方。果使鋤頭功績到⑱，結多得米更精良。

水利

細思水利最無窮，普例災傷獨歉豐⑲。倘有可興須舉似，已成毋得廢前功。

女工

田家門内事紛拏，最緊蠶繅與績麻。主戒婢奴姑勸婦，趁時作活可成家。

訟田

近年田産貴於金，明見無憑恃力争⑳。縱使一時官借向㉑，就中不直有神明㉒。

結親

成婚作贅結歡情，往往年深致怨争。省訟有方渠記取，始須書契兩分明㉓。

讀書

孝慈和順革嚚愚，説似兒孫自讀書。縱不盡爲官宦去，省心解事亦良圖。

省訟

典田賣舍屬曹司，何似無争省狀詞。唆汝致争元是賊，勸令和忍是良師。

畏法

禁網寬疏固不苛，慎毋輕犯被拘羅。更思有理無錢語，試估家資有幾何。

屠宰

上司禁汝莫屠牛，間有人來告事由。豈止到官刑罪慘，怨讎相結幾時休？

鬥毆

農家蠶務與耕田，除卻耕蠶半是閑。利害不多休致鬥，壞錢當罪片時間。

教唆

教唆冤報似循環，比及兒孫已被愆。若欲人生求利達㉔，正須良善養心田。

盜賊

一毫非有莫萌心，竊物穿窬罪不輕。重是杖徒微刺記，枉因纖芥壞平生。

飲博

常思羣飲與攤錢㉕，此事尤須預禁闌。酗至輕生輸至盡㉖，恁時雖悔恐應難。

安分

貧須藉富富憐貧，安分懲貪德自新。積取餱糧防儉歲，慎無相率去祈神。

天報

四民唯汝最純風，天憫辛勤報已豐。試看仕途青紫客，大官多半是莊農。

終勸

分司勸汝事多忱，今歲詩篇意更深。切把此詩長記誦，來年比勸預關心。

又

文告裁成二十詩，篇篇皆出老農辭。汝歸相勸行毋怠，便是分司樂不貲。

【校】

①「耙」，元刊明補本、抄本、薈要本作「把」，據四庫本改。

②「畜」，抄本、薈要本同元刊明補本；四庫本作「育」，亦可通。

③「植農桑」，元刊明補本、抄本、四庫本作「值農穰」，據薈要本改。

④「穫」，抄本、四庫本同元刊明補本；薈要本作「穰」，涉上而形誤。

⑤「上」，弘治本、四庫本同元刊明補本；薈要本作「土」，形似而誤。

⑥「理」，弘治本同元刊明補本；薈要本、四庫本作「之理」。

⑦「一」，弘治本同元刊明補本；薈要本、四庫本作「二」。

⑧「概耀」，元刊明補本、弘治本作「概櫂」，非；薈要本作「溉櫂」，形誤；四庫本作「犂耙」；徑改。按：「櫂」，本當作「糶」，涉上字從「木」而偏旁類化；作「糴」，「櫂」之形誤。後依此不悉出校記。

⑨「沽」，元刊明補本作「沾」，形似而誤；據弘治本、薈要本、四庫本改。

⑩「切須」，弘治本、四庫本同元刊明補本；薈要本脱。
⑪「即」，弘治本、四庫本同元刊明補本；薈要本作「便」，亦通。
⑫「勿」，元刊明補本、弘治本作「心」，據薈要本、四庫本改。
⑬「須繁」，元刊明補本、弘治本闕；據薈要本、四庫本補。
⑭「接闕」，弘治本作「接聞」；薈要本作「朝夕」；四庫本作「接間」。
⑮「仰」，弘治本、薈要本同元刊明補本；四庫本作「作」，妄改。
⑯「頻」，弘治本、四庫本同元刊明補本；薈要本作「時」。
⑰「良」，弘治本同元刊明補本；薈要本、四庫本作「長」，涉下而形誤。
⑱「頭」，元刊明補本、弘治本作「跑」，據薈要本、四庫本改。
⑲「例」，弘治本、四庫本同元刊明補本；薈要本作「利」，涉上而聲誤。
⑳「恃」，弘治本、四庫本同元刊明補本；薈要本作「持」，形似而誤。
㉑「借」，弘治本同元刊明補本；薈要本、四庫本作「錯」。
㉒「直」，弘治本、四庫本同元刊明補本；薈要本作「値」，聲近而誤。
㉓「始」，弘治本、四庫本同元刊明補本，薈要本作「姑」，形似而誤。
㉔「達」，弘治本同元刊明補本；薈要本、四庫本作「遠」，形似而誤。

㉕「攤」，薈要本、四庫本同元刊明補本；弘治本作「難」，半脫。

㉖「至」，弘治本同元刊明補本；薈要本、四庫本作「到」。

祭文

先祖妣韓氏祭文

中統元年庚辰秋九月丙寅朔十有一日丙子，男孫某等謹以清酌庶羞，遣奠于祖妣韓氏之靈：

緊韓氏先，昌黎之裔。枝分派析，散處於衛。衣冠煌煌，文經武緯。越宋有光，司空之貴。惲觀其譜①，本支十世。猗嗟祖妣②，實出其系。薰沐膏腴，生大盛世。德婉柔嘉，主夫中饋。貞祐初元，金兵四潰。萬室一存，危若旒綴。時維祖妣，歸于王氏。內助我祖，畢力家事。遂濟坤柔，外扶貞義。我堂復構，我祀復繼。內治雖嚴，舒而脫脫。我祖先歸，我考時稚。勤苦流寓，柏舟自誓。鞠養提攜，遂成偉器。名甲京師，一日騰沸。抱飴諸孫，免夫火水。至克負薪，其恩非細。欲報之德，昊天罔既。八十之春，不爲早世。顧孫不孝③，榮養殊替。有銜不祛，涕泗面被。庚申之秋，應辟東魯。力辟幕官④，唯曹是主⑤。慮其不淑，庶獲奔赴，罔遂所求，心不遑處。后土皇天，實聞斯語。旬日之間，事易其故。天誘愚衷，駕言西騖。拜省庭闈，病爲少愈。九月初吉，星河尚曙。有物告終，聲裂軒户⑥。奄奄在牀，彌留不去。日薄西山，矯首云暮。風樹之悲，有淚如注。盤盤新阡，實惟高原。安之妥之，一遵訓言。傳家之範，敬奉周旋。左配我祖，何千萬年。嗚呼尚享！

【校】

①「惲」，弘治本同元刊明補本；薈要本、四庫本作「殫」，非。

②「猗」，薈要本、四庫本同元刊明補本；弘治本作「尚」。

③「孫」，元刊明補本、弘治本脱；薈要本作「余」，非；據四庫本補。按：祭祀先祖，或謙稱己名（若惲），或語己之輩分（孫），稱「余」則不敬矣。

④「力」，弘治本同元刊明補本；薈要本、四庫本作「募」，涉下而誤。

⑤「曹」，弘治本同元刊明補本；薈要本、四庫本作「曾」，形似而誤。

⑥「裂」，弘治本同元刊明補本；薈要本、四庫本作「動」。

廣平郡夫人完顔氏祭文

徒單學士母①

懿懿夫人，金源之裔。分派天潢，坤柔所萃。式承陰教，婉其令容。作配德門，被之僮僮。蘋蘩主饋，化成肅雍。孟母之訓②，伯姬之恭。是嬪是則，以號以封。立人之道，莫嗣續大。子挺儒宗，種德孔邁。令伯陳情，不仕而恝。菽水盡歡，心乎日愛。素髪垂領，班衣在身。問安視膳，眷然晨昏。野服瀟然，林下之秀。蘭玉盈庭，歲時上壽。日薄西山，其明則東。曾是微恙，而不及躬。起居燕樂，洩洩融融③。彼高明家，具慶則那。若母若子，爲壽如何？親不知憂，孝養終天。享此全福，幾人則然？懿懿夫人，足慰下泉。膴膴周原，瞻氣葱蘢④。居河之漘，有儼新宫。楄柎無憾⑤，哀以送終。懿懿夫人，爲婦盡道，爲母有儀。彤管有煒，千古是徽。尚饗！

【校】

①「徒單學士母」，弘治本同元刊明補本；薈要本作「徒單學毒」，非；四庫本脱。按：作「毒」者，蓋「士」、「母」誤合爲一字，再改「士」爲「圭」。

②「盂」，薈要本、四庫本同元刊明補本；弘治本作「血」，半脱且形誤。
③「洩洩」，元刊明補本、弘治本、薈要本作「曳曳」，俗用；據四庫本改。
④「蘢」，元刊明補本、弘治本作「曨」，聲近而誤；薈要本作「朧」，形似而誤；據四庫本改。
⑤「楄柎」，弘治本同元刊明補本；薈要本、四庫本作「臨拊」，非。

祭王參議文

維中統元年十月甲寅朔二十一日甲戌，王惲謹以清酌之奠，致祭于參議先生之靈：

藹藹王公，維德之宗。教子以義，從師于共。走也何幸，而與點同。氣質一變，舞雩之風。文士輩出，緊先生之功。公來典衛①，粤惟八年。興滯補弊②，政有後先。激濁揚清，巨細不捐。樂育之心，有加于前。士感公知，所立卓然。顧惟不肖，獨有二天。每侍几杖，接以温言。意向所在，多文字間。一意作成，汝其勉旃。家貧親老，擇我禄仕。牀下之拜，言猶在耳。蜀山蒼蒼，公筆西指。董菴之别，誠發於衷③。臨岐眷眷，告以終始。蹭蹬沉鱗，有俟乎此。孰爲歸來，便隔生死？痛彼知己，世罕所遇。我思古人，涕零如雨。猗歟先生，伊時之麟。文彩風流，與道日新。既惠我輩，亦及我之後人。所謂故國，非有喬木之謂，而有世臣。峩峩豐碑，表公之墳。公雖云亡，其德在民。太行盤盤，淇流湯湯。永懷先生，何日而忘。

【校】

①「公」，弘治本同元刊明補本；薈要本、四庫本作「出」，涉下而誤。

②「補」，弘治本、四庫本同元刊明補本；薈要本作「貞」，非。

③「衷」，弘治本同元刊明補本；薈要本作「中」，俗用；四庫本作「裏」。

祭王府君夫人陳氏文

大元國至元十二年歲次乙亥二月壬寅朔越日，承直郎、平陽路總管府判官王惲，謹以香酌之奠，致祭于河南路宣慰副使王君太夫人陳氏之靈：

伏以《詩》稱化基①，婦道乃隆；《易》讚坤儀，徽柔所鍾。維夫人之淑，兼著一躬。母儀女範，媲于六宗。内助既裕，化成肅雍。彤管有煒，《周南》之風。嶷嶷賢嗣，總角從容。以契以分，昆仲猶同。二十年間②，獲侍左右。歲時拜慶，稱觴上壽。顧畜殊常，如卵斯覆。我草惟纖，兄蔚蘭樹。突而弁兮，載同庠序。浹洽薰陶，亦叨時譽。調官南歸，四月惟夏。升拜北堂，德容甚暇。親哺之食，手飲以斝。駕言西行，辭拜牀下。中心惻然，誨言灑灑。日薄西山，衆鶵飛翻，云别幾何，遽棄榮養。聞訃驚怛，惄焉如喪。英英白雲，太行之上。有淚盈睫，悵然東望。嗚呼！適夫則順③，其生也榮。較丘山與華屋，終哀樂而殊情。懿懿夫人，壽踰八旬。祔安玄堂④，慶流後昆。是足以慰下泉，而釋悽愴於蒿君也⑤。惲以官守有限，罔獲駿奔。既不及撫棺而與謚⑥，繄昔賢兮擬倫。以陶侃之忠順，知湛君之聖善；以不疑之平反，審母氏之慈仁。援例私議，寓哀於文，庶幾薦微誠而告精魂也⑦。尚饗！

【校】

①「化」，弘治本、薈要本、四庫本作「有」，妄改。

②「年」，元刊明補本作「季」，形似而誤；據弘治本、薈要本、四庫本改。

③「夫」，元刊明補本作「夫」，弘治本、薈要本、四庫本作「去」。

④「祔」，元刊明補本、弘治本作「柎」，形似而誤；據薈要本、四庫本改。「玄」，弘治本、四庫本同元刊明補本；薈要本作「閒」，聲近而誤。

⑤「悽愴」，弘治本、四庫本同元刊明補本；薈要本作「愴悽」，倒。
⑥「既」，弘治本、四庫本同元刊明補本；薈要本作「既已」，衍。
⑦「誠」，弘治本、四庫本同元刊明補本；薈要本作「忱」，亦可通。

禱雨蒼谷神祠文

去冬今春，厥旱斯普，比聞三方，既禱而雨。維此衛邦，和氣艱阻，草木焦卷，種不入土。致此咎殃，誠守吏不德之故也。吏不稱職，罰及一躬。我民何爲，罹此旱凶？嗟嗟四民，最苦我農，止食其力，歲期一豐，旱苟成災①，散而西東。恭惟明靈，蒼水之龍，哀憫慈惠，正直明聰。司我雨部，山靈是宗；潁彼淵池，雲雷之宮。民以病告，禱輒感通。忍以吏不稱職，卒莫救其隆蟲哉？願迴哀眷，澤我邶鄘。乃以有秋，祀事孔終。

【校】

①「旱」，弘治本同元刊明補本；薈要本、四庫本作「年」。

祭王參議文 代史運使作

惟公奮迹渤海，應期挺生，婉晝長材，廓時之清，佐我父相，幾三十年，子惠兵民，以謀以旋。長淮百戰，松漠逾邁，死生以之，而有公在。矯矯大節，老而彌堅，襟融宇粹，秉心塞淵。中牟之仁，平陽之賢，哀哀衛民，賴公以痊。膴膴周原，熙然樂土，公雖云亡，其政則舉。走自恒陽，來寓南鄘①，瞻拜遺像②，齊之葢公。歌詩知政，泱泱大風，民懷遺愛，甘棠是比。士而感德，曠乎百世，矧伊嗣侯，義同昆季。嗚呼哀哉！弔罔及哀，生不獲事。遐想音容，河岳流峙。野日荒荒，羣飛搶揚。公不少留，使我涕滂。跽而陳辭，奠此一觴。尚饗！

【校】

①「寓」，弘治本、四庫本同元刊明補本；薈要本作「萬」，形似而誤。

②「拜」，元刊明補本、弘治本作「邦」，據薈要本、四庫本改。

春旱禱諸廟文

旱自去秋，極於今春。滌滌衛土，如惔如焚。夏麥已槁①，曷休我民？秋種不入，饑饉荐臻。旦夕惶懼，不知所云。恭惟明德，守臣所欽。民以病困，神心孔仁。用是齋沐，以祈以禋。庶垂哀眷，昭鑑微誠。風伯回馭，山川出雲。一變盭氣，化而甘霖。秩我東作，庶幾西成。載謁祠下，冀荅鴻靈②。尚享③！

【校】

①「槁」，弘治本、四庫本同元刊明補本；薈要本作「稿」，形似而誤。

②「冀」，薈要本、四庫本同元刊明補本；弘治本闕。

③「享」，弘治本、四庫本同元刊明補本；薈要本作「饗」，亦通。

七夕祭竈文

至元乙亥平陽府作

三代之制，五祀孔修，羣姓時享，或春而秋。欽惟竈靈，並奧而幽，朝烹夕飪，一家所由。火水相德，乃神之休，敢致薄奠，于陘之周。有肉如玉，有酒斯柔，味登于俎①，香列于卣。匪物將致，匪媚是求，久矣斯禱②，庶答神休。尚享！

七夕祀竈，漢俗也。世久不用，獨吾家行之③，多歷年所。且前人致恭，或祈苟得④，此非予之心也。蓋庖湢飲食所出⑤，五祀神爲最尊。薄宦已來，餬口四方，是神即予主，予乃神之客也。匪朝伊夕，不無溷殽膠撓之瀆，惟神念客之故，庶有以安之。用伸告謝，以答神休。尚享！

【校】

①「俎」，元刊明補本、弘治本作「祖」，據薈要本、四庫本改。

②「禱」，元刊明補本作「荷」，據弘治本、薈要本、四庫本改。

③「家」，弘治本、四庫本同元刊明補本；薈要本脱。

④「祈」，元刊明補本、弘治本作「斯」，據薈要本、四庫本改。

⑤「庖湢」，弘治本、四庫本同元刊明補本；薈要本作「湢庖」，倒。

謝龍神文

維至元四年歲次丁卯夏六月丁巳朔廿日丙子①，翰林修撰、郡人王惲，謹以香酒之奠，敬祭于縣西平成鄉龍公之神：

矯矯神龍，柄雨之機。亢陽爲災，非雨則饑。士而力農，乃分所宜。惟百創理，一旱則墮②。霈澤在天，屢及我私，疇敢不祗若神之威德也？尚饗！

【校】

①「元」，諸本皆作「正」，誤，逕改。「丁」，薈要本、四庫本同元刊明補本；弘治本作「下」，形似而誤。「夏」，弘治本、四庫本同元刊明補本；薈要本脱。

②「墮」，弘治本、薈要本同元刊明補本；四庫本作「隳」，亦通。

王惲全集彙校卷第六十三

祭文

告家廟文

維至元四年歲次丁卯六月丁巳朔廿三日己卯，孝曾孫王惲等謹以香酒時果之奠①，敢昭告于曾祖考府君、曾祖妣臨清吕氏②；顯祖考修武府君，顯祖妣孟氏、韓氏③；皇顯考忠顯府君、皇顯妣夫人靳氏之靈：

先以丙寅歲十有二月④，爲子公孺聘婦，得宣慰石君之第三女⑤。兹者往之女家，躬展禮幣。今龜告吉日，維斯時廟授有儀，式伸虔告。尚享！

【校】

①「香酒時果之奠」，弘治本、四庫本同元刊明補本；薈要本作「香酒時果牲帛庶饈之奠」。

②「曾祖妣」，弘治本、四庫本同元刊明補本；薈要本作「曾祖妣夫人」，衍。

③「顯」，元刊明補本、弘治本作「顯」，薈要本、四庫本作「先」。

④「歲」，弘治本、四庫本同元刊明補本；薈要本作「之歲」，衍。「月」，弘治本同元刊明補本；薈要本、四庫本作「日」。

⑤「慰」，元刊明補本、弘治本作「差」，據薈要本、四庫本改。

祭元神祝文

歲次丙辰九月戊戌廿九日丙辰，臣某等謹以清酌庶羞之奠，敢告于歲德之君：惟神一歲之君，百臣是統，端臨巽位，獨秉威權，悔吝災祥，維神是與。臣某父某，年踰知命，心切齊家。動静之間，既乖攝養；公私之際，尤重愆違。而又庭户積殃，子孫不孝，於七月廿七日遽嬰末疾，將抵時冬，困致沉綿，力疲舉履。日因元命，躬薦愚衷，幸冀神明，蚤躋和豫。尚享！

告家廟文

維至元四年八月丙辰十七日壬申，孝子惲、忱等謹以清酌百羞之奠，敢昭告于皇顯考忠顯府君、顯妣縣君靳氏之靈：

嗚呼哀哉！維丁巳歲八月至今年丁卯秋仲，府君捐館十週星矣，寔至元四年秋八月丙辰朔十有八日癸酉也。十者數之盈，天道之小變也。祭法以春秋享奠，蓋因其氣之終始而致思焉。矧履霜露，瞻拱木，歲月近紀，親日愈遠，得不極其志而重其感傷乎①！今之所謂道供，豈古致齋鄉親之意歟②？兹者爰即正寢，敬演靈章，庶仗真筌，以證妙果③。神維格思，式伸虔告。尚享！

【校】

①「而」，元刊明補本脱；據弘治本、薈要本、四庫本補。

②「鄉」，弘治本同元刊明補本；薈要本作「響」，聲近而誤；四庫本作「饗」，亦可通。

③「仗」，弘治本、四庫本同元刊明補本；薈要本作「伏」，形似而誤。

至聖文宣王奉安祝文

於赫元聖，萬世作準。曰義曰仁①，風化之本。顧瞻清廟，曠兹有年。咎將孰執，迺吏之愆。爰自下車，心弗遑安。靡朝匪夕，載經載營。誕彌八月，厥功告成。奕奕新廟，桓桓旅楹②。峻以文階，重以神幄。有翼有嚴，乃丹乃雘。爰居爰處，以清以寧。神格其思③，享兹菲誠。爰暨厥民，日焉啓迪。仰止瞻依，聿修厥德。庶幾報本，以謝不職。尚享！

【校】

①「曰義曰仁」，弘治本、四庫本同元刊明補本；薈要本作「曰仁曰義」，倒。

②「旅」，元刊明補本作「五」，非；弘治本作「王」，非；薈要本作「玉」，非；據四庫本改。按：「旅」聲誤爲「玉」，「玉」形誤爲「五」，「五」形誤爲「王」。

③「格其」，弘治本、薈要本同元刊明補本；四庫本作「其格」，倒。

兗國公奉安文

伏以庶工告成，新廟孔碩。於穆素王之亞，聿陪元聖之居。仰底攸寧，永欽厥祀。尚享！

鄒國公奉安文

伏以有嚴閟宫，載新祀典。仍增光於肖像①，永配享於神庭。於穆維清，尚安且妥。尚享！

【校】

①「仍」，弘治本、四庫本同元刊明補本；薈要本作「乃」，亦通。

辭墓祭文

維大元國至元九年歲次壬申四月乙未朔十七日辛亥，男孫惲謹以清酌之奠，敢昭告于曾祖王父、顯考王府君之靈：惲自至元五年冬十月被召赴臺，至九年春①，用前資翰林修撰，由監察御史改授承直郎、平陽路總管府判官。已擇此月十九日赴任所，今當遠離墓次，伏冀明靈，特垂陰祐。尚享！

【校】

①「至」，弘治本闕；薈要本、四庫本脱。

祭孚惠神祠文

六月十四日祈雨至十八日申刻大雨至十九日黎明方止

惟神淵懿徽柔，德配乾方①，觱沸其泉②，寔爲淵浸。屋而祀之，禮固宜矣。兹者時雨愆常，蒲絳兩州旱暵頗甚。吏寔不職，民將何尤？夏麥勸而半成③，槁稼嘘而可燎。衆仰一溝之水，恃爲卒歲之安④。然得之有限，溉之不濟⑤。與其施及乎有數之田，何若膏潤夫一境之内？惠䘏哀憫，伊神能然⑥。伏望起伏龍，鞭電轂，神泓爲之變動，川雲隨而蓊葱⑦。細接天瓢⑧，溥沾壟畝⑨。使槁者勃興而如揠，熱者得濯而復醒⑩。雲漢昭回，一滌藴隆之氣；甌窶滿載，卒成大有之年。神能鑑兹，敢忘昭報？尚享！

【校】

①「配」，元刊明補本、弘治本、薈要本作「妃」，聲近而誤；據四庫本改。

②「𪗋」，弘治本、四庫本同元刊明補本；薈要本作「濟」，偏旁類化。

③「勸」，弘治本同元刊明補本；薈要本、四庫本作「勤」。

④「恃」，弘治本同元刊明補本；薈要本、四庫本作「待」，形似而誤。

⑤「濟」，弘治本、薈要本同元刊明補本；四庫本作「齊」，亦可通。

⑥「伊」，弘治本、薈要本、四庫本作「繄」，亦通。

⑦「葱」，元刊明補本、弘治本、四庫本作「從」，俗用；據薈要本改。

⑧「接」，元刊明補本、弘治本作「犍」，非；四庫本作「挹」，亦通；據薈要本改。

⑨「沾」，弘治本、薈要本、四庫本作「霑」，亦通。
⑩「復」，弘治本、薈要本、四庫本作「輒」，亦通。

祭斛律丞相文①

大元國至元九年歲次壬申六月丁亥朔八日甲午②，承直郎、平陽路總管府判官、汲郡王惲，謹以清酌庶羞之奠③，致祭于有齊忠臣、大丞相、咸陽王斛律公之神：

伏念某以監察御史④，叨承郡幕。視事之初，來讞茲獄，求情罔獲，非神疇依。惟神心秉塞淵，氣餘忠謹，始焉義合於神武，終以威馳於柏璧。生爲良弼，殁爲明神。對越英靈，凜然如在，以德以功，宜永嚴祀。某授館絳園，迫近神廡，號呶扑擊⑤，不無震驚。然兇悍禍賊，寔神所憝，尚矜不逮，俾集厥事。式伸明薦，以克來享。

【校】

①「斛律」，弘治本、薈要本同元刊明補本；四庫本作「耶律」。後依此不悉出校記。
②「八日」，弘治本、薈要本、四庫本作「初八日」，衍。

③「庶羞」，元刊明補本脱；據弘治本、薈要本、四庫本補。

④「某」，弘治本、薈要本、四庫本作「惲」。後依此不悉出校記。

⑤「扑」，弘治本、薈要本同元刊明補本；四庫本作「朴」，亦可通。

康澤王廟謝雨文

某訊獄絳陽，回經太平①，百里之間，秋禾如槁。物之生植，時方尚養；民之告病，不爲不勤②。俾驕陽亢甚，耕隴塵翻，誠守吏不職之所致也。近雖致禱於鼓塠③，行復展誠於祠下。及次襄陵，油雲四興，甘澤霈作，郊野灑然，溥獲沾足。且神化無方④，龍德爲大，山澤一氣，初無間然。雖愚衷適與之會，寔神顧卹而惠之也。用薦明禋，以答靈貺。尚享！

【校】

①「太」，元刊明補本、弘治本作「大」，據薈要本、四庫本改。

②「不爲不勤」，弘治本同元刊明補本；薈要本、四庫本作「不能不動」。

③「雖」，元刊明補本作「虫」，據弘治本、薈要本、四庫本改。

④「神」，弘治本、四庫本同元刊明補本，薈要本作「龍」，涉下而誤。

拜奠夷齊墓文

維大元國至元九祀歲玄黓涒灘冬十二月既望①，承直郎、平陽路總管府判官王某，恭以牢醴之奠致祭于孤竹二賢之墓：

嗚呼！天下有當然難合之事②，惟特立者能成之；天下有至中大正之道，惟齊聖者能明之。三代而下，建天地之極，定君臣之義③，揭若日月，亘萬古而不息者④，其惟二賢而已。壬申之冬，某以守吏按事蒲坂，仰止高山，其立卓爾，所謂聞凛凛之風者，貪夫廉⑤，懦夫有立志也。趨拜几像，山煙四起，奠以牲醪，若恐將浼。有薇在山，有粒在簋，潔以馨誠，薦我明水。尚享！

【校】

①「國」，弘治本、四庫本同元刊明補本；薈要本脱。「祀」，薈要本、四庫本同元刊明補本；弘治本作「紀」，非。

「歲」，弘治本、四庫本同元刊明補本；薈要本作「歲次」，衍。
②「合」，元刊明補本、弘治本作「合」，薈要本、四庫本作「舍」。
③「定」，元刊明補本、弘治本作「碇」，據薈要本、四庫本改。
④「息」，弘治本、四庫本同元刊明補本；薈要本作「滅」。
⑤「貪」，弘治本、四庫本同元刊明補本；薈要本作「頑」，亦通。

祭黄崖山神文①

節彼南山，奠安一方。爰産奇石，紫質青章。王宫繕興，爾焉來營。伐而材之，不無震驚。用是昭告，惟神降寧。庶憑默佑，迄用有成。尚享！

【校】

①「崖」，弘治本、四庫本同元刊明補本；薈要本作「厓」，亦可通。

謁西岳廟文

維神德媲坤維，氣涵崑潤。際四海洪荒之内，位寔雄尊；在提封密邇之間，禮當趨謁。仰止三峯之峻，來伸一禱之誠。僥倖之求，斷不敢萌①；憂戀之心，庶幾昭鑑。爰生申甫，來佐明時。冒瀆顥靈②，豈勝悚惕。尚享！

【校】

①「斷」，弘治本、四庫本同元刊明補本；薈要本作「所」。

②「顥」，弘治本同元刊明補本；薈要本、四庫本作「顯」。

安二賢神文

某以壬申之冬來拜祠墓，悼其傾圮，几像暴露。載經載營，今也告成，睠彼雷首，肅焉神庭。緊二賢之德，聖之清兮！以孔聖之哲，極所稱兮！揭若日月，何廟貌之尚兮！封而匪屋，來者何瞻仰兮！蒼煙喬木，何山爛其光兮！盤非周粒，桂酒苾其香兮！神其格思，歲永此而享兮①！

【校】

①「享」，弘治本同元刊明補本；薈要本、四庫本作「康」。

肇祭霍岳文

大元國至元十三年歲次癸酉六月壬午朔二十有六日丁未①，承直郎、平陽路總管府判官王某，謹以牢醴之奠，致祭于霍岳中鎮應靈王之神：

維神峻秀靈異，鬱爲鎮山，冀州之野，嶽麓所盤。致興雲雨，祀典載新，報本信敬，茲焉其辰。顧維守吏，歲奉嚴禋，籩豆孔修，敢告駿奔。乃祝之曰：高宜麻麥兮下宜稌，蛟蛇結盤兮物不窳，王事庶集兮神所與。

【校】

①「二」，薈要本、四庫本同元刊明補本；弘治本作「三」，形似而誤。

康澤王廟祈雪文

大元國至元十年十二月己酉朔，承直郎、平陽路總管府判官王惲，謹以清酌之奠，敢致禱于康澤王之神：

伏念一冬三白，歲事之常。今者云暮，未覩其祥。寒律徒切，風埃澒洞。宿麥雖萎，猶含餘凍。載憂載忡，春疫爲重。彤雲油油，既合而收。和氣致盭，政或未修。吏寔不職，民將何尤？惟神降鑑，一雪孔周。災沴不作，惠我來牟。吾儕小人，敢後神休？尚享！

祭靖應真人姜公文

大元國至元十一年歲在甲戌二月戊申朔十有二日己未，承直郎、平陽路總管府判官王某，謹以茗果之奠，設祭于靖應真人姜公之靈①：

某以中統元載列職省郎，得掌綸命。帝遣使臣奉宣詔旨，起公於晉，有「遐想仙標，載勤馹乘」之語，眷眷之意，何其隆信者哉！逮明年春②，獲拜下風，實玄之宮。野服黃冠，道淳德沖，曾無一言及乎本宗。其揄揚稱頌若恐隕越者，堯、舜、禹、湯、文、武之道之功。建祠奉祀，竭夫一躬。退而論思，豈墨名而行與儒同者耶？及官平陽，載覩儀容，振袂談舊，一沛平生之胷。愈知靖專之性，精誠之德，足以動三河而沃淵衷也！云何一別，上仙三峯。杳黃鵠其何邁，將神游乎太空。天藐雲高，涕泗無從。過故都而眷戀，庶斯文之可通。尚享！

【校】

①「設」，弘治本、四庫本同元刊明補本；薈要本作「致」。

②「春」，弘治本、四庫本同元刊明補本；薈要本脫。

兵次孟津祭靈源王文

維十有一年甲戌夏五月丙子朔越七日壬午，承直郎、平陽路總管府判官王某，敢昭告于靈源王殿下：

我國家將有事於南服，桓桓兵甲，例作于晉。顧予小子，寔總其一焉。今兹南邁，前次河壖，尚克顯相，其安以濟。豈惟可免薄責？誠以威靈陰隲，以先啓行之力也。尚享！

祭平陽府東城門文

惟神職司啓閉①，氣積陰凝。今者淫雨爲祟②，已及浹旬，害彼粢盛③，動妨民作。伏望道迪陽和④，速成開霽⑤。尚享！

【校】

①「惟」，弘治本同元刊明補本；薈要本、四庫本作「維」，亦可通。

②「雨」，弘治本同元刊明補本；薈要本、四庫本作「霖」，非。按：霖者，猶淫雨也。「淫」、「霖」，不相屬文。

③「彼」，薈要本、四庫本同元刊明補本；弘治本作「役」，形似而誤。

④「道」，弘治本同元刊明補本；薈要本、四庫本作「導」，亦可通。

⑤「速」，弘治本同元刊明補本；薈要本、四庫本作「遠」，形似而誤。

祭皋陶文

惲以到官四日，奉憲部符，鞫絳陽獄。大小之情，心敢不盡？恍惚曖昧，有不可致詰者。使讞議適當，生死兩明。愚衷不逮，神惟能誘之；寃滯沉痛，捶楚之下求而不獲者①，神惟能伸之。伏惟明靈，尚克顯相。

【校】

①「捶」，薈要本、四庫本同元刊明補本；弘治本作「棰」，亦可通。

中元節祭三代告生孫汾郎文

伏爲男公孺新婦石氏，於今月十有二日辛巳生子，名曰汾郎。蓋人倫之事，繼續爲大。因時以享，式伸虔告。庶憑神佑，其安且宜。尚享！

立社稷祭告文

維神五土之祇，百穀之本①。血食于社，萬世依準。禮墜而興，張本自兹。牲醪香腯②，鼓鍾清夷。迄用康年，神其餕而③。

維神百穀是長，萬民之天。配食于社，古莫能遷。名存實亡，乃吏之愆。張本于兹，神其鑑焉。有酒斯旨，有牲肥鮮。維神格思，歲其有年。

【校】

①「穀」，元刊明補本、弘治本作「谷」，亦可通；薈要本作「穀」，形似而誤；據四庫本改。

②「腯」，弘治本同元刊明補本；薈要本、四庫本作「脂」，形似而誤。
③「餒」，弘治本同元刊明補本；薈要本、四庫本作「妥」，半脱。

范陽房族祖九翁祭文

維至元十三年歲次丙子冬十月壬戌朔十有八日己卯，房孫謹以清酌少牢之奠，百拜致祭于故軍資府君族祖九翁之靈：

嗚呼哀哉！十二年春，予守官平陽，祖母慕容氏書來，以公訃告。國有常制，莫敢擅離，然聞母弟忱自疾亟，於引柩納壙皆與及喪次，雖不獲戴星奔赴①，中爲少遑也。越翼日，即縞素爲位於府北郊之僧舍，發哀以祭。婦摧氏、子公孺、新婦石氏在焉，慼不視事者五日。迨今年春三月，秩滿東還，將爲指日即路，得哭墓而唁親老也。復爲中書檄去，考試河南四道，滿三月而歸。日月逾邁，霜露之感積諸中而至于攸久也如是②，曠慢不恭之責將何所宜？今兹之來，駿奔露處，不遑安者，凡十有四日。含凄茹辛，實以祭告爲事，伏惟神靈鑑兹哀悃。嗚呼哀哉！尚饗！

【校】

①「戴」，弘治本、四庫本同元刊明補本；薈要本作「載」，形似而誤。

②「攸」，弘治本、四庫本同元刊明補本；薈要本作「悠」，亦可通。

祭中書左丞姚公文

聖維天開，庬綏九有。必誕賢輔，以左以右。手斡機衡，殆天旋斗①。伊公挺生，奮迹營柳。長白之英，遼江之瀏。元氣絪緼，鍾此特秀②。脱落俗學，沉浸道囿。姬情孔思，伊淵洛藪。一物致知，千古尚友。起而翼漢，雲雷交遘。啓沃淵衷，達聰纊黈。至元之初，公綰機紐。謀謨廟堂，股肱元首。職分六卿，綱維結糾。帝載用熙，豊而不蔀。大明黜陟，罷侯置守。萬鈞機張，賴公克彀。霖雨一濡，載清宇宙。我武維揚，荆襄持久③。大闢屯田，櫛比糧糗。公善開物，務深耕耨。豳風良耜，十千爲耦。繼倡農司，萬邦是揉。明彼王道，始夫南畝。護軍來歸，雪髯垂脰。長江失險，萬介北趣。特置館筵，體貌耆耇。眷我儒臣，甘盤之舊。天理人私，自公判剖。國勢民機，倚公安否。有辯懸河，而惡利口。四海具瞻，漢更商叟。龍光稠疊，玉巵秬卣④。望公百年，以佐元后。胡不慭遺，梁木壞朽。彼蒼悠悠⑤，莫之能究。

嗚呼！公之爲學，知所先後。味道飫經，太羹玄酒。平生游藝，組繡雕鏤。公視餘事，爲世瓊玖。公之逢辰，道合非偶。來儀舜庭，台鼎鳳雛。揚歷中外，足展抱負。八十之春，已極眉壽。考終牖下，載啓其手。有子承家，公復何疚。嗟吾道之如綫，念後學之孤陋！與斯民之不幸，孰思濟而云救？惲自束髮，辱知最厚。拔擢提撕⑥，兩端親叩。至登瀛州，再承善誘。弦晦一週，玉堂清晝。今公云亡，此會難又。情悄悄以填膺，淚浪浪而霑袖。今也送不遑執紼，葬不得撫柩。寓哀斯文，爲一觴侑。尚享！

【校】

①「殆」，弘治本、薈要本同元刊明補本；四庫本作「代」。

②「特」，弘治本闕；薈要本、四庫本作「靈」。

③「持」，弘治本、薈要本同元刊明補本；四庫本作「恃」，形似而誤。

④「鬯」，元刊明補本、弘治本作「杖」，據薈要本、四庫本改。

⑤「悠」，薈要本、四庫本同元刊明補本；弘治本闕。

⑥「擢」，弘治本、四庫本同元刊明補本；薈要本作「濯」，形似而誤。

故尚書禮部郎中致仕丁公祭文

嗚呼！維至元十三年夏六月，惲考試河南，拜公牀下，留語終日，言不及私。維是治之隆汙，民之殿屎，法具未完，涕下漣而。至於廉於律己，老而知止，教子以義方，勑斷家事，其在倫列，如公一人而已。此天下之公論，非予得而私議也。區區之誠，幸惟鑑茲。尚享！

故吏部尚書高公祭文

至元十五年閏十一月十一日大雪中拜奠

惟中統壬戌之春，惲以事累，退耕于壟畝者再罹寒暑。既而擇御史，開憲府，人文之選，公以予主。不肖誤蒙公知，擢置言路。三季裹行①，我盻我顧。豈惟使之增光，迄薄用于今者，實自公之載舉②。及官平陽，公判吏部。不以契闊，怜我椎魯③。每借譽於時人，爲聲勢之一助。是又見公終惠且勤，不我遐遺之故也。至於雄文大筆④，忠規治具。三峽秋濤，危波砥柱。茲公論之有在，匪鄙言之能喻。念公平生，靄靄德度。霑膭馥於蘭臺，悵歲律之已暮。敢以受知一己之私⑤，抒予哀而酹公之墓也⑥。神惟有靈，鑑茲誠素。尚享！

【校】

①「季」，弘治本同元刊明補本；薈要本、四庫本作「年」。

②「實自公」，弘治本作「實□」；薈要本、四庫本作「實公」。

③「椎」，元刊明補本作「稚」，據弘治本、薈要本、四庫本改。

④「箹」，弘治本同元刊明補本；薈要本、四庫本作「册」，亦可通。

⑤「一己」，弘治本同元刊明補本；薈要本、四庫本作「丁巳」，非。

⑥「酹」，弘治本同元刊明補本；薈要本、四庫本作「告」。

外祖安陽縣丞靳公祭文

十五年復十一月十五日①

惲年垂髫，省識公面②。蒼髯堂堂，山立而弁③。逮予成童，受訓母氏。公之世家，頗聞一二。或官鄉縣，或擅科場，歷年五百，財雄一方。至公而衰，亦理之常。厥後一紀，公歿于鄉④。惟嗣罔續，我考奭傷⑤。春秋時思，合食祖傍。是用傳訓，子孫奉行。公殯淺土，幾三十霜⑥。棺衾改卜，未就深藏。姨母雖在，顧力弗遑。有劣其甥，按部洹漳。東望堯城，心焉靡寧。迎置姨母，如拜儀形。爰念葬事，與之經營。及兹春首，窆公于塋。庶幾畢考妣之志，慰安公之神靈也。尚期不昧，俯鑑微誠。尚享！

【校】

①「復」，弘治本同元刊明補本；薈要本、四庫本作「後」。

②「面」，弘治本、薈要本同元刊明補本；四庫本作「而」，形似而誤。

③「弁」，弘治本同元刊明補本；薈要本、四庫本作「異」，非。

④「于」，弘治本同元刊明補本；薈要本作「二」，非；四庫本作「於」，亦通。

⑤「考奭」，弘治本同元刊明補本；薈要本作「爲奭」；四庫本作「爲蠹」。

⑥「三十霜」，元刊明補本、弘治本作「卅霜」，亦可通；薈要本作「三十春」，非；據四庫本改。按：卅，猶三十也。此祭文爲韻文，姑改之。

左丞董公祭文

至元十六年歲次己卯九月乙巳朔越十有三日丁巳①，朝列大夫、燕南河北道提刑按察副使、汲郡王惲②，謹以清酏嘉肴之奠③，致祭于故資德大夫、中書左丞、簽書樞密院事、贈金紫光禄大夫、平章政事、謚忠獻董公之靈④：

觀夫大燕南陲，全趙北垠，神尖鬱茂⑤，滹池奫淪，蟠精萃秀，篤生異人。公應運挺出，絶類離倫，閱敦詩禮⑥，感會風雲。奮父祖之餘烈，策寇鄧之高勳。其志慮良實，又濟以武惠惻隱之仁。謙而接物，勇見於大敵；恭以持己，孰知夫世臣。至於肅齊家範，友于弟昆，忠結主知，德庇生民。功愈大而心轉小，寵既厚而憂益殷。無私蓄爲子孫之計，不樹黨收門牆之恩。其公亮謹厚，又似夫董侍中與万石君也⑦。幾世幾年，孕此忠純。方沐恩於鳳沼⑧，俄星隕於中軍。痛丹青之宛轉，追畫像於麒麟。此非一己之私議，在中外哀悼所不忍聞也。惲爰自布衣，仰公清塵。接樽酒於中統之首，與賓筵於至元之春。每燕語之衎衎，顧若揚顒之可賓⑨。矧二弟之款曲，辱交久而情親⑩。雖草宿而罔哭，聊寓哀於斯文。仲孺子之薄奠，庶劍繫於徐公之墳也。尚享！

【校】

①「越」，薈要本、四庫本同元刊明補本；弘治本作「樾」，非。「十」，弘治本、薈要本、四庫本脱。
②「燕南」，弘治本、四庫本同元刊明補本；薈要本作「燕南郡」，衍。
③「釃」，弘治本同元刊明補本；薈要本、四庫本作「酌」。
④「金紫」，弘治本、四庫本同元刊明補本；薈要本作「紫金」，倒。
⑤「神」，弘治本、薈要本同元刊明補本；四庫本作「峯」。
⑥「閲」，弘治本同元刊明補本；薈要本作「説」；四庫本作「悦」。
⑦「万石」，弘治本同元刊明補本；薈要本、四庫本作「萬石」。
⑧「沼」，弘治本、四庫本同元刊明補本；薈要本作「詔」。
⑨「揚」，弘治本同元刊明補本；薈要本、四庫本作「楊」。
⑩「親」，弘治本、四庫本同元刊明補本；薈要本作「深」。

遷奉曾外祖殿試靳公祭文并外妣李氏①

惟公才德兼備，元精孕和。早擅場屋，三中巍科②。人文之譽，在公寔多。正大初元，公卒宜津，權厝新壟③，幾七十春。殯而未葬，譬彼行人，歸不及家，曷寧其身？兹者日吉時良，奉安祖傍，祔以元配，永閉深藏。魂而有靈，以賁幽光。尚享！

【校】

①「祖」，弘治本、薈要本同元刊明補本；四庫本脱。

②「三」，元刊明補本作「二」，形似而誤；據弘治本、薈要本、四庫本改。

③「壟」，元刊明補本、弘治本作「瀧」，據薈要本、四庫本改。

遷奉安陽縣丞外祖并外媪王氏祭文

惲以前歲後十一月廿三日，爲遷奉之事，已告尊靈。今者應期舉厝，永慰幽塋。以順從祖，以安則鄉①。祔我外妣，閟此玄堂。靳雖衰宗，在公未傷。有甥姪以主祀，重時思而不忘。是則不必其子而光揚也。有牲斯羜，有酒斯香，神惟昭鑑，歆此一觴。尚饗！及葬公伯兄孝思貢士及姆□氏②。

【校】

①「以安則鄉」，弘治本同元刊明補本；薈要本、四庫本作「以安其藏」。

②「□」，元刊明補本模糊不清；弘治本、薈要本、四庫本脱。

王惲全集彙校卷第六十四

祭文

祭蒲大夫文

大元國至元十八年歲次辛巳三月丁酉朔十有九日乙卯，朝列大夫、燕南河北道提刑按察副使，謹遣從事賈汝霖，以清酌庶羞之奠，致祭于河内公之神①：

惟公德挺羣哲，獄清片辭。列高弟于聖門，揚仁風於蒲邑。三善之美，庸能既耶？適星垣有分按之行，過神宇致一杯之奠。庶祈靈貺，以益不能。尚饗！

【校】

①「神」，弘治本同元刊明補本；薈要本、四庫本作「靈」。

祭孝感聖姑文

惟神肇迹博靈，遇仙渦浦①。柔懿昭靈②，作蠶聖母。千祀永賴③，神功斯溥。食弗再則飢，衣弗製則寠。念此歲事，惟神其惠顧之。尚享！

【校】

①「渦」，弘治本同元刊明補本；薈要本、四庫本作「潙」，形似而誤。

②「柔」，元刊明補本、弘治本闕；薈要本作「德」；據四庫本補。

③「千」，弘治本、四庫本作「干」，形似而誤；薈要本作「於」，非。

故江漢大都督河間路總管兼府尹史公祭文

幽霫萃氣，招摇耀芒，合是二者，篤生忠良。惟公應運挺出，起家朔方，奮父兄之餘烈，荷天衢而鷹揚。武濟文經，爲昔棟梁。宿一軍於陽夏，號東南之精强。枳棘非所，移旌鎮襄①。撫我瘡痏，靖我邊疆。其惠春雨，其威秋霜。掇我殘棄，變而金湯。復我陂障，積而陵岡。孰慮鱗介，易我衣裳。彼氣日索，我師堂堂。果上鈞之一戰②，掃敗葉於秋商。每出奇而制勝，初不知古人之所長。殆羊傅之久駐，控上流於荆襄。雖飛渡之無及，吴之所以亡者，本由此而用張。能回百戰之餘勇，效政迹之章章③。鬱公堂之佳樹，至今三鎮指爲公之甘棠。然干將而補履，終所用而失常。如憂深而思遠，此夙夜之所以遑遑也。竟風悲於大樹，奄龍劍於幽藏。

嗚呼！才有餘而用不悉，位雖高而志靡償。曾桃李不言，而天下爲之傷也。公常幕余，二年倘佯。促膝言笑，執手飲觴。略吏事而不責④，謂國士之或當。兹奉恩綸，按部滹陽。望龍驤之塋域，能我涕之弗滂？瀉平生於此辭，庸表公之衷腸。噫！慟臨江之哭，在公則萬事已矣；有子孝繼，以後則其流未央。神之聽之，庶少慰其所望也。尚享！

【校】

①「襄」，元刊明補本、弘治本作「穰」，據薈要本、四庫本改。

②「戰」，弘治本同元刊明補本；薈要本、四庫本作「載」，形似而誤。

③「迹」，弘治本、四庫本同元刊明補本；薈要本作「績」，亦可通。
④「責」，弘治本同元刊明補本；薈要本、四庫本作「肅」，非。

祭郝奉使墓文

大元國至元十七年歲在庚辰二月十有二日甲申，朝列大夫、燕南河北道提刑按察使①、友生王惲，謹以清酌之奠，致祭于故翰林學士、國信大使、陵川郝公之墓②：

嗚呼！甲寅之冬，仲月之尾，公自杞來，道出鄘邶。始覯清揚，重於夙契，把酒論交，笑談游藝。顧睞回翔，吾子可誨，臨別之語③，一何勉慰。維中元春，雲龍交際，我時游梁，與公再會。東館相過④，四并同醉，所學所行，盡發其秘。北次龍崗，嘔血而癘，書來及予，愈見友義。我車北轅，公已南逝⑤，自兹及薨，凡十六歲。追憶平生，潸焉出涕。公之問學，閎肆汪濊；公之文章，豹炳虎蔚。萬斛淵泉，出不擇地，太史與倫，皇墳可媲。浩浩江漢，萬古不廢。發爲忠貞⑥，見諸行事。著書垂聲，諒非本意。匪予得私，乃世公議。今我想公，令人短氣。斯文綫如，忍復殄瘁？直筆疇歸，大册孰畀？偉蹟鴻休，光潛揚厲。而最傷公，爲國出使，初館儀真，主成和計，奉持國書，以死自誓，萬介外侮⑦，羣狁内猘。節落瘴煙，精誠益勵，屬國平原，同歸一致。長星墜芒，使軺還轡，玉上青蠅，何啻一二！惟皇聖明，見萬里外，録勞弃瑕，予豈汝罪？士無賢否，入朝見忌，膚愬再行，與病交劇。一僨不起，萬事瓦棄，感時懷人，憂來拊髀。昔賢有言，常論我輩⑧，大概無差，節目或滯。如公之才，如公之志，雲夢九吞，曾弗芥蔕。俯掇勳名，高視一世，意廣思長，反爲物制。豈惟公傷，因以自識。茫茫太鈞，形流萬彙，幾世幾年，生此偉器。贊用德宗，誼逢漢帝，百未一施，胡奪之易？雞水淪光，郎山斂翠，隱然一丘，保之西遂。車過腹痛，我懷曷既？黄鳥聲悲，助我歔欷！臨風拜公，哭而載酹。嗚呼哀哉！孤忠伊鬱，幽憂憔悴⑨，生罔能伸，死而永閟。寓哀斯文，庶昭枉昧，公如有靈，恐予言爲知己也。尚饗！

【校】

①「使」，弘治本、薈要本同元刊明補本；四庫本作「副使」。

②「大使」，弘治本同元刊明補本；薈要本、四庫本作「太史」，非。

③「語」，弘治本同元刊明補本；薈要本、四庫本作「時」。

④「過」，弘治本、薈要本同元刊明補本；四庫本作「遇」，形似而誤。

⑤「已」，弘治本同元刊明補本；薈要本、四庫本作「也」。
⑥「發」，弘治本、薈要本同元刊明補本；四庫本作「藴」。
⑦「萬」，弘治本同元刊明補本；薈要本、四庫本作「方」。
⑧「常」，抄本同元刊明補本；薈要本、四庫本作「當」。
⑨「憔」，元刊明補本、抄本作「樵」，據薈要本、四庫本改。

祭武强南龍池神文

維神威洞淵府，奮飛天衢。致雨興雲，執帝之樞。顧此冀野，時極焦枯①。桑半捲而蟲作祟，穀出壟而氣未蘇。農官至無可而勸，窮民將失所圖②。匪惟吏責，恐亦神之所當虞也。況蒼精昏見，適時之雩。望靈池而致禱，庶少鑒其區區③。嗚呼！擴帝仁而洞下土者，君也④，我當供厥職耳；免吏責而歲有成者，神也，報則其敢後諸。尚享⑤！

【校】

①「枯」，元刊明補本、抄本作「槁」，據薈要本、四庫本改。

②「圖」，元刊明補本闕；薈要本、四庫本作「需」；據抄本補。

③「鑒」，同元刊明補本「金」；薈要本、四庫本作「全」，形似而誤；據抄本改。

④「擴帝仁而洞下土者，君也」，元刊明補本作「□帝□而□下□□君也」；薈要本、四庫本作「上帝命汝以下，衛民居也」；據抄本補。

⑤「者，神也，報則」，元刊明補本作「□□□□則」；薈要本、四庫本作「兢惕之念」；據抄本補。「尚享」，抄本、四庫本同元刊明補本；薈要本脱。

北嶽祈雪文①

冀之爲分，方數千里。惟嶽峻極于天，神奠安之；水旱疾癘，神主宰之。今者地不藏陽，寒氣失序，歲律向終，未霑冬澤，俾野土不膏，宿麥無望，春疫將興，已足深慮！饑饉荐至，民何以生？祈穀請命，憂人之憂，是亦部刺史之責也。慺慺微誠②，敢用昭告。尚享！

【校】

①「祈雪文」，元刊明補本、弘治本闕；據薈要本、四庫本補。

②「慺慺」，弘治本同元刊明補本；薈要本、四庫本作「縷縷」，非。

祭侍講學士竇公文

惟公性極純誠①，道深養浩。幼學壯行，出人意表。於周吉士，在漢有道。以術濟人，方德則小。丁巳春識公於沙麓之墟，辛巳夏弔公於肥縣之保。憶忝列於瀛洲，閱歲華者再杪②。世知公漢家之羽翼，我以爲中朝之元老。謀方膺於聖咨③，憂遽遺於丘禱。今也云亡，士林悴槁④。据慭遺而論，斯民有無禄之歎⑤；以順受而言，得五福終命之考。再拜墳阿，奠酹草草，顧藥籠之纖微，蓋以答平日之不我少也。尚享！

【校】

①「純」，弘治本同元刊明補本；薈要本、四庫本作「肫」。

②「杪」，薈要本、四庫本同元刊明補本；弘治本作「抄」。

③「聖」，弘治本同元刊明補本；薈要本、四庫本作「理」。

④「士」，弘治本、四庫本同元刊明補本；薈要本作「土」，形似而誤。

⑤「歎」，弘治本、薈要本、四庫本作「歎」，元刊明補本作「歡」，非。

丞相史公明忌日祭文 十六年十二月十九日按部中山府

維公出入將相，存歿哀榮。公自去世，于今幾齡？定人思公，雖歿猶生。永言不忘，曰忠曰貞，見之範圍，展也大成①。勳藏盟府，德爲世程。赫赫堂堂，如山不傾。定人那知，功被齊民？惲向侍燕几，謦咳親承。今遇明忌，來拜神庭。感念在昔，依依我情。有樂陳列，有酮在罍②。碧草映階③，酹兹一觥。尚享！定人像公於西北隅，皆享祀，謂「忠孝會④」。

【校】

①「展」，弘治本同元刊明補本；薈要本、四庫本作「履」。

②「酮」，元刊明補本、弘治本作「酮」，薈要本、四庫本作「酤」。

③「草」，元刊明補本、弘治本脱；據薈要本、四庫本補。

④「會」，弘治本同元刊明補本；薈要本、四庫本作「公」，非。

史公祭文

惟公德冠羣后，望隆漢儀，一節四朝，知無不爲。收武定文綏之略，有金聲玉振之規。發至仁於易簀，識天運之盈虧①。何己私之曾及，顓戒殺而爲嬉。雖羊祜知吴亡而勸進②，房喬以征遼而未宜，固足與之等夷也。嗚呼！柱石巍巍，欻然中微。風雨震凌，帡幪者誰？俾爲善者嗒然而若喪，變怪者百出而不疑。此又世之歔欷而含愴也。公殿是邦，尤極恩威。峩豐碑於國門，宜鎮人之涕洟。切嘗荷公左提右攜，豈孺子之可教？在卵而翼之之恩，大有濟於艱危。及聞公薨，身縶情馳。曠一奠而如負，蓋五年于兹也。今我何幸，改畀燕陲。歷河山之故封，悵音容之依稀。念公平生，其能已而？公雖云亡③，爲世蓍龜。公爽在天，尚克念之。蓋生而矜其愚，既有以省録④，豈殁而知其來，復無所維持也⑤？追盛德而曷報，庶不辱我公之所知。尚饗！

【校】

①「天」，弘治本、薈要本、四庫本作「大」。

②「枯」，元刊明補本、弘治本作「祐」，據薈要本、四庫本改。

③「云亡」，弘治本同元刊明補本；薈要本、四庫本作「亡兮」。

④「既」，弘治本同元刊明補本；薈要本、四庫本作「曾」，非。

⑤「無」，弘治本同元刊明補本；薈要本、四庫本作「漫無」。

岱岳祠禱雨文

巖巖岱宗，雷雨宅兮。艮震對代，生物仁兮。片雲膚合，天下澤兮。兹者春霜例災，桑柘空兮。二麥含實，勒將槁兮。秋雖下種，不出土兮。無褐無糗，歲何卒兮？衣被饜飫，膚合力兮。仰惟岳神①，其念兹兮。憂民之憂，而亦部刺史公之責兮。慺慺微誠，神其鑑兮。尚享！

【校】

①「神」，弘治本、四庫本同元刊明補本；薈要本脱。

黄石公祠乞靈文

惟公鍾秀崇丘，降神圯上，靈氣驚世，惝怳莫詰。如子房以韓亡之餘，開炎漢之業，爲帝師之崇，其顯授陰翼，竟濟世美者，先生之神之功也。不肖猥叨時名，艾服官事餘廿年，每以昧於事機，動成乖戾爲愧。然非其材而樂之者，有賢父兄故也。矧先生之明靈乎？至若矜其愚昧，濯其固陋，增益其所不能，非先生其誰？用是乞靈祠下，區區之懷，神其鑑兹。尚享！

修治新阡告成文

餬口四方，幾二十載，歲時拜掃，禮有不逮。水泛雷轟，未免惶駴，於其事亡，不孝之大。即此良月①，躬爲修治。芟蕪翦棘，增高夷圮。補植林空，再釐風水。郭以周垣，隆阿四起。樹門神游，題阡表氏。揭虔妥靈，非直觀美。功今有儩，以告以祀。神之聽之，以克永世。尚享！

【校】

①「即此良月」，弘治本、四庫本同元刊明補本；薈要本作「謹即此月」。

韓君大祥祭文

嗚呼！王宗韓氏，通家往來，三十年間，情好孔懷。矧惟亡友，吾門上第，貞幹風生，發强剛毅。其在諸生，先子所器，年近而立，揚歷中外。臺掾郎曹，名聲巇巇。前歲之秋，告别何遽，曾未越境，夢隨川逝。日月云邁，奄復祥祭。論其受年，校夫稟氣，老而益强，期頤可致。衆維衋傷，去之太蚤，古云五十，不爲之夭①。宛彼二雛，卓有所樹，翺翔仕途，儘持門户。依依孝思，以永終譽，君如有靈，亦足以慰夫懷之素也。尚享！

【校】

①「夭」，薈要本、四庫本同元刊明補本；弘治本作「大」，形似而誤。

爲姓氏告亡妻文

維丁亥歲六月十八日丁丑，夫惲謹以茶果之奠告于夫人之靈：推之爲姓，世不多有，故嘗詢其所從出，爲汝討論者有年，一無所見。適讀潛夫《氏姓論》曰①：「推氏、建氏、南氏、舒堅氏、魯陽氏、黑肱氏，皆出楚之芈姓者。」先君，熊繹氏之胤②，其來光且遠矣。嗚呼！夫人殁而有靈，亦將歆慰其光且遠者，用是不敢不告。尚享！

【校】

①「潛」，元刊明補本、弘治本作「替」，半脱；據薈要本、四庫本改。

②「胤」，元刊明補本、弘治本作「亂」，俗字；四庫本作「裔」，亦可通；據薈要本改。

中丞王公祭文

大元國至元二十六年歲在己丑二月辛亥朔越八日戊午，友生王惲謹以清酌之奠，昭告于正議大夫、中丞王兄之靈：嗚呼！朋友之重，義列天倫，切切偲偲，疇非弟昆。惟君顧我，而我宗君，以志則一，以分則親。如漆斯固，如蘭斯馨，而敬而愛，久而益新。爰自垂髫①，以及於冠，授業蘇門，各伸志願。智愚雖殊，道則一貫，君秉淵塞②，浩無涯岸。脱略辭華，好謀能斷，嘗論士心，酬酢萬變。如匪中立，鮮不棼亂，此予少君，餘何足算？我時念君，大器已見。敦我鄙薄，激我愚懦。治仕將歸，而予獨眷。繼分使符，有最無殿。在昔相度，有若昌黎。辟佐戎幕③，大爲己知，及論國計，莫之與規。裴非少韓，有崖其間，隱忍就事，材爲實難。穆穆忠武，曰伊曰吕，桃李盈門，多士如雨。同升諸公，曰僎是與，初笄中舍④，謂輕所處。長居六曹⑤，是爲之所，自後騰揚，又知所主。曰史曰張，曰姚曰許，交口薦揄，螭蟠鳳翥。望君廟堂，致主堯禹⑥，其經綸國業，固足以見君之器宇。彼或無知，奚我齟齬。淮海歸來，道在心小，角巾私第，日事墳討。周防有餘，蛇虺結繳，讒火燒城，甚於原燎。伊鬱積中，不無熱惱，嘗切諗予，憂世心悄。覯閔何多，受侮不少。每見慰寬，外物一掃。擴量沖融，致養强矯。死非所憚，此何足擾？如金在鎔，百鍊不撓。白首窮塗，亦足枯槁。留使咨謀，爲世儀表。此天下之公論，非一己之私禱。云何不淑，不憖遺此一老？吾乃知蒼蒼報施，於焉有未曉者。念君問學，天人理皦。臨終永訣，投我腹藁。語何琅琅，秋空日杲。淚灑行間，茂陵遺草⑦。哀哀二子，越玉陳寶。賢而有文，遹追來孝。所存者長，況不爲夭，鍾鼎一事，古人誰了？嗚呼！事至蓋棺，夫復何尚⑧？精爽不昧，而來者是保。我奠兩楹，腹痛如攪。言念平生⑨，相期遠到。苦樂行違，知者惟鮑。悠悠常情，異心同貌。老夫知音，自深痛悼。我過孰寡？我履孰蹈？有慟無聞，徒辟而摽。淚下河傾，寄兹一抱。嗚呼哀哉！尚享！

【校】

①「鬠」，元刊明補本、弘治本、薈要本作「齠」，據四庫本改。

②「秉」，弘治本、薈要本、四庫本作「衷」，形似而誤。

③「戎」，弘治本、四庫本同元刊明補本；薈要本作「我」，形似而誤。

④「笄」，弘治本同元刊明補本；薈要本、四庫本作「疑」。

⑤「居」，弘治本同元刊明補本；薈要本、四庫本作「屋」，非。

⑥「主」，弘治本同元刊明補本；薈要本、四庫本作「君」，非。

⑦「草」，元刊明補本作「早」，形似而誤；據弘治本、薈要本、四庫本改。

⑧「何尚」，弘治本同元刊明補本；薈要本、四庫本作「何道尚」。

⑨「言念」，元刊明補本、弘治本闕；據薈要本、四庫本補。

路祭中丞王兄永訣文

維君丰度凝遠，内明而外閟，以予交游之久，頗髣髴其一二。其所以斯疾而至於斯者，而皆命之所致耶？豈用有餘而嗇於行耶？物或犯而隱不校耶？欲求合而反得乖耶？剪所愛而戕老懷耶①？不然，何氣運喪謝②，叢一躬而菑耶？方謗之興，予適在燕。嘗表裏乎西溪，致一言於諸公之間，力雖微而莫辯，庶幾友義盡予心之拳拳。用是生有以書慰之，殁有以文誄之，又罔以不敏，復銘而賁之。辭固斐然，思罄單無愧而已③。今者執紼徒送，永隔泉路，然古人神交，罔間存殁。臨岐贈言，故不憚其再瀆。伏惟明靈，鑑兹微悃。尚享！

【校】

①「牋」，弘治本同元刊明補本；薈要本、四庫本作「戕」。

②「喪」，弘治本同元刊明補本；薈要本、四庫本作「衰」。

③「罄單」，弘治本同元刊明補本；薈要本、四庫本作「罄亶」。

御史中丞王公誄文

大元至元廿五年歲在戊子秋八月十有一日，前禮部尚書、御史中丞、東魯王公薨於維揚之客舍，友生王惲謹遣子某致奠，以不腆之文誄焉。其辭曰：

顯允王公，天姿粹精，文辭翰墨，外彪中弸。年甫弱冠，四擅華聲。從元問學，館申作甥，二公提撕①，大潰于成②。繼以賓師，主善共城。始拜公面，歡如平生，忘年定交，實爲畏兄。青燈孔序，絳帷趙廳③，尊酒文會，桐陰滿庭④。既謁寥休，偉其豪英，力薦于上，與之同升。帝曰汝晁，秉心和平，乃眷乃顧，詔扈南征⑤。潛鱗縱壑，天衢荷亨⑥。一命卿貳，尋擢歷亭，改漕京兆，以廉見稱。擢之提憲，以顯以榮，褰惟杖節⑦，激濁揚清⑧。移鎮三晉，八州敉寧，載臨恒衛，兩河肅澄。霜空千里，一鶚獨橫，走忝貳車⑨，峩冠振纓。言議甚衎，王事每兢，其臭斯蘭，其堅斯金。兩秩五年，愈親愈誠，訌賊摀死⑩，王度載貞。整我六曹，春官首徵，再執行憲，居中作丞。守以大體，與時浮沉，西湖瀲碧，吴岫空青。公餘吟醉，若慰羈情⑪，用是北歸，伊誰云憎？徜徉淮海，子潛疾嬰。俟其少間，偕之北行，豈其奄忽，痛乖延陵。剛弗愛克，遂傷厥生。疇昔之夢，飲于兕觥⑫。予欲從之，扞格莫能。今悟死別，神交匪冥。今歲夏仲，手書是承，寄是新作，託之稱停。豈意期月，遘此凶屯，初接傳聞，既疑且詢，繼來訃告，大爲震驚。於戲已矣！

王兄歿而有靈，鄙懷我聽：以公壽言，六十六秩，未嘗疾痛，體胖心逸；以公宦業，通貴之極，三十年間，略無空隙；以公文章，不事雕飾，平易温雅，簡而有式；以公聞望⑬，揚休山立，聲價一時，荆金趙璧；以公胤嗣⑭，怡怡蟄蟄，翠竹高梧，鸞亭鵠植⑮。所爲福全，百福無逆，是用慰公，能事可畢。方之吾儕，又有大弗克及者。秉彝豐厚，度量寬宏，愷悌樂易，碩大光明⑯。不以達貴，我崇彼輕⑰。不以己長，格物自矜。心無城府，口絶否臧。孰爲機張，以虞以防？坦焉蕩蕩⑱，内敬外方。汪汪黄陂⑲，撓之不渾。巖巖高山，仰之彌尊。天下之人，不問識否，聞君之名，僉曰良友，是喜是愛，稱不容口。我觀氣運，有通有窒，或負而乘，君子宜息。遺逸阸窮，固足摧抑⑳，遽忍飄蕩㉑，忽還穹碧。是用奭傷，載悲載泣。維此善人，天地之紀。幾世幾年，生此偉器？一朝云亡，歎興殄瘁。茫茫九原，愛莫之起。悠悠此懷，曷維其已。上以愾斯民之無禄，下以惜平生之知己。嗚呼哀哉！尚享！

【校】

①「撕」，薈要本、四庫本同元刊明補本；弘治本作「㯕」，形似而訛。

②「潰」，抄本、薈要本同元刊明補本；四庫本作「漬」，形似而誤。

③「惟」，抄本、薈要本、四庫本作「帷」，亦可通。後依此不悉出校記。

④「庭」，抄本、薈要本、四庫本同元刊明補本；弘治本作「慶」，非。

⑤「詔」，抄本、四庫本同元刊明補本；薈要本作「語」，形似而誤。

⑥「荷」，抄本、薈要本同元刊明補本；四庫本作「何」，亦可通。

⑦「褰」，抄本同元刊明補本；薈要本、四庫本作「搴」，亦可通。

⑧「揚」，元刊明補本作「楊」，據抄本、薈要本、四庫本改。

⑨「忝貳」，抄本同元刊明補本；薈要本、四庫本作「參戎」。

⑩「撾死」，抄本同元刊明補本；薈要本、四庫本作「俱息」。

⑪「情」，薈要本、四庫本同元刊明補本；弘治本作「惱」。

⑫「于」，弘治本同元刊明補本；薈要本、四庫本作「予」，形似而誤。

⑬「聞」，元刊明補本作「間」，形似而誤；據弘治本、薈要本、四庫本改。

⑭「胤」，元刊明補本作「徿」；弘治本作「衜」；四庫本作「繼」，亦通；據薈要本改。

⑮「亭」，弘治本、薈要本同元刊明補本；四庫本作「停」。

⑯「碩」，元刊明補本、弘治本作「顧」，據薈要本、四庫本改。按：「顧」，俗作「頋」；「頋」、「碩」，形似。

⑰「輕」，薈要本、四庫本同元刊明補本；弘治本作「輊」，形似而誤。

⑱「焉」，弘治本同元刊明補本；薈要本、四庫本作「爲」，形似而誤。

⑲「陂」，弘治本、四庫本同元刊明補本；薈要本作「波」，亦可通。

⑳「足」，四庫本同元刊明補本；弘治本作「疌」；薈要本作「是」。

㉑「忍」，弘治本同元刊明補本；薈要本、四庫本作「思」。

推氏卒哭祭文

至元廿四年歲次丁亥二月壬辰朔十七日戊申，中議大夫王惲，謹以玄酒庶羞之奠，敢昭告于亡妻推氏之靈：

嗚呼！禮嚴卒哭，氣渝一時。愾然興感，悠悠我思。去日漸遠，神而明之。爰仰道宮，有求感知。哀薦成事，用光其儀。君子與孫，衰衣纍纍。心焉寸草，恩則春暉。仲哀報德，泣涕交頤。而於自致，其殆庶幾。惟靈降鑑，以慰永悲。嗚呼哀哉！尚享！

祭三藏佛圖澄文

惟師薄游襄國，寔開帝聰。聞音知物，變眩幽通。非此無以回猛鷙而神事功。我師真筌，不忌在空①。來拜祠下，辛歲初冬。酹觴乞靈，裴回呪龍②。庶一勺之達水，澆至人之心胷也③。尚享！

【校】

①「忌」，弘治本同元刊明補本；薈要本作「忘」；四庫本作「亡」。

②「裴回」，弘治本同元刊明補本；薈要本作「裴徊」亦通；四庫本作「徘徊」，亦通。後依此不悉出校記。

③「澆至」，元刊明補本模糊不清；弘治本闕；據薈要本、四庫本補。

祭宋文貞公墓

至元十九年歲次壬午五月己未朔十一己巳①，謹以清酌之奠，致祭于唐太尉文貞宋公墓下：

嗚呼！惟岳降神，生甫及申，爲周之楨。如公之生於唐，迺開元之治具也。昔玄宗能遠而不忘，一旦召而相之，何其明邪！及惑伶人一譴，公終老于家，何其昧哉！豈天寶之亂於後，有不容置大器於久安故②？於戲！往者何咎？國家方以親賢爲急，天或寵綏四方，若公者復克降靈，作甫與申，免夫望壟思賢之歎，此臣子所以再瞻隧下③，動曠世相感之意也。區區之誠，惟神其鑑之。尚享！

【校】

①「十一」，弘治本、薈要本同元刊明補本；四庫本作「十一日」。

②「故」，弘治本同元刊明補本；薈要本、四庫本作「故耶」。

③「臣」，弘治本同元刊明補本；薈要本、四庫本作「吕」。「下」，弘治本闕，薈要本、四庫本作「道」。

授少中大夫福建閩海道提刑按察使告祖宗文　己丑秋八月三日①

至元廿六年歲次己丑八月丁未朔越四日庚戌，孝孫惲敢昭告于王氏三代祖考、祖妣之靈②：

惲不肖，獲承祖宗遺訓以至今日。又於此月初三日，欽奉宣命，進授少中大夫、福建閩海道提刑按察使。是皆祖宗奕葉德積之故，越小子何敢③？存殁光顯，宜知所自，特陳薄奠，是用昭告。尚享！

【校】

①「三」，弘治本同元刊明補本；薈要本、四庫本作「四」。

②「祖考」，弘治本同元刊明補本；薈要本、四庫本作「祖宗」。

③「敢」，弘治本同元刊明補本；薈要本、四庫本作「能」。

祭待制徒單衍文

維至元廿六年歲次己丑冬十月丁未朔十二日己未，少中大夫、福建閩海道提刑按察使王惲，致奠于故待制徒單公之靈：

嗚呼！禍與福，善惡以應之。變其常理，有不復致詰者。惟翰林侍講學士顒軒先生，厥心孔嘉，樂善修德。及其立朝行道，罔不傾悉。晚歲得子，又復良碩。學由家傳，志乃早立。先生云亡，相與咨惜①。念渠零屏，繼任翰職。淹留京師，豈造物者將有俟而補先生之不及？一旦夭奪，松摧玉折②，云何不淑，而臻此極？睠若堂之三封，悵遼海之不溢，何一氣之衰謝，逮子身而迹熄。余愈知善惡之叵量，蒼蒼之不可必也。不然，豈行焉忽諸，致皋陶、庭堅之不食，吾不得而識也③？噫！

【校】

①「與」，元刊明補本、弘治本闕；據薈要本、四庫本補。

②「折」，元刊明補本、弘治本、薈要本作「質」，據四庫本改。

③「得」，弘治本、薈要本、四庫本作「可」，非。

辭墳祝文

伏以甌越東南之極徼①，憲使外臺之正名，受命以來，夙夜祗懼，有不遑寧處者，於是月十七日卯刻，與子公孺輩前赴任所。伏惟明靈，相其不逮，以道護之。尚享！

【校】

①「甌越」，弘治本、元刊明補本脱「越」；薈要本作「甌越」；四庫本作「甌閩」。

祭雙廟文①

至元廿六年歲次己丑冬十月丁未朔二十六日壬申，謹以清酌之奠②，敢昭告于唐臣中丞張公、睢陽太守許公之靈：

惟神忠抗全節，義摧賊鋒，既障江淮，載清河洛，精爽在上，其生炳如。惲等適有事於維揚，特乞靈於新廟③。顧惟朽質，遠涉畏涂，過覬之心，斷非敢萌。不虞之變④，庶祈默祐。尚享！

【校】

①「廟」，元刊明補本、弘治本作「庿」，俗字；薈要本、四庫本作「忠」。

②「謹」，元刊明補本、弘治本作「瘗」，據薈要本、四庫本改。

③「靈於新廟」，弘治本同元刊明補本作「□□新廟」；薈要本、四庫本作「回新眷」；據抄本補。

④「不」，元刊明補本、弘治本闕；據抄本、薈要本、四庫本補。

祭淮水文

惟神發源桐山，横界楚甸，德參四瀆，潤涵百川。惲恭奉綸恩①，遠臨殊域，險阻炎蒸，有所自惜者②。惟神鑑祐，其安以濟。是則神上有以欽承明命，下有以盡臣子之義也③。尚享！

【校】

①「恭奉」，元刊明補本模糊不清；弘治本作「恭□」；據薈要本、四庫本補。

②「所」，元刊明補本、弘治本闕；據薈要本、四庫本補。

③「盡」，元刊明補本模糊不清；弘治本闕；四庫本作「教」；據薈要本補。

亡妻推氏祭文

遣奠祭文

維至元廿三年歲次丙戌冬十一月癸亥朔十有二日甲戌，中議大夫、前行臺行御史王惲，謹以牲醪之奠致祭于夫人推氏之靈：

維君爲婦克恭，以母則式，助我内治，其宜其適，四十三年，迺猶一日。眷我貧家，勤亦之極①，惟是盡瘁，遂臻于疾。彌留八年，屢值危棘②，孰祓其祥③，稍復安息④。孟冬辛酉，遽變容度，孰褫其魄，溘先朝露。惟此喪制，我實主之，布冠齊衣，我具舉之。木美藏嚴，恐速腐之，美慰汝心，汝其顧之。我卜甲戌⑤，窆焉襲吉，奉安汝柩，皇姑之側。升輴發引，爰用控告，汝宜勿憾，我未爲佼。魂兮歸來些，四荒不可以往兮！惟汝子孫，是依是保。黯黯精魂，悁悁心目。旬浹之間，重有所祝。日薄西山，一語不復，念之奭傷，又孰爲鬱⑥。於戲！零落山丘，生存華屋，自古皆然，非汝之獨。惟弗偕老，天爲之酷，有淚如泉，永注河曲。嗚呼哀哉！尚享！

【校】

①「之」，弘治本、四庫本同元刊明補本；薈要本作「云」。

②「危」，弘治本、薈要本、四庫本作「已」，非。

③「祥」，弘治本同元刊明補本；薈要本、四庫本作「災」，妄改。按：校改者未申「祥」本兼「凶災」、「吉利」二義，而臆妄改作「災」。

④「稍」，薈要本、四庫本同元刊明補本；弘治本作「梢」，形似而誤。

⑤「卜」，元刊明補本、弘治本作「小」，據薈要本、四庫本改。

⑥「又孰爲鬱」，弘治本同元刊明補本；薈要本、四庫本作「又增悒鬱」。

過趙祭忠武史公祠文

夫用物精多者，英爽罔昧；垂顧異常者，死生不殊。我丞相忠武史公，以丘山之重，顧草芥之微，其生也卵而翼之，其歿也寐而訓之。兹者奉詔北上，展拜新祠，敢乞明靈，增益不逮。蓋愚魯之性，惟其素知，於言動之間，庶幾默祐。尚享！

王惲全集彙校卷第六十五

辭

中林有烏辭 哙姨母而思親也①

哀哀母氏，壼儀光兮。我鞠我育，其勞昌兮。植思静佳，風飄飈兮。顧惟蒿蔚，擬諼芳兮②。菽水奉歡，其憂忘兮。母恃子豫，亦所望兮。一朝致樂，初未嘗兮。夜夢見之，晝微茫兮。歲月逾邁，拱木蒼兮。履此霜露，中心傷兮。我行宗城，如渭陽兮。瞻戀姨闈，自不遑兮。展我孺慕，聞母香兮。贈乏瓊瑰，幣帛將兮③。枝同氣連，何殊於幽明間兮！庶幾母心，慰下泉兮。中林有烏，翩其反兮。情極反哺，鳴聲應而喧兮，可以人而不如烏之志兮？别淚盈睫，下霑袂兮。停雲在空，浩無際兮。我思母氏，曷有既兮。

【校】

①「辭」，元刊明補本、弘治本脱；薈要本作「詞」；據四庫本補。

②「諼」，弘治本、薈要本同元刊明補本；四庫本作「萲」，亦可通。

③「帛」，弘治本、四庫本同元刊明補本；薈要本作「安」，非。

哀友生季子辭 并序

中統五年甲子歲夏五月廿有九日晝漏盡三十刻，府從事周貞以友生季子之喪來告。聞之驚怛，迺爲輟食。因憶予弱冠時，始識渠于教官張文紀學舍，性資純雅，似不能言者，扣其《禮經》，皆能成誦于口。既長，從泌陽趙公業詞賦①，故日夕翺翔，相得爲甚狎。逮壬子秋，顒軒徒單公自甯來居，曰：「今而後執經問學，吾知所從矣。」於是摳衣席下，大玩厥辭，含章既貞，士論乃厭。每自歎古人讀書患其無書，今人置書不觀，何居②？要當手畢羣書③，使之滿家而已。及三史甫畢而病嘻，學之難成也如此，可勝嘆哉！子天性孝友，爲人簡靖不羣，喜作詩，其較量體格、推敲聲律，有過人者。然識者以骨清而癯、耳小而傴，恐非壽相也。今年春，顧見憊氣烝出顔間，僕謂曰：「子殆病矣！不然，何神與氣索然無光耶？子少休，學本潤身，守身爲大，吾子其慎之。」既而卧病在牀，以迄于死。初，其父命其子曰：「而吏而商，斷不汝爲。惟士與農，迺所願學。」吁！爲父者可謂知其子而得其教，爲子者可謂盡其孝而養其志者矣。維其天不假年④，聲光潛室，不少白於世，是迺可惜也。於戲！天道無親，常與善人。若季氏者，可謂一門善人矣，遘罹兇極，一至於此，天之報施善人，果何如哉？予不得而知也。噫！武死矣，非文曷以攄予之哀而見若之志？如李觀、歐陽詹之不幸，終復聞於世者，以昌黎之文故也。君諱武，字子文，世爲青齊人，壽三十有四⑤。遂援毫寓哀⑥，以畢其辭⑦。誄曰：

猗嗟季氏，以善傳兮。種德及嗣，培福田兮。父母之心，一何賢兮。子奉以行，周且旋兮。學根於心，浩浩天兮。再世而昌，其流淵兮。有物忌娼，坎壈纏兮。云何不淑，遘此邅兮？自古有死，豈子然兮？維卒不施，涕所漣兮。哀哀父母，白垂顛兮。狎于弗順，蓋子棺兮。東城之野，子之原兮。悲風瀟瀟，淇水寒兮。游魂一去，不復還兮。永矣無聞，閟九泉兮。反袂拭面⑧，慨其嘆兮。禍淫福善，此何愆兮？天道悠遠，疑其無所聞兮。其脩與短，不幸之間兮。嗚呼哀哉！夫我何言，子所安兮。

【校】

①「泌」，弘治本、四庫本同元刊明補本；薈要本作「必」，俗用。「詞」，弘治本同元刊明補本；薈要本作「誦」，形似而誤；四庫本作「詩」。

②「何居」，弘治本同元刊明補本；薈要本、四庫本作「何居乎」。

③「要當手畢」，弘治本同元刊明補本；薈要本、四庫本作「必廣萃」。

④「維」，薈要本、四庫本同元刊明補本；弘治本作「繼」，非。

⑤「壽」，元刊明補本作「得」，據弘治本、薈要本、四庫本改。

⑥「援」，弘治本同元刊明補本；薈要本、四庫本作「掇」。

⑦「畢」，弘治本同元刊明補本；薈要本脱；四庫本作「抒」。

⑧「袂」，薈要本、四庫本同元刊明補本；弘治本作「柍」，形似而誤。「面」，弘治本、四庫本同元刊明補本；薈要本作「而」，形似而誤。

故中奉大夫浙東宣慰使趙郡陳公哀辭①

至元十四年歲次丁丑秋，中奉大夫、浙東道宣慰使陳公按營田東下，歷明逾台②。

九月七日，歸屯新昌，爲賊姦所乘，遇害。嗚呼哀哉！公未歿前五月，予夢公柩轊而過衛，再夢坐越府上，望公而不得接。後閱月，復夢把臂談詠，如在試院中時，第霧氣盪胸，終不覩其面。明日，卜奉常宋君③，不吉，曰：「後幾日當有惡報至。」予魄動而不忍聞。既而公故吏張永錫以訃來告，乃審公之所以亡。嗚呼哀哉！初，癸丑歲，公侍謀漢邸④，聞走名而喜之；及尹洛師，一見殆平生歡⑤。至元三年，以邦伯釐衛，日夕得游從燕處⑥，爲文章往復，時或持論古今，傾底裹無間。至於振衰礪懦，長予志殊鋭⑦，四載間猶一日也。後五年，予自裹行得調，公亦移鎮河湟，自是不相覿者五易歲。維十有三年夏四月壬辰朏，堂移考試河南，得貳公行⑧，躍躍不能寐。遂自梁抵申，由宛葉入洛，而竟事於汴，寢飰游居，不斯須離者餘七十日。公以平昔出處，素所蘊而毖者一羰而盡於予。竊壯夫志弘而毅，氣剛以直，學切而有用，器遠而足識，皜皜乎有不可尚己者。及祖帳夷門，酒酣歔欷，悲不能訣去，至揚觶而歌曰：「孤忠耿耿，信不疑兮，匪席匪石，可卷移兮。與子論交，乃所期兮，日暮途遠，將何之兮？彼蒼悠悠，其聞斯兮？」予上馬歸，念且訝其遽如許也。嗚呼噫唏⑨！公今死矣⑩，予尚忍言哉？或者以「玉山賊，門庭寇也，終宋亡而不克揃；新昌，下邑也，惡而無所預⑪，盍去諸？」予曰：「公之不去者，以弭禍亂、懷新附，分也；事不辭難，患不苟免，志也。去之，民何賴焉？賊或有知，使洞貫之誠一言開悟，于以窮根窟，掃餘孽，宣威海道，以靖東南，在公爲弗難。不幸擁馬直前，言未及論，而兇鋒鬨加。蓋公之所能者天也，其不能者命也。嚮使因鼠輩而喪厥守，以偷生而爲得計，名節委地，坐視民殘，是豈公之志也哉⑫？況公生平忠誼表表，審量素定，晚節操履益堅，其遇當行可爲，得少伸抱負，分一死久矣。昔顔太師知賊狀已明，將命而徑往；李司徒視逆刃交下⑬，握節而不去。二公者，豈甘心劘躬哉⑭？正以忠烈之氣，寧以一不幸，遽可慊然於其心哉？今以公事節概之，不少異矣。然不使公從朱游、王遵⑮，瀝丹衷於折檻之前⑯，抗忠諫於伏蒲之地，奈何鏦死道路⑰，纓絶於穿窬之手？此士論共惜，僕尤哀而爲之辭也。」公諱祐，字慶甫，趙之寧晉人。固窮力學，工爲詩，尚氣，能道所欲言。節齋，其自號也。嗣子夔，繼請兵討賊，得害公者七人，戮越州市。次子皐，扶其喪，葬北邙之新阡。其辭曰：

維天降材，深有謂兮。清明萃躬，經此一世事兮。伊逢昌辰，臣子尤不易兮⑱。鴻毛沛風⑲，宜乎奮厥翼兮。百纔幾施，有物訶以忌兮。固窮善道，退而甘所棄兮。何縻以好爵，足將進而躓兮？擠之禍賊，天胡爲而厲兮？俾姦惡者何所懲，忠善者將何恃兮？豈福善禍淫之戒，時或撓而弛兮⑳？豈命數一定，善惡得而致兮㉑？豈一氣偶然，乘之者隨所值兮？不然，何厚其所可薄，而賢者莫錫類兮？嗚呼！言至於此，天道悠悠，此心盡而俟兮。自古有死，死非以義，等草木之敝兮。堂堂節齋，明是義兮。夫我何尤？公所求兮。既獲死所，公乃休兮。有子而孝，復厥䚡而歸故丘兮㉒。是或蒼蒼者有足賴，神理於焉在兮㉓。魂歸來些，歆予文之一慨兮。固元身不殁㉔，名永肩於崧岱兮。噫！

【校】

①「哀辭」，弘治本、薈要本同元刊明補本；四庫本作「哀辭并序」。

②「台」，弘治本同元刊明補本；薈要本、四庫本作「召」。

③「卜」，弘治本、四庫本同元刊明補本；薈要本作「卜之」。

④「謀」，弘治本同元刊明補本；薈要本、四庫本作「謀于」。

⑤「殆」，弘治本、薈要本同元刊明補本；四庫本作「如」。

⑥「夕」，弘治本、四庫本同元刊明補本；薈要本脱。

⑦「長」，弘治本同元刊明補本；薈要本、四庫本作「視」。

⑧「貳」，弘治本同元刊明補本；薈要本、四庫本作「式」，非。

⑨「唏」，弘治本、薈要本同元刊明補本；四庫本作「嘻」，亦可通。

⑩「今」，弘治本、四庫本同元刊明補本；薈要本脱。
⑪「預」，弘治本同元刊明補本；薈要本、四庫本作「顧」。
⑫「是」，弘治本同元刊明補本；薈要本、四庫本脱。
⑬「刃」，弘治本同元刊明補本；薈要本、四庫本作「刀」，形似而誤。
⑭「二公者，豈甘心劘躬哉」，弘治本同元刊明補本；薈要本、四庫本作「二公之甘心劘躬者」。
⑮「游」，弘治本同元刊明補本；薈要本、四庫本作「雲」。
⑯「檻」，元刊明補本作「搵」，訛字；據弘治本、薈要本、四庫本改。
⑰「鏦」，弘治本同元刊明補本；薈要本作「徙」；四庫本作「徒」。
⑱「不」，弘治本同元刊明補本；薈要本、四庫本作「不可」。
⑲「風」，弘治本、薈要本同元刊明補本；四庫本作「夙」，形似而誤。
⑳「時」，弘治本、薈要本同元刊明補本；四庫本作「持」，涉上而形誤。
㉑「得」，弘治本同元刊明補本；薈要本作「混」；四庫本闕。
㉒「故」，弘治本、四庫本同元刊明補本；薈要本脱。
㉓「理」，弘治本、四庫本同元刊明補本；薈要本作「埋」，非。
㉔「元」，弘治本、薈要本同元刊明補本；四庫本作「亢」，形似而誤。

故中奉大夫山東東西道宣慰使史公哀辭

事有曠世相感，欷歔不自已者，豈非義激於衷，默有所契而然耶？　況神交罔間，没而陰相者哉。　故宣慰史侯，五路萬户留後之嫡長、太尉忠武公之猶子也。　不肖自早歲蒙開府眄睞，獲識侯于明面，合并有數，款狎則未也。　逮提憲朔南，適平宋來歸，時接燕談，三載之間猶一日然。　既而起公慰宣東方，走亦持節甌越，前次甬東，一夕夢公相戒云：「君方從事閩徼，得喪有命，尚慎眠食，不宜中動。」臨岐握手，有戀戀不已者。　予又嘗銘公兄墓，以名驃見貺，及是方倦游思歸①，公復見夢曰：「遠回在邇，但吾乘不得與同耳。」後數日，聞公訃，馬亦隨斃。　計公卒辰，適始夢甬上時也。　吁！　亦異哉！　嗚呼！公於余深矣，往有以教，歸有以啓迪之，非神交而何？　哭墓草宿，且惡夫涕之無從也。癸巳冬，予在翰林，公之子親衛指揮使焕、弟祕監煇來謁②，出諸君銘章，仍有徵於余。感念疇昔，迺抒願言。　公爲人深靖有識量，善謀能斷③。　生長豪貴，不以居養自高；周知物情，未嘗臧否出口。　平居褒衣素裾④，以琴書自娱。　賓從宴游，若與世浮沉者。　及其治兵作牧，撫循籌畫，二者並用，不相底滯。　有成筭而無遺慮，所謂「總戎作氣帥，尹而寓軍容」者，公其有焉。宜乎爲世父鍾愛，名聲昭於人，功烈著于後也。至元甲申夏六月，余將往歷下，見公於所居南樓，置酒酌别。既酣，談論古今成敗，傾徹底裏，且及平時寤寐風雲、破碎陣敵等舉，如濟南珍嶼横槊臨江之役皆是也⑤。曰：「異時倘經故處，當知予愾王所敵志也⑥。吾老矣，將無復再得去。」三年，公薨謝官下。於戲！公今已矣。顧視一時鉅室世臣，其麗不鮮，較其德業問望，哀榮終始，略無遺憾，鮮有及公者焉。然尚何辭而哀之？惟是存殁陰相，久要之言耿耿在抱，義激愚衷，故特發其隱而未書者，俾告公靈，庶慰車過腹痛、繫劍喬木之意云。其辭曰：

天之降才，實爲艱兮；用應時需，又所難兮。文武一岐⑦，造物者靳其全兮。合而兼濟，粤惟世之賢兮。堂堂史公，北方强兮。知柔知剛，萬夫望兮。依乘風雲，秉鉞戎軒，蕩無前兮。有來羣后，策勳盟府，相後先兮。收斂豹韜，作牧民編，于蕃宣兮；國倚以重，民懷風愛，動海壖兮。神而化之，人亡政息，伊時邅兮。嗚呼哀哉！若公者，其英其靈，有無間兮。豈隨化歸盡，魂無不之，渺逝川兮？其或奮爲神明，司幽玄兮？明復爲人，續其志之淵兮。若或亶然，又不知其幾世幾年兮。論至於此，尚何言兮？所以增我永慨者，正復哀斯民之不幸，抑且感知己而涕漣也。

【校】

①「方」，弘治本同元刊明補本；薈要本、四庫本脱。

②「撝」，弘治本同元刊明補本；薈要本、四庫本作「揮」，亦可通。

③「能」，弘治本同元刊明補本；薈要本、四庫本脱。

④「裾」，弘治本、薈要本、四庫本作「裙」。

⑤「嶼」，弘治本同元刊明補本；薈要本、四庫本闕。

⑥「愾王所敵」，弘治本同元刊明補本；薈要本、四庫本作「敵王所愾」，倒。

⑦「岐」，元刊明補本、弘治本作「岐」，薈要本、四庫本作「轍」。

祝辭

爲劉孝先子迪作①

古者名訓冠前，字加冠後，改而推稱，蓋以責其禮之成，全成人之道。孝、悌、忠、信，莫重而先，四者有立，吉孰大焉？曰禹曰益，九官讓賢，及陳儆告也如是，況余人然？山木取義，併其名而字之。予以四行擴充迪傳，劉氏子其服膺拳拳，猶日見鄉先生于朝端也。

【校】

①「祝辭爲劉孝先子迪作」，弘治本作「祝辭劉孝先子迪作」，既脱且注文誤入正文；薈要本作「劉孝先子迪祝辭」，既脱且誤而倒；四庫本作「祝辭爲劉孝先子迪作」，誤。

周氏小女祝辭

元貞元年秋，過總尹孟甡家，出小女拜，且命誦《孝經》、《論語》等篇，殊琅然也。仍請訓辭爲祝，因書以付之。蘭即燕故家留判趙公外孫也。

英英女孥①，何静嘉兮！翁初見之，燕故家兮。牙牙點粧，玭瓊珈兮。學語未正，鶯囀花兮。今年拜予，雙鬟鵶兮。洞簫有賦，非所誇兮。孝章魯語，誦無涯兮。謝以藴稱，汝其昭兮。詢以小字，曰蘭嬌兮。葳蕤芳華，幨翠翹兮。猗猗揚揚，兹容碻兮。女惟德馨，幽閑在兮。佩而服之，儀與誠兮。女紅蠶休，尤所賴兮。守以貞順，敬毋怠兮。付之汝誦，于以書脱脱其儀之帶兮②。

【校】

①「孥」，元刊明補本、弘治本、薈要本作「拏」，據四庫本改。

②「于以書脱脱其儀之帶兮」，弘治本作「于以書脱脱」；薈要本作「於以書帨」；四庫本作「于以書帨兮」。

觀溟漲辭

山雲蒸兮杳而昏①，大壑澮兮涇流奔。渚崖曲兮千里，一夕平兮光瀰。二水之充兮無幽無深，遠朝滄溟兮臣妾之心。幽人觀其瀾，逝者何嘆兮！周而復還，萬物化結水之仁。功成而退兮，殆君子之逡巡。日三往而臨視兮②，悟夫噓噏於此身。又何必酌樽中之醁，問江山之神也耶？

【校】

①「杳」，元刊明補本、弘治本作「老」，據薈要本、四庫本改。

②「三」，弘治本、四庫本同元刊明補本；薈要本脱。「臨」，元刊明補本模糊不清；弘治本闕；薈要本、四庫本作「睇」；據抄本補。

鳴榔曲

壬申春三月，予自京師南還。十八日夜半，過平棘西洨水上，聞漁人鳴榔中流，聲響甚厲，駐車起聽，令人杳然有江灣漁樂之思，作《鳴榔曲》以寫其音節云。其詞曰：

榔鳴葦間，回風遠遞。洲空月寒，音節愈厲①。響應虛谷，波翻水際②。驚羣魚而入槮③，笑古人之用智。予駐車而三聽④，欲拏舟而同逝。

【校】

①「音」，薈要本、四庫本同元刊明補本；弘治本作「旨」，形似而誤。

②「水」，弘治本同元刊明補本；薈要本、四庫本作「木」，形似而誤。

③「槮」，元刊明補本、弘治本作「糁」，非；薈要本作「篸」；據四庫本改。

④「予」，弘治本同元刊明補本；薈要本、四庫本作「至于」。

田横墓歌辭

至元丙子夏六月，奉堂移，偕節齋陳公，以事東之偃師。過横墓下，慨慕耿光，悲歌而去。歌曰：

秦以帝稱，魯連之所恥兮。漢以劍起，布衣之所極兮。横王東海，意不充其覬兮。天命攸歸，吾將奚所適兮？死或當理，庶烈士之則兮。

王惲全集彙校卷第六十六

箴

憲司箴

肅肅憲司，虞夏九牧。其在漢唐，刺史都督。控臨百城，靡不約束。既重其權，匪輕所責。治弘務簡，望隆威赫。有臺閣清嚴，無州郡急迫。繡衣四出，輶軒金節。命服有彰，非爾徒設。奉宣詔條，巡省按決。官之邪正，政之得失，酌汝之言，以明黜陟；俗之孅惡，民之休慼，恃汝注措，以安以息。國有重典，越惟刑辟。圜土幽囚，肺石寃抑，仰汝審察，哀矜致恤。毫髪或差，追悔何及！剛不可憚，憚則氣怫；弱不可欺，欺則衆忽。事無避難，避之愈集；法毋情破，破之有窒。何以處之？必正必式，一有私萌，力爲之克。如松斯貞，如鷙斯擊，其嚴秋霜，其平砥石。是乃所云①，邦之司直，我玉無瑕，彼疵可録。志行氣伸，吏畏民服，一道清寧，乃稱所屬。其或暗夫大體，苛細是燭，較利害之孰多，至首尾之畏蹜。甘於慵身，計日而禄。官謗誰逭②？顏厚有忸。爰作斯箴，敢告司僕。

【校】

①「所云」，元刊明補本、抄本闕；據薈要本、四庫本補。

②「誰」，元刊明補本、薈要本闕；四庫本作「奚」；據抄本補。

言箴

語戒過繁，與先期重①。我機洞開，莫測彼動②。動躁輕易，違理取勝。過慮思邪，皆言之病③。垟不猖獗④，有害於用⑤。審察安詳，時然後應。利害雖臨⑥，一出於正。其或不然，自陷於穽。脊之脊之，凡百從令⑦。

【校】

①「與先期重」，元刊明補本闕作「先期」，薈要本、四庫本作「論先期用」，據抄本補。

②「機洞開，莫測彼動」，元刊明補本闕；薈要本、四庫本作「之樞機，寧唯妄動」，據抄本補。

③「皆言之病」，元刊明補本闕作「言之」，據抄本、薈要本、四庫本補。

④「垟不猖獗」，元刊明補本闕作「不」；薈要本、四庫本作「一不知檢」，據抄本補。

⑤「用」，抄本同元刊明補本；薈要本、四庫本作「性」。

⑥「利害雖臨」，元刊明補本闕；薈要本、四庫本作「非法不言」，據抄本補。

⑦「眘」，元刊明補本闕；薈要本、四庫本作「念」；據抄本補。「凡百從令」，元刊明補本、薈要本、四庫本俱闕，據抄本補。

忍箴

忍之爲字，以刃加心。少或弗隱，其傷必深。家府維哲①，挺挺而全。謂予平生，半在官聯。萬變前陳，履薄臨淵。少觸與競，其心即燃。自救弗暇，理何有焉？量汝之性，以忍爲先。惟忍則濟，欽哉聖言。

【校】

①「哲」，元刊明補本模糊不清；弘治本闕；薈要本、四庫本作「訓」；據抄本補。

銘

楷杖銘 并引

孔林之木，瑰異者爲多，魯人世不知其名者，蓋夫子没，弟子各持其方之木來樹焉。在枌、柞、㮳檀中名殊顯者①，獨文楷耳。前朝斵之板，持以備新進之儀，豈思其人、重其文、敬其手植之意也歟！紫陽公攜二杖過衛，一以贈予，因識其楷之所以爲楷也如是。吁！昔而簡，今而杖，用雖不同，至於重其文、敬其手植之意一也。銘曰：

體堅而微，色正則瑩，庚庚其文，挺挺其性。本根傳萬世之芳，枝葉蔭百王之聖。斵而杖之，以扶吾道之衰兮，庶由乎義路之正。且予年之方盛，是不可施於其鄉兮，復將槳蛇妖於異日②，于以叩原壤之脛。惟桑與梓，必恭且敬。矧吾家之草木，敢不同甘棠而加愛兮？故賡之以舞雩之詠。

【校】

①「柞㲉檀」，元刊明補本、弘治本、薈要本作「檀㲉柞」，倒；據四庫本改。

②「獘」，元刊明補本、弘治本作「弊」，形似而誤；薈要本作「獘」，非；四庫本作「斃」，亦可通。按：「弊」，俗亦作「獘」；然此「獘」蓋「獘」之形訛；「獘」、「斃」，古今字。

檳榔杖銘

體堅而柔，節促而澤，赤藤桃竹，非所狎兮。青蛇奮蟄，腹紋鱗鱗，入手滑兮。質挺炎德，出入有聲，豈特鏗爪甲兮。堂堂許公，國喉舌兮。杖而登朝，表孤節兮①。是將代太尉之笏，擊姦慝於未孽也。

【校】

①「孤」，弘治本、四庫本同元刊明補本；薈要本脱。

芝枕銘 并引

予觀神農氏之經，芝之種有五焉：紅者如珊瑚，青者如翠羽①，黄者如紫金，白者如截肪，黑者如澤漆，皆光明洞徹②，如冰之堅，五岳之山産焉。後之以芝名者不若是③，豈柳柳州所謂「天澤餘潤，雖枯栴敗腐，猶能蒸出芝菌④，以爲瑞物」？是枕之芝⑤，或間産名山，或蒸出枯栴，予不得而知也。但不斤不斲，底平面傾，犀文外繞，疊成枕形，誠可以薦牀第而承幽人之憩息也。銘曰：

體似重而輕，性似柔而剛，豈顛木之餘栴，薦幽人之野牀？質似芝而秀，文似犀而光，果齋房之瑞氣，化奇形而不忘。但髣髴兮一枕之妙，至於爲芝爲菌，吾不知其物化之常。秀比蓮葉⑥，清凝寢香，枕或强名，用適則良。俾欹之藉之，勿邪其所思兮，是可以夢周公而接羲皇也。

【校】

①「者」，元刊明補本模糊不清；據弘治本、抄本、薈要本、四庫本補。

②「皆」，元刊明補本模糊不清；弘治本闕；據抄本、薈要本、四庫本補。

③「者不」，元刊明補本模糊不清；弘治本闕；薈要本、四庫本作「者率」；據抄本補。

④「蒸」，元刊明補本模糊不清；弘治本闕；薈要本、四庫本作「幻」；據抄本補。

⑤「杌」，弘治本、四庫本同元刊明補本；薈要本作「謂」，未審文義妄改。

⑥「蓮」，元刊明補本、弘治本、四庫本作「連」，俗用；據薈要本改。

砥柱銘

水之爲力，無物不從。津門之險，壯夫砥之爲雄。洪濤西來，萬夫前攻。而戰而薄，我當其衝。狂瀾勢倒，安流而東。屹嵩華之隆崇也，吾儕小人，弱植淺中①，衰俗外誘②，羣邪內訌③。苟內省而不疚，有碇心而直吾躬也。

【校】

①「植」，元刊明補本、弘治本作「値」，據薈要本、四庫本改。按：蓋語本《晉書》卷四八《閻纘傳》：「賈謐小兒，恃寵恣睢，而淺中弱植之徒，更相翕習，故世號魯公二十四友。」

②「誘」，元刊明補本模糊不清；弘治本闕；據薈要本、四庫本補。
③「内」，元刊明補本、弘治本作「外」，據薈要本、四庫本改。

金銀沙二泉銘

山之清潤，澤氣以通兮；坤之靈秀，醴泉以發兮。太行蟠亘，元陽所軋兮。天門左界，二泉並出兮①。巨鼇背鑿②，寶藏泄兮。靈淵奫淪，海眼徹兮。泓澄一碧，金瓊屑兮。金流石爍，爽冰雪兮。雲煙藉潤，爲改色兮。酌而瀹茗③，中泠洌兮④。挹之薦帝，明水潔兮。淋漓膏液，補天缺兮。女媧鍊石，用不竭兮。夸娥弛擔，濯困暍兮。七賢尋盟，因醉達兮⑤。幽響傳谷，鏘瓊玦兮。山空月落，仙人揭兮。玉池生肥⑥，悟真訣兮。我銘勒石，泉不涸兮。

【校】

①「出」，元刊明補本、弘治本作「渣」，非；四庫本作「窣出」；據薈要本改。
②「背鑿」，元刊明補本闕；據弘治本、抄本、薈要本、四庫本補。

③「茗」，元刊明補本、弘治本闕；據抄本、薈要本、四庫本補。
④「中」，元刊明補本模糊不清；弘治本闕；薈要本、四庫本作「甘」；據抄本補。
⑤「因」，元刊明補本模糊不清；弘治本闕；薈要本、四庫本作「沈」；據抄本補。
⑥「玉池」，元刊明補本、弘治本、薈要本、四庫本俱闕，據抄本補。

端石硯銘

硯之同功甲與鋌，試之敵場惟利堅。其或不爾安用焉？嗚呼此硯穹而圓。神黿足跧舌有泉，既利我穎墨且便。青州絳州何所賢？題品入格因公權，處士或托斯銘傳。

默齋銘

語寂滅者，涉於絶類；談自然者，入於虚無。嗚呼，默乎！其天地閉，賢人隱，括囊无咎，无譽者與。至於明良相遇，治具畢張，一言而可以興除者，如宣父夾谷之盟，孔明隆中之論，茲吾儒之事也，豈得退藏於默乎？豈得退藏於默乎？

閑邪齋銘

噫嘻是心①，既岌而放。内閧外膠，靡不馳鶩。忘返從流，于焉板蕩。維禮與義，以戒以懼。存之以誠，爲閑之具。有人于斯，言動聽視②；庸信庸謹，造次於是。成德雖中，慮萌邪侈。一念或非，爲姦所餌。《易》演文言，一閑大焉③。一聖洗心④，權輿於乾。譬海乘載，一碇能安。如馬泛駕，受羈則旋⑤。險去而夷，浪平斯淵。彼碇與勒，曷能舍旃⑥？何似李侯⑦，周防未然。操心知要，惕焉拳拳。言信行謹，其殆庶幾⑧。一誠存中，太山可移。素志不昧⑨，聖賢同歸。

【校】

①「噫」，薈要本、四庫本同元刊明補本；弘治本作「意」，俗用。

②「聽視」，元刊明補本、弘治本作「視聽」，據薈要本、四庫本改。

③「一閑大焉」，弘治本同元刊明補本；薈要本、四庫本作「閑之義宣」。

④「洗」，元刊明補本模糊不清；弘治本闕；薈要本、四庫本作「精」；據抄本補。

⑤「受矚」，元刊明補本模糊不清；弘治本、抄本闕；據薈要本、四庫本補。
⑥「旃」，元刊明補本模糊不清；弘治本闕；據抄本、薈要本、四庫本補。
⑦「似」，元刊明補本模糊不清；弘治本、抄本闕；據薈要本、四庫本補。
⑧「殆」，元刊明補本、弘治本、抄本闕；據薈要本、四庫本補。
⑨「素志不昧」，元刊明補本模糊不清；弘治本闕；抄本作「縈□而□」；據薈要本、四庫本補。

洮石硯銘

吁爾洮，水中沚。翠欲流，礪於砥。考之譜，端歙齒。波及余，古月子。斲而泓，堅澤玼。孰爲尸？王御史。

璹瑁龜洗銘

毉月槃，漢洗器。制爾形，從相類。漢維魚，我龜賁。取彼壽，縮元氣。宜子孫，傳後裔。銘者誰？王子系。

訥齋銘

堪輿兩間，事變靡極。成始要終，非言莫立。玄聖垂教，訥言爲先。匪曰終默，時然後言。喋喋利口，返爲事愆。覆邦亂家，身溺于淵。猗嗟郜君①，内思靖顓。一訥銘齋，浩浩其天。人亡道存，寔大其傳。尚來者而恪守，猶丹書與湯盤也。

【校】

①「嗟」，元刊明補本、弘治本作「猹」，偏旁類化；據薈要本、四庫本改。

文貞公笏銘

呈寶學士公家物

唐有天下，垂三百年，於粲者貞觀之治焉，其效蓋仁義之一言。世之望公，三辰在天，是則公之德，何俟笏而賢耶？銘存物亡，寔大其傳，則是樵之文伊、笏之曾玄也。猗歟寶公，國老之元，神物有歸，寶之几筵。安知無望壟而求後，因甘棠而思邵伯於燕者耶？

仙臺金跡硯銘 爲宋少卿弘道作

盤盤嘯臺，一碧千尺，湛月露以洗空，隱松風之滿瑟①。仙游何之，留此真迹？斲而硯之，是將晦靈蹤於翕欻，藉玄雲而掩抑②。神物有歸，蘭臺之客，會登玉清蕩空碧。斗挹滄溟，醉憑鼇極③，拂海苔之霞牋，揮仙火之巨筆也。

【校】

①「滿」，弘治本、薈要本同元刊明補本；四庫本作「蕭」，非。按：「蕭」，本當作「瀟」，《秋澗集》薈要本、四庫本多省其形符而作「蕭」；作「瀟」者，蓋「瀟」、「瑟」常聯言而爲「滿」之形誤。

②「抑」，薈要本、四庫本同元刊明補本；弘治本作「扣」，非。

③「極」，元刊明補本、弘治本、薈要本作「格」，據四庫本改。

楮都護銘

漢開西域，國三十六。中置都護，控制約束。强凌弱折，迺有攸屬。我嗜羣經，視爲席珍。繙閱不時，未免絲紛①。亦作護府，仰兹楮君。統之有要，無相奪倫。侵損日遠，緝熙日新。插架安書，曰史曰墳。勒銘于上，策燕然勳。

【校】

①「紛」，弘治本、薈要本同元刊明補本；四庫本作「棼」，聲近而誤。

太秀華銘①

丁生贈余湖峯一株，頂足背面蒼鱗隱隱，渾然天成，無微釁可隙。植立几案間，殆與頎頎君子相對，殊可翫也。昔元舂陵作《滾溪》、《杯樽》等銘②，命名既異，垂戒又深，予嘗讀而愛之。因銘兹石，仍掇其義。

片石何狀？天然自若。鱗鱗蒼竇，背露蛟鰐。一氣渾淪，略無巉壑。太湖凝精，示我以朴。我思古人，真風眇邈。變詐百出，孰知誠確？心深洞府，混沌六鑿。剛健篤實，君子之質。惟其似之，是用比德。嗚呼！安得誠天下之意，如兹石之挺特也？

【校】

①「太秀華銘」，弘治本同元刊明補本；薈要本、四庫本作「太湖峯銘」。

②「滾」，弘治本同元刊明補本；薈要本、四庫本作「榱」，非。

書廚銘

至元十七年八月三日夜，與子孺燈下觀《丹書銘》，因擬而作此。

置之於室，胡若載之腹也。名汝曰廚，以其無不蓄也。腹至於餒，返爲汝所忸也。子其戒之惟勖。

鸜鵒啄金桃研銘

大名劉總尹求予作忍濟堂銘奉此研見謝

翠鸜啄桃，翩欲飛去。棲影片洮，以慧之故。芸閣風簾①，疑若與晤。助彩毫端，辯夫詞語。槌黄鶴而倒芳洲，賡正平之賦邪？復明辟而以夢諫，草梁公之疏也。

【校】

①「閣」，元刊明補本、弘治本作「閭」，據薈要本、四庫本改。

菊井銘

余到官兩月，移居司西官舍，治舊井而新之。方衆菊爛然，擇其佳者植諸欄傍，因銘之曰「菊井」。其辭曰：

養而不窮者，井之德也；服而能壽者，菊之靈也。我潔斯井，罔羸其缾。彼窈然而深，泓然而澄。蓋南山之餘溢，迺濟清而未名。思欲沉浸醲鬱，皆菊之馨。庶幾西河南陽之意，仁吾民而制頽齡也。

冬藏圖右銘

太極中分，有静有動。氣與理錯，未免交鬨。孰盡聖哲，不思而中？思而或邪，奚翅荒縱。理明伊何？精一爲重。閑邪存誠，發而可衷。内莊全體，外致吾用。旦也奚思，尹則孰覺。一洗妄心，盡易前錯。學孔之學，樂顔之樂。華去實存，玉礱石斵。道最中害，或輟或作。不學而衰，即成枯落。念至于兹，立敢不卓？靳惜分陰，守之以恪。敬入爲門，補我不及①。足豈三餘，日新一日。動静云爲，是爲之則。敢告靈臺，服之無斁。

【校】

①「及」，弘治本同元刊明補本；薈要本、四庫本作「足」，非。

左箴

其目曰定力以固窮爲冬藏圖作

天運循環，有泰有否，人生其間，迺一氣類。乏財曰困，弗通爲塞，苟遇不安，習坎而阨。自昔君子，器藏俟時，出門有礙，吾將安之？仲由愠見，阮籍窮哭，惟昧困理，于鼿于䡄。安之有道，説不徒泛，堅我定力，不容少濫。氣養以剛，志明由濬，少焉墮昏，亟爲澄湛。衣弊服緼，一温而止；飯糗茹蔬，一飽而已。茫茫厄臺，悠悠羑里，文明爲夷①，孔玉櫝毁。聖賢猶然，況弗至此。我道未亨，克念終始。

【校】

①「夷」，弘治本、四庫本同元刊明補本；薈要本作「異」，聲近而誤。

敬義齋銘

維天生民，畀之者全。氣有澄滓，因之以偏。惟聖立極，俾復其天。困而弗學，民斯爲下。甘彼顓蒙，時有不暇。間有知悔，或窺厥竅①。遺緒茫茫，又昧其要。大哉文言，聖學之宗。致力兼補，蒙而聖功。一敬内主，義須外充。凡百君子，有云有爲，行而宜之，心宰物隨。柢直而莊，匪方於動，事物之來，未免變閧。惟其夾持，務成德尊。既銘吾心，復書我紳，始終是則，日新又新。

【校】

①「竅」，元刊明補本作「徼」，聲近而誤；據弘治本、薈要本、四庫本改。

垂龍圖銘

所翁姓陳氏，福州人，嗜飲，恬於仕宦。善圖龍，見知於宋理宗。嘗以商舶越海，與真龍遇，自是盡其情狀。其作也，必乘醉潑墨爲之，天機所到，非學而能，殆邈槊之噀墨法云。

醉墨翻，雲族聚，所翁圖龍與真遇。黑風吹海作太陰，大火出山雷奮豫。是將執雨機而飛天，儘滂沱而洗吴楚①。

【校】

①「儘」，弘治本、四庫本同元刊明補本；薈要本作「俾」。

宿雲軒銘　并序

吾友中丞王君買宅蘇門，得奇石一峯，厥狀如雲①，靄然煇映於庭户間②，甚可愛也。因名其軒曰「宿雲」。徵文於余，乃以是文表之。其辭曰：

睠此峯雲③，態度容與。觸石而生，與石爲伍。宛彼南山④，宿我庭宇。主人名軒，其義安取？是將停藹藹之容⑤，爲思友之故邪？伴東山之卧，抱濟時之雨也。雲兮雲兮，出兩者之間，固無心兮，其從龍也，須以時兮。吾豈欲度之以自潔，徒爲怡悦而已邪？

【校】

①「如雲」，元刊明補本、弘治本作「雲如」，據薈要本、四庫本改。

②「映」，元刊明補本、弘治本作「應」，據薈要本、四庫本改。

③「峯」，元刊明補本、弘治本作「來」，據薈要本、四庫本改。
④「彼」，元刊明補本、弘治本作「被」，據薈要本、四庫本改。
⑤「藹藹」，弘治本、薈要本同元刊明補本；四庫本作「靄靄」，亦可通。

水晶筆格銘

玉瑩冰清，太陽之精，孰琢肖山之形。鎮我几案，虛白夜生，息我矛稍摩壘之聲。空明洞徹，爛冰峯之孤撑。物有形似，吁足可驚。若倚之而固寵，旭日已升，恐潰釋而摧崩也。

頤軒銘

爲洪同簽作

堪輿兩間，物所充兮，而長而養，一氣融兮。人惟法天，浩焉同兮。頤以象觀，四陰內訌，惟養之以中正，不我舍而彼從，是以得終吉而在躬。洪公孕秀，海山沉雄，其材足以經制，其量足以含弘。贊翊樞務，既貞且忠。故謀謨應事機之會，談笑折尊俎之衝。

不恃全美，方致養以爲功。果我枵腹，以正以中①。虎耽其視，而始而終。見寒思煦，恐邊衣之未備；寸膚失養，念一士之或癰。扁吾軒而匪外飾，起居飲食，在日用常行之中。吾將養己以及物，致事業於無窮。是知大《易》迺萬世之龜鑑，尚何俟授一編於圯上之翁也？

【校】

①「中」，元刊明補本、弘治本、薈要本作「沖」，據四庫本改。

愛菊堂銘

草木之品，色中氣清，有隱逸之稱，唯菊爲能。含精益齡，晚而芳馨，又類夫君子退讓而不争。圯橋老仙，友而堂名，雖墮履之弗進，亦足以卜幽人之永貞。華構傳芳，三世相仍，其孺慕也孝凝。然心深而愛，中樂不勝，口欲言而不能自鳴者，此郭氏之所以尋盟也。若夫平泉草木，固護封植，亦克厥承。是或一道，終未極愛之之至情。親存親没，觀志視行。曰如其道，終身是程。嗚呼郭君！至性愉色，豈得於尹氏者拳拳而服膺。吾今取爲銘，以告草堂之靈。安知不入户，聞愾然之聲也邪？

虹霓硯銘 并序

趙太傅彦伯出示紫石大方硯請銘①。余以石有奇雯②，類虹霓然，因以字之。銘曰：

蒼梧雲蒸九疑濕，碧海風濤翻出日。江山通秀鬱紫煙，産此珍材比玉德。金繩繞腹泄精英，電激神光掣蛟室。雌霓斷影飲丹池，暮雨連蜷一千尺。虢泥鄴瓦稱善墨，石中乃有此奇質。子墨客卿尤所惜，大奇多自米家船，入手摩挲三嘆息。趙君文彩珊瑚鉤，禮樂縱横供夢筆③。左招協律揖孫通，出入英莖五音飭。

【校】

①「傅」，抄本、薈要本、四庫本作「博」，形似而誤。

②「雯」，抄本同元刊明補本；薈要本、四庫本作「雲」，非。

③「大奇多自米家船」至「禮樂縱横供夢筆」，抄本同元刊明補本，薈要本作「大率縱横供夢筆」；四庫本作「大率縱

自米家船，入手摩挲三歎息。趍君文彩珊瑚鉤，禮樂縱横供夢筆」。按：薈要本本同四庫本，中脱文誤入下詩「秘」、「監」之間。

楊氏雕玉寶章銘 并序

故參政楊公之子勖，家藏漢雕玉印章二：方者丞相吉，圓者太尉震也。其博陽章即乃祖息軒所傳故物。大定十二年，崔憲可詩序云：「長安許惟寧以是博秘監畫于閬花驄圖得之①。」嗚呼！二公以通明正直，師表兩漢。今去千餘載，其風烈凛然，思其人而不得，覩物增慨，乃爲作銘。士桓博雅好古，今爲集賢直學士，庶幾能紹其家風者。

【校】

①「博」，抄本、薈要本同元刊明補本；四庫本作「傳」，形似而誤。

漢丞相博陽侯丙吉印銘

吁寶章，纔寸許。紐玄龜①，綰漢祖②。隸爲刻，見邈祖。神物護，照千古。此何夕，得摩汝？恍坐我，丞相府。初望氣，郡邸囹。詔夜殲，拒户樞。是雖天，公可無。偃柳興，將舊圖。乳祼恩，其可辜？獄有牘，秘不舒。是章緘，金縢如。歸有數，子與俱。什襲藏，无太踰。防有光，夜衝閭。六丁取，媿貞符。在博陽，宜特書。

【校】

①「玄」，弘治本、四庫本同元刊明補本；薈要本作「靈」。

②「祖」，弘治本同元刊明補本；薈要本、四庫本作「組」，非。

漢太尉司徒楊震印銘

伊弘農，漢巨儒。道自任①，聖爲徒。主鱣堂，閱羣書。表氏諱，兹爲符。位台鼎，綰國樞。赫漢炎，走羣貙。堂堂氣，忠義軀。四知金，厲貪夫。殆是章，玉不渝。内寵横，哲人殂。與雀環，瘗幽墟。見白日，歸子裕。世失系，紛莫區。伊莘楊，豈公孳。苟不爾，胡爲乎？致大鳥，止丘隅。淚如雨，洗寃誣。佩之行，可舍諸。我作銘，此嘻嘘！

【校】

①「自」，弘治本、四庫本同元刊明補本；薈要本模糊不清。

張指揮甘白堂銘

我識先帥，于清之野，緩帶輕裘，投壺歌雅。伊時張君，侍立親傍，虎豹在穴，已炳其章。及將羽林，肯構其堂，榜以甘白，于先有光。試嘗聽其言論，諒天姿之殊常。是將調和衆味，羹傳鼎之美邪？彰施五彩，絺上公之裳邪？噫！吾説已竟，必一居於此，恐德業之未易量也。

忍濟齋銘 改作爲楊子英題

多變而莫測者，事機淺深；殊跡而難度者，人心善惡。我據事會①，忤激交作，彼以機成，客氣外鑠。或當懲而乃忿，可理遣而反愕。隘不自容，事安能若？因小端而致大亂，又奚翅九州之鐵而鑄一錯也？理貴含弘，量崇濩落。功若與即，是心先作。言不可出，我舌爲齰。故堅伺桓門者收康濟之功，俛出胯下者辦戡定之略。宜成王之戒君陳，見《周書》之噩噩。

海印奎星研銘

宋秘監弘道索賦詩，被東宫旨，編節《世宗實録》。

奎麗空，文之宗。秀孕石，與歙逢。礲而研，以類從。海有瀾，穹浮蓋，印天光①，終古在。拱前星，問有待。霮玄雲，集毫彩。酌前言，作帝誡②。

【校】

①「天」，弘治本、四庫本同元刊明補本；薈要本作「文」。

②「誠」，元刊明補本作「誠」，形似而誤；據弘治本、薈要本、四庫本改。

歙石璧研銘 并序①

至元癸未歲正月二日，謁左山先生。坐間出兹硯示客，僕以形質異常，略狀數語。公喜甚，曰：「汝言殊有契予心者，吾子其爲我銘之！」銘曰：

玉德而金聲，縠紋而紺理。湛兮虛，見明生於旁魄；恍兮惚，疑璧投於山鬼。玄雲橫馭，風生燕几。顯諸用，起經綸於心上；發餘輝，縮秋蛇於筆底。是則公事業之美也。我將静濯碧空，洞徹表裏。觀春雨之散絲，似商霖之復起也。

【校】

①「璧」，元刊明補本、弘治本、薈要本作「璧」，據四庫本改。後依此不悉出校記。

醉仙石銘 爲韓通甫作

爬髿蕞緣①，蹣跚蹩跛。化而醉仙，蓬首不裹。傾欹落魄，對客裎裸②。惟不適用，得脱秦火。黯桂樹之秋香，普故宫之青鎖。推墮人間，無可不可。頑碧凝蒼，肩袖垂䙝③。留賓筵而盡餘歡，每蹲蹲而舞我也。

【校】

①「髿」，弘治本、薈要本同元刊明補本；四庫本作「沙」。

②「裎」，弘治本、薈要本同元刊明補本；四庫本作「程」，形似而誤。

③「袖垂䙝」，元刊明補本、弘治本作「神垂璭」，據薈要本、四庫本改。

殷乳鼎銘 并序①

韓生弘以瓦鼎示予，制極古而可愛。余曰：「此從何而得？」曰：「得之於帝辛之故墟，然不知其爲何制也？」余曰：「此殷之乳鼎也。」即爲之銘曰：

惟殷墟，廢已久。代所居，止野叟。殁而葬，此何有？其爲物，故商埴。千年後，見白日。乳至四，宜蟄蟄。萬有生，皆此出。取爲形，縠瑑璧。媲龍觚，飲而食。秋澗銘，渾沌鑿。韓生藏，深夜壑。後來者，見必作。

【校】

①「殷乳鼎銘」，弘治本、元刊明補本作「殷乳銘」；據薈要本、四庫本改。

贊

老人星贊

月帔雲衣，金支翠旂。御星騑而凌沆瀣，騰淵耀而表明時。爛祥光於萬丈，湛南海之清輝。我見我出，爲瑞爲禧。歷朱方而朝北極，祝皇壽之無期。何南山之鞏固，等旻天而峻齊。然後廓壽域兮無際，挈斯民而溥躋。倚蓋霏霏，蒼茫曷歸？貝闕珠宮，羣仙與嬉。歌東皇而遠引，隨升降而入氣機。但天容海色，渺不可以涯涘兮，眩朝日之重暉①。

【校】

①「眩」，弘治本、薈要本同元刊明補本；四庫本作「晐」，訛字。

先君思淵子畫像贊①

德之厚，其所受也全；學之博，其所守也專。材刃恢恢②，利周物先。占氣斗間，世之龍泉。卒之臨大事以益辦，曾何以惠文而爲賢？望之儼然，即之温然。治之隆汙，持衡以權。一言吏師，世有可痊③。孰謂神而化之之妙，托丹青而可傳耶④？

【校】

①「畫像贊」，元刊明補本脱；據弘治本、抄本、薈要本、四庫本改。

②「材」，弘治本、薈要本同元刊明補本；四庫本作「游」。

③「有」，弘治本、薈要本同元刊明補本；四庫本作「真」。

④「托」，薈要本同元刊明補本；弘治本作「杔」，形似而誤；四庫本作「託」。

王内翰寫真贊

總管蕭君出示承旨内翰寫真，木庵師題贊其上，似有所未盡者，因爲之贊云：

充氣之粹兮，與材無忤①；靈襟之廓兮，以道爲腴。延譽在龍門之上②，視草冠玉堂之廬。及其物則見百里之寄③，其托輔則可六尺之孤。天步改玉，婆娑兩都。悵蒼蒼之秋色，鬱喬松而未枯。尚能賓扶桑之出日，振人文於燼餘。見之丹青，清風穆如。人徒知百年之遺老，我以謂中朝之鉅儒。彼晬然而容，盎然而春，見於眉睫之間者，固非山澤之臞也耶？

【校】

①「材」，元刊明補本作「物」，據弘治本、薈要本、四庫本改。

②「譽」，弘治本、四庫本同元刊明補本；薈要本作「舉」，形似而誤。

③「及其」，弘治本同元刊明補本；薈要本、四庫本作「其及」。

鮮于純叔寫真贊

遥遥華胄，世靄令聞。沇水之集，其源斎淪。老成雖遠，而典刑今見于斯人。髯疏而秀，心吉而仁。藤白而冠，紗烏其巾。豈見夫身外之身，予但知仁者之必壽。其風姿落落，百歲猶畫中之真也。

麟匜贊

噏羸匜①，脹豕腹，背負厥角挺奇骨；列太階，職盥滌②，今歸于我研與匹。薊門市南冬日得，滄溟之波浩無極。挹彼注兹泚我筆，姦枘誅絶旌直德，子孫寶傳金玉式。

【校】

①「羸」，弘治本、四庫本同元刊明補本；薈要本作「羸」。

②「盥」，薈要本、四庫本同元刊明補本；弘治本作「盟」，形似而誤。

桑泉老人畫像贊①

德與學專，行爲世傳，是之謂有年。雙瞳炯然，蒼髯戟然，人目曰山澤之仙②。庸鉅知抱長孺之直，甘骯髒於門邊者耶？

【校】

①「贊」，弘治本、四庫本同元刊明補本；薈要本脱。

②「目」，弘治本、四庫本同元刊明補本；薈要本作「自」，形似而誤。

范文正公畫像贊①

堂堂范公，三代之佐。致君澤民，盡夫在我。曰義與仁，經綸之具。篤信力行，曾不易慮。受知裕陵，千載一遇。其施幾何？貞我百度。狺狺羣言，激公而去。天下之事，匪材莫爲。遭時富材，中靳固之。治止斯耶？由數奇耶？再拜公像，涕洟咨嗟。

【校】

①「正」，元刊明補本、弘治本脱；據薈要本、四庫本補。

乖崖公真贊

堂堂益州，元精之傑。用智馭權，以氣達節。在德克剛，得吏之訣。其捄時也，若乖崖而極經綸；其擿姦也，不鉤鉅而洞窟穴①。噫！太華之雲，清淮之月。豈無閑心，大厦火爇。較以出處，此兼善而彼獨潔②。宜公平生，日新事業。皂裘褐衣，有將之威。我拜公像，清風凛而。悠悠九原，愛莫起之。

【校】

①「鉅」，弘治本同元刊明補本；薈要本、四庫本作「距」，亦可通。

②「潔」，四庫本同元刊明補本；弘治本、薈要本作「索」，非。

吕仙翁真贊

金道陵秘府物今爲王簽省家藏①

元精貫中老不息，先生煉形與之一。氣機出入我所乘，世間甲子管不得。有時變現稱劍客，三江五湖風袖碧。江雲紅爛岳陽樓，醉飛星馭鞭金虬。騎驢欻上長安道，來看西風渭水秋。古人事業垂不朽，八表神游欲誰友？乾坤況復一洪爐，萬古消沉竟何有？先生遺照滿人間，已是真筌不死傳。只須袖裏青蛇氣，夜夜人驚在斗邊。

【校】

①「金」，四庫本同元刊明補本；弘治本、薈要本作「合」，形似而誤。

駁華驄圖贊

并序

馬之有駁，猶人表之異常也。昔骨利幹貢馬百匹，中有駁者，太宗愛之，親爲製名曰「決波騟」。又秦胡公有乘馬號「忽雷駁」，此馬毛質特異①，豈骨利之遺種歟？故供奉官圖形以獻，見方物一旹之盛云。

吁神騟，骨相殊。振蒼雲，散華軀。供帝閑，馭虬鬚。歷八極，塊清都。非所覬，三品芻。有物制，噤不舒。絡青絲，伍髯奴。終奮鬣，躍天衢。君無癡，玆畫圖。

【校】

①「特」，弘治本、四庫本同元刊明補本；薈要本作「時」，形似而誤。

填星神像贊

坤元之精，積而上曜。厚載之德，至静而妙。爛然黄明，有歲之兆。僧繇像之，其神杳杳。冠著牛首，類其順也；手縮方玦，取乎填也。非夫知鬼神之情狀者，何以測其奥隱也①？

【校】

①「測」，薈要本、四庫本同元刊明補本；弘治本作「則」，半脱。

二十四大儒贊　并序

堯舜之道，得孔子而後明；六經之旨，俟諸子而後發。逮秦火燔蕩，先王之迹一向熄滅，而天理之在人心者，何嘗有一息之間斷哉？漢興，諸儒挺出，如董生、劉向、孔安國、毛萇、楊雄①，號稱鴻碩。斯皆摘奎之光，發輝孔壁；探聖之幾，取訂口傳。致興學立官，文風彬彬，可謂盛矣。然六經之旨，有師授而無傳著。東漢已來，師説並行，馬、鄭、賈、何，服虔、王肅之流罔羅衆説②，正誤刋繁，流藻箋註③，復使聖道粲然如大明當空④，蔑不耿昭，以之斷國論，建民極，有不可斯須離者。至唐踵上代之衰⑤，理弛文弊⑥，道統益微，及韓愈氏出，以道濟自任，隄障末流，廓清義路，蓋皇皇如也。故大儒位置⑦，終之以昌黎伯者，良以此歟！若夫貫通三才⑧，彌綸元化，前世比同二十四氣乃疏爵圖像⑨，列配神庭，□爲不刋之□宜矣。至元癸未冬十月，齊府廟宫兩廡繪事告成，□越明靈，儼然如在。爰作贊文，昭揭於上，庶幾乾端坤倪⑩，軒豁呈露，聳齊人之敬，爲邦家之光也。

左丘明

麟經垂憲，百王是懲。素臣筆傳，日星益明。文開史統，世咀華英。儷景同翻，永播休聲。

穀梁赤　封龔丘伯

聖道羣用，見有深淺。赤也明經，辭清義婉。漢儒推轂，大開學館。繼我國政，論益光顯。

公羊高　封臨淄伯

麟出魯郊，筆終史削。公一再傳，若聆徇鐸。宜其資深，裁辯辭諤。折衷羣疑，匪斯孰托。

荀卿　封蘭陵伯

金聲絶響，詭辯縱横。蘭陵著書，吐辭爲經。憤彼譎變，欺世迷民。性惡之説，有激而云。

伏勝　封乘氏伯

秦火驪坑，儒厄斯極。天不没公，俾副孔壁。渾灝之義，垂範後王。賴公口授，帝道復光。照耀齊國，文奎煌煌。

毛萇　封樂壽伯

風雅三百，一歸無邪。絃歌音眇，孰爲傳耶？温温樂壽，漢初名家。訓傳首出，遂正而葩。敦厚之風，永煽幽遐。

高堂生　漢博士封萊蕪伯⑪

秦尚法制，禮喪無幾。雝雝堂生，當炎之始。議定官儀⑫，國容有頒。會弁澤宮，赤舄几几。

孔安國　封曲阜伯

書出漢初，壁傳口授。古隸未分⑬，詎免訛漏。天開聖孫，以傳以定。帝制復明，翼我國政。

戴勝　封楚丘伯

曲臺傳經，有千其儀。戴君發揮，其詳可知。履之則癸⑭，悖焉來違。煌煌天序，相我民彝。

劉向　封彭城伯

彬彬中壘，帝胄惟英。援經草諫[15]，力扶漢傾。己志伊鬱，聖學崇明。鶩冕玄端，山立神庭。

楊雄　封成都伯

有漢鴻儒，述作之賢。體易之妙，衍夫《太玄》。抉聖之心[16]，繼成《法言》。大醇小疵，其然豈然。惟寂惟寞，天禄之閣。出處兩間，其何以怍？

何休　封任城伯

高也傳經，心深而文。秦漢而下，莫闚其門。任城解詁，堅守如墨。開户免脱[17]，破碎陳敵[18]。駁我漢事[19]，會歸其極。

鄭衆 封中牟伯

喧啾梁門，師也威鳳。志棲阿閣，學明三統。皇皇使華，漢鼎取重。諒夫通材，中藏大用。

馬融 封扶風伯

扶風氣豪，博精羣集。賢如鄭賈，執經在席。暢我休風，彬彬文質。尚想絃歌，漢南之國。

盧植 封良鄉伯

海山沉雄，精貫斗極。篤生大儒，文武之特。以道事君，以經翼國。劍佩赫然，氣掩羣慝。

鄭玄　封高密伯

秦燔六經，天理曾熄。漢興諸儒，臆説雜出。司均綱羅，刋繁正誤。箋注皇皇，流藻終古。

服虔　封滎陽伯[20]

卓越九江，清介不羣。雅材文論，爲世所珍。任城巨敵，左氏忠臣。光箇漢彦，蔚乎其聞。

賈逵　封岐陽伯

偉哉侍中，好問而博。通明四經，大肆厥作。綱維國論，張皇帝學。東觀石渠，光寵於爍。

杜子春　封緱氏伯

周官大典，興王之迹。制古辭約，我解我釋。入海穿深，薄霄透碧。品物詳明，千載是式。

范甯　封新野伯

藻發儒林，學淹墳籍。嫉世浮虚，著論詣實。盤盤學臺，膠庠大開。至今豫章，有來羣材。

杜預　晉大將軍開府儀同三司當陽侯贈司徒

堂堂征南，經制晉室。衽席金革，研精麟筆。學方武庫，世號經癖。有開後來，理順冰釋。緊公存殁，懍悦靈氣。我曰猶龍，焉取戼異？

王肅 魏衛大將軍太常蘭陵侯贈司空

猗歟子雍，英發妙年。書易陽秋，傳列學官。制刋朝典，秩焕郊壇。汪汪東海，載觀其瀾。

王弼 字輔嗣魏尚書郎封偃師伯

龍出河圖，經成三聖。輔嗣窮幽，乾旋坤静。漢説多門，唯公取正。伊洛淵源，流光與盛。

韓愈 字退之唐吏部侍郎封昌黎伯

維天有文，公材命世。彍義滂仁㉑，黜邪觝異㉒。世溺方深，力以道濟。百折彌堅，死而後已。倒影滅没，藐不可企。

【校】

①「楊」，弘治本、四庫本同元刊明補本；薈要本作「揚」，亦通。

②「罔」，弘治本同元刊明補本；薈要本、四庫本作「網」，亦通。

③「註」，弘治本、薈要本同元刊明補本；四庫本作「注」，亦可通。

④「粲」，弘治本、四庫本同元刊明補本；薈要本作「燦」，亦可通。

⑤「上」，弘治本、薈要本、四庫本作「七」，妄改。

⑥「弛」，弘治本同元刊明補本；薈要本、四庫本作「雜」。

⑦「大儒」，元刊明補本、弘治本作「人儒」，形似而誤；薈要本作「人偶」，非；據四庫本改。

⑧「貫通」，元刊明補本、弘治本作「□□」，薈要本、四庫本作「□□□」；據抄本補。

⑨「同二十四氣乃疏爵」，弘治本同元刊明補本作「□□□□□□□□」；薈要本、四庫本作「□□□□□」；據抄本補。

⑩「倪」，元刊明補本模糊不清；弘治本、薈要本闕；據四庫本補。「宜矣」、「越」，元刊明補本、弘治本、薈要本、四庫本俱闕，據抄本補。

⑪「萊」，薈要本、四庫本同元刊明補本；弘治本作「菜」，形似而誤。

⑫「議定官儀」，元刊明補本、弘治本作「□□官儀」；薈要本闕；據四庫本補。

⑬「未」，元刊明補本作「夫」，形似而誤；據弘治本、薈要本、四庫本改。

⑭「癸」，弘治本同元刊明補本；薈要本、四庫本作「貴」。

⑮「援」，弘治本作「掇」，形似而訛；薈要本、四庫本作「授」。

⑯「抉」，弘治本、薈要本同元刊明補本；四庫本作「映」，非。

⑰「免」，弘治本、薈要本同元刊明補本；四庫本作「兔」，非。

⑱「陳」，弘治本同元刊明補本；薈要本、四庫本作「陣」，亦可通。

⑲「駁」，弘治本、薈要本同元刊明補本；四庫本作「駮」，形似而誤。

⑳「榮」，元刊明補本、弘治本、薈要本作「榮」，據四庫本改。

㉑「彍義滂仁」，元刊明補本作「彍義旁仁」；四庫本作「擴義滂仁」；據弘治本、薈要本改。按：語本皇甫湜《皇甫持正集》卷六《韓文公墓誌銘》：「彍義滂仁，耿照充天。」

㉒「觝」，弘治本同元刊明補本；薈要本、四庫本作「闢」。

文中子贊①

顯允文中，希聖之徒。闡教河汾，宛然泗洙②。斤斤隋文③，不足與事。挾策歸來，心醉經史。曰魏曰房，曰杜曰李。學傳聖心，有樂有禮。貞觀至治，有三代風。論夫源委，先生之功。千古而下，與唐比隆。

【校】

①「贊」，元刊明補本、弘治本、薈要本脱；據四庫本補。

②「洙」，弘治本同元刊明補本；薈要本、四庫本作「沂」，涉下而誤。

③「隋」，弘治本、薈要本同元刊明補本；四庫本作「隨」。

鍾氏先世畫像贊 爲鄉人大明作

顯允鍾公，肇迹自秦，金季家衛，以財發身。闤樓卉圃，照暎河濱，優游卒歲，壽開八旬。維嗣强矯，結髪從軍，奮提干將，屢收戰勳。釣臺雪潰，死節酬恩。伊恕之父，蛇化其文，憤志讀書，行比鄉鄰，陳力漕府，克公克勤。是知善繼述者，豈無其因？不過積德與崇仁。故培之厚者其發茂，浚之深者其流衍。嗚呼！鍾氏之子孫，能不封植其本根也！

趙曹州畫像贊

宓子宰單，鳴琴在堂。琅琅玉音，齊魯之鄉。流清芬於異代，得趙公之循良。峩冠惠文，貯書撐腸。不竊榮而易素守，曾格物而恃己長。貳政兩州，治績章章。字民折獄，仁恕内將。體春陽而休燠，熟知秋荼之繁昌①。觀兩漢之卿相，自卒史而翺翔。以材以術，公其可方。固沉底於下位，浩淵流兮未央。維嗣善繼，乘驄奮驤，慶之所鍾，于焉厚償。匪槐棘而就列，將禮文之有光。又何啻籛白筆而飛簡華之霜也！

【校】

①「熟」，弘治本、薈要本、四庫本作「孰」，亦可通。「知」，弘治本同元刊明補本；薈要本、四庫本作「如」，形似而誤。「昌」，弘治本同元刊明補本；薈要本、四庫本作「張」，聲近而誤。

九公子畫像贊

史開府子名樟①，喜莊列學，屢爲萬夫長，有時麻衣草屨，以散仙自號。鋭目豐頤，氣貌魁奇，被褐懷寶，有儼其儀。出紈綺之間，無豪貴之習，抱夷惠之志，蔚熊豹之姿。齊物我於一致，感盛衰之無時。其或戴遠游之冠，甘元氣之委，騎將軍之馬，掃干將之霓。欸坐皋比②，玄談四馳，提筆揮灑，以遨以嬉。斂凌雲之劍氣，等尺鷃而蓬飛，恥以藝進，與時推移。希達人之大觀，每先事於幾微。與其身之外樂，何若心之内怡。是則散之爲仙，見於丹青者如是，又何計騰寓説而横氣機也？試捋須而爲問③，恐吾言之庶幾。

【校】

①「樟」，弘治本同元刊明補本；薈要本、四庫本作「樟」。

②「坐」，元刊明補本、弘治本、薈要本作「生」，據四庫本改。

③「捋」，薈要本、四庫本同元刊明補本；弘治本作「將」，形似而誤。

漢諫議大夫王章博士朱雲贊 并序

孝成之朝，劍履間健者猶百位，然挺身爲國、直言忠諫者誰歟？蓋當時乾綱紐弛①，威福柄移，赤伏陰凝，堅冰日至，獨能痛國統之將微，憤中外之單弱，毅然與天子合謀，厲具臣②，矯朝曲，以社稷大計爲言，殺身犯顔以成其仁者③，在漢二百餘載之間，唯仲卿與朱游二人而已。何忠直剛果之氣寥寥如是哉！論者方以不量輕重、陷於刑戮爲譏④。吾恐爲人臣者不以容身保禄是耻，將何以爲訓？作《諫議大夫王章博士朱雲贊》。其辭曰：

天厚之剛，百折不撓。履霜而冰，辨之當早。漢至元成，國統中熄。陰晻陽精⑤，九廟不食。劍履羣卿，孰非遠識？坐眡淪胥，權歸外戚。厄會中來，詎容人力？公豈不知，言出禍入，殺身成仁，臣子之職。彼牛衣言，固非所恤。諤諤南昌，感公奮激。抗書申明，路開忠直。三復斯言，寫我心慼。

博士朱雲⑥

維皇有師，禮自天秩。動静安危，以物以則。矧惟中材，性可善惡。俟我儀刑，狂聖迺作。安昌師漢，腹心之疾。竊我崇高，容姦隱慝。社稷大計，莫此爲亟。雲位下僚，自任稷契。犯顔嬰鱗⑦，爲漢藥石。諫雖弗行，彼氣則折。欄檻嶙峋，我舌不結。少師劓軀，龍逢挺節。以分以職，於死爲説。並游無慚，終古有烈！

【校】

①「乾」，弘治本同元刊明補本；薈要本、四庫本作「皇」，亦可通。「紐」，元刊明補本作「細」，形似而誤；據弘治本、薈要本、四庫本改。

②「厲」，元刊明補本、弘治本、薈要本作「屬」，形似而誤；據四庫本改。按：蓋語本《漢書》卷六七《梅福傳》：「故京兆尹王章資質忠直，敢面引廷争，孝元皇帝 擢之，以厲具臣而矯曲朝。」

③「殺身犯顔」，弘治本同元刊明補本；薈要本、四庫本作「有殺身」。

④「不」，薈要本、四庫本同元刊明補本；弘治本作「下」，形似而誤。

⑤「晻」，弘治本同元刊明補本；薈要本、四庫本作「掩」。
⑥「博士朱雲」，弘治本同元刊明補本；薈要本、四庫本脱。
⑦「嬰」，弘治本、四庫本同元刊明補本；薈要本作「攖」，亦可通。

嚴子陵贊

漢有天下，本以霸興，陵遲世季，其弊莫勝。光禹阿諛①，雄歆狂鄙，元成以來，從風而靡。維炎中熾，故人作帝，先生慨傷，爲漢砥礪。潔我一己，訓彼四方，顧惟可加②，萬世之光。幽幽富春，渺渺桐江，釣絲裘褐，終焉徜徉③。是則柔理之道，先生助治者，其維皇哉。噫！

【校】

①「諛」，弘治本、薈要本同元刊明補本；四庫本作「腴」，聲近而誤。
②「顧」，弘治本、薈要本同元刊明補本；四庫本作「腹」，非。
③「徜徉」，弘治本、薈要本、四庫本作「倘徉」，亦可通。

漢議郎田疇贊

炎漢淪精，羣雄蜂起，士昧所擇，依强而已。附袁臣曹，風從雲委，倖而有成，終焉自浼。堂堂幽州，志在安劉，信我大義，掃清國仇。先生委質，名正言順，報以國使，力扶衰運。間關歸來，大事已去，君讎未復，吾將孰與？躬耕故山，有死無貳。白狼之役，諒非本志①。是懲是膺，權以濟事。何以明公？龍盧之封。縶以千駟，禄之萬鍾。曾不少睨，肯縻其躬。嗚呼！智如荀彧，識似田豐，明不自保，竟貽終凶。千古而下，死魄英風②。

【校】

①「本」，元刊明補本作「木」，形似而誤；據弘治本、薈要本、四庫本改。

②「魄」，元刊明補本、弘治本作「塊」，據薈要本、四庫本改。

牴牻贊 并序

郡譙門兩棖下有石獸，左曰牴，右曰牻，爲狀特異，隱其齒而吻張，崩其角而顛兀，頂髮雲委，垂卷兩膊。世傳殷宫中故物，自衛縣移置於此。攷之《集韻》云[①]：「秉心甚靈，蓋忠直獸也。」彼物爾得氣之偏者也，何以識其性之云然？以屈軼指佞，神羊觸邪，麟趾厚而不踐，虎螭仁而有威[②]，是以忠與直可得而推也。其所以表之以爲世儀者，古人制物有所取而垂戒焉。蓋忠者衛上之謂，直者不骫之稱。此則臣子之所固有而所當爲者。物能如是，可以人而不如獸之云乎？作《牴牻贊》。贊曰：

吁奇厖，三代制。賢其德，與獸異。體具存，神則逝。逐比干而下遊，悲獨夫之狂猘[③]。牴兮牻兮，無效麟之出非時兮，使吾拭面而反袂。

【校】

①「攷」，弘治本、四庫本同元刊明補本；薈要本作「放」，形似而誤。

②「螭」，弘治本、薈要本同元刊明補本；四庫本作「蜼」，非。

③「猘」，薈要本、四庫本同元刊明補本；弘治本作「㺜」，形似而訛。

西溪真贊

秩秩其德，曄曄其英。天稟之厚，固非學之所能。用晦而明，與時偕行。愚常與公從事，雅量有餘，曾不知趙張之蜂閎①。豈鷹隼迅擊，終不若鸞鳳之和鳴也。我贊公像，庶幾典刑。道義視文章爲重，雲煙同富貴而輕②。至于生也順事，没而吾寧，疇爲丹青可得而名也邪？

【校】

①「閎」，弘治本同元刊明補本；薈要本、四庫本作「鬨」。

②「雲煙」，弘治本同元刊明補本；薈要本、四庫本作「浮雲」。

雪堂普仁真贊

柳州序：「浩初讀書，樂山水，有文章。父子咸爲其道，泊焉而無求，賢於惟印組爲務以相軋者遠矣。」

道行貞純，初不絶俗。機鋒洒落，即之可親。苦空任没膝之雪，處心探濟物之仁。草坐容身，雨花繽紛。雷音淵默，獸伏鳥馴。咄此圓神，澹如凝雲。耿金粟之孤影，笑人間之幾塵。愛而贊之，蓋浩初一流人也。

中書左丞許公真贊

古人以道濟爲任者，時雖見於行藏，心不間于微著。於皇先生，道深絜矩。以希聖爲心，律己爲度。上明君道之方，下易薄夫之慮，危言立朝，聞者悚懼。公于斯時，屹傾波之砥柱。非天下至誠，其孰能與？瞻拜公像，魁然真輔。奉璋峩峩，其儼而裕。至於體用一源，先後有敍。試以中元之治較之，見論思與機務。念公平生，其丹青可得而喻也耶！

醫學教授趙公仲康真贊

洹水流潤，太行唯峩，篤生異人，司時之瘥。顯允趙公，被服委蛇，道高而施博，脈明而智多。世以醫名者衆，如公之醫，中而不頗，護養氣元，玉池生波，攻以峻劑，我禁我呵。鬱焉有餘，揮之以戈，俟其半衰，濟之以和。開壽域者五十年，良聲番番。其所以得于公者如是，被之贊歌。知陽報之有在，福子孫而爲那也。

王子明傳贊

古人稱：「殺身易，成事難。」雖然，事有大小、公私之間，如不有己私，專以公心除天下之害，此其成尤爲難能而可重。唐代宗以萬乘之權，羣公卿之謀，至取一家奴，宛轉畏懦，不敢明言，竟以盜歸之，而觀著之節，可謂壯矣。

手植夏禹像贊 并序①

衡岳有怪柏一株，世傳夏禹手植②。長沙温將軍得斯木一枝，堅勁苾芬，愛仰不已，以爲神明之物也。刻帝像以奉之，亦臣子歷舜九疑、叫雲蒼梧之義也③。求潤色於余，秋澗王惲拜首稽首而爲之贊曰④：

亹穆神禹，玄功格天，見之羹牆，況手植之所刊。帶不下而道存，體雖微而儼然。所謂斂之管窺，浩浩淵淵。嗚呼！三代吾不得而見之，得視斯像，固足以揭吾之虔。是將同啓石而不朽耶？抑以與九疇而共傳也？

【校】

①「手植」，弘治本同元刊明補本；薈要本、四庫本作「刻柏」。

②「手」，元刊明補本作「乎」，形似而誤；據弘治本、薈要本、四庫本改。

③「歷」，弘治本同元刊明補本；薈要本、四庫本作「望」。

④「惲」，弘治本、四庫本同元刊明補本；薈要本作「叟」。「拜首」，弘治本同元刊明補本；薈要本、四庫本脱。

田仲德先生畫像贊①

言論固樞機之先，作行在士大夫爲重，卓越田公，二者錯綜。氣無虚談，才見實用，翺游侯伯之間，擬攟香林之供。幅巾横策，掉首吟諷。予嘗聞鄒蒙之辯説，有以卜先生之定動。於戲！文獻不足，以柯爲楝，載瞻遺像，安得不有人物眇然之痛！

【校】

①「像」，元刊明補本、弘治本、薈要本脱，據四庫本補。

柏溪主人張仲和真贊

堅以持其心，直以養其浩，用是二者，以全純孝。得其時而濟斯孅，安其貧而取近效①，其樂也融融，爲行也慥慥。氣温而和，貌儼以肖。豈惟壽考兮康寧，永以爲鄉黨後來之教。

【校】

①「近」，弘治本同元刊明補本；薈要本、四庫本作「進」，聲近而誤。

趙瓠瓜寫真贊

丹頰秀眉，疏髯方頤。目朗炯欲曙之星，氣吐若垂天之蜺。略施爲而見底藴，據懷卷而藏器機。曩也爲平津之上客，今而乃瓜田之布衣。注酒滿瓠，溉此鴟夷。醯雞笑甕天之舞，醉袖拂西山之低。趑趄囁嚅，尚肯效夏畦之病爲？浮雪富貴，軒冕塗泥。況尺鷃享鍾鼓之樂，游談到六印之纍。卧元龍之樓下，覺許氾未全癡也。

耋杖圖贊

先生姓馬氏，名天昭，字雲翰，汾州介休人，自號師易老人。丁丑歲壽八十有一①。德維懿，其存則不謂之命；氣維克，其定也能勝乎天②。故衝風之火易熄，溉旱之禾有年，而況有道君子者焉。矯矯先生，匪曲而全，静以仁樂，健爲德先。應獵無夢，絶韋有編，通而得夷惠之介，默而契消長之權。何軒冕之可累，豈山林而後賢，氣精而鶴壽，松貞而歲堅？故得甲子幾七七之數，乾陽符九九之玄。道與貌粹，峙而停淵，儼乎若介山之鬱茂，𪋻兮如素汾之淪漣③。方吾道之如線，賴此老之康延，豈造物者畀西河南陽之壽④，固將爲斯文無窮之傳也耶？

【校】

①「丑」，元刊明補本作「田」，形似而誤；據弘治本、薈要本、四庫本改。

②「也」，弘治本、四庫本同元刊明補本；薈要本作「則」，涉上而誤。

③「𪋻」，弘治本同元刊明補本；薈要本、四庫本作「濟」。

④「畀」，弘治本、薈要本同元刊明補本；四庫本作「卑」，形似而誤。

趙徵士畫像贊①

君名鉉，字仲器。多巧思，精藝術。今年六十有一，自號鈍軒逸皓，所謂隱居求志、行義達道者也。祖質，字景道，家大興之穴窩里，金建春離宮在焉。常有詩題學舍壁間云：「折脚鐺中烹白薺，打頭屋底看青山。」道陵春水過，見之爲賞識，左右以公之名對②，召見，殊加優禮。仲器，公之曾孫也。

蒼髯于思，雙瞳炯然。勁逸鬱幽燕之氣，端倪賾太易之玄③。挫止其鋭，鈍而名軒。曾於物而不滯，浩胷中之一天。是謂建春徵士之後，其「青山」秀句猶隱見於眉睫之間也。

【校】

①「像」，元刊明補本、弘治本、薈要本脱，據四庫本補。

②「之」，元刊明補本、弘治本作「卿」；薈要本作「姓」；據四庫本改。

③「賾」，弘治本、四庫本同元刊明補本；薈要本作「探」，亦可通。

故金滎陽令傅輔之畫像贊

其父霖，明昌年間進士①，行部臨潢，没於王事。

玉潔含光，蘭幽藹芳。孰爲氣機，貌温而良？我嘗陪公，杖屨徜徉。沖善爲植德之本，揮遜厚周身之防②。見之丹青，衣冠堂堂。維玉田之傳，其故家文物尚髣髴明昌之煌煌③！若子若孫既衍慶以襲吉，又將見再世而昌也耶？

【校】

①「明昌年間」，元刊明補本、弘治本作「明昌刑期」，非；薈要本作「延祐年間」，非；據四庫本改。

②「揮」，弘治本同元刊明補本；薈要本、四庫本作「撝」，亦可通。

③「昌」，弘治本、四庫本同元刊明補本；薈要本作「星」，形似而誤。

韓御史畫像贊

晦其明，而於物也周以旋；介而通，其於事也曲以全。神湛秋水，顔如渥丹。藹藹蔚和愉之氣①，怡怡爲孝友之賢。施之有政，其達固然。同峩冠于豸府②，愛諤節之孤騫。所可見而知者如是，其不可企而得者，殆丹青之默然而淵也。

【校】

①「藹」，元刊明補本作「萬」，據弘治本、薈要本、四庫本改。

②「莪」，弘治本同元刊明補本；薈要本、四庫本作「我」，半脱。

渡水十六羅漢贊 爲聖安容老賦

誰吮澹墨作佛事？顧穎含光開太始。稽首尊者十六相，金沙灘頭渡淵水。魚龍異獸同一家，背負鱗浮供役使。碧蓮泛灔百花小，兩脚何曾踏泥滓。法身化現炯孤月，海風吹墮千江裏。補陀巖竇竇香濃，滄浪石上觀生死。白毫光滿海西岸，航此洪濤悲一世。玉溪老子出示余，意匠經營親説似。禪機已落慘淡中，我今試下第一義。九年面壁度龍象，一日西歸攜隻履。菩提樹下喜相逢，拍板高歌聊爾耳。

香木琴贊 并序

南海石隱禪師合沉檀二木爲琴，絲而撫之，其音克諧，有不讓於槁梧者。段生得之，以珍異，丐余文以贊之。其辭曰：

緊琴之胎，以桐爲材，製自虞氏，其來邈哉。斲以香木，南海之僧，絲而理之，有嶧陽之清。物逐所好，歸之伯寧。脱燎爐之融液，拉玉雷而爲朋。藹然雜芬菲之韻，琅然泛韶濩之聲。嗚呼琴乎！學者寡而其將孰聽？倘鍾期之與遇，又何啻一再行也！

劉巨川簽事真贊①

事機之棼，非才則務弛；天質之美，逢時則道行。於維劉卿，志氣蜂閎，臺閣肇建，鶚書應徵。豈惟夜書，快吏見稱，及佐府幕，游刃發硎。人奉承而不暇，我持難而肆能，致駕五馬，心奚以榮。律身束吏，明倫恤刑，陟而提憲，風動百城。褰帷聳具瞻之美，控拳無虚搏之名。抵凡或迅②，盤根莫勍③。天或假年，蔚爲名卿。宜大用而乃靳，殆收功於嗣興。卓彼二子，力振家聲，彯纓若綬，何天衢亨④。將見一日千里，騁駿足而躡雲鵬也。

【校】

①「劉巨川簽事真贊」，弘治本、四庫本同元刊明補本；薈要本存題脱正文且將下「古燕印贊并引」中之「砂如其文宙」至「何所誌遺」移入。

②「凡」，弘治本同元刊明補本；四庫本作「几」。

③「勍」，四庫本同元刊明補本；弘治本作「就」，形似而誤。

④「何」，元刊明補本、弘治本作「荷」，據四庫本改。後依此不悉出校記。

黄洛老人畫像贊①

猗歟趙公，以古爲徒。燕居磐石，定力有餘。萬籖前陳，付之一壺。身心翛然，浮雲太虛。自號曰黄落散人，世指爲山澤之臞。見於序文者如是，吾説試嘉遁之自如②。不居山林，匪樵匪漁。安我素分，而與道俱。醉以酒而適意，晦其明而内娱。壽幾九齡，健不杖扶。有子有孫，簪纓仕途。天之報施善人也，合若契符。甚矣吾衰，愛公起予，拊卷慨歎，遂斂衽而特書。

【校】

①「洛」，弘治本同元刊明補本；四庫本作「落」，聲近而誤；薈要本是文及下「軟背椅贊并序」、「管幼安濯足圖贊」、「古燕印贊并引」并脱。

②「試」，弘治本同元刊明補本；四庫本作「是」。

軟背椅贊 并序

昔李山人詔隱衡岳，得虬松一枝，即形作椅，名之曰「隱和」，終莫能曉其何義。故左丞史公之子假予是具①，其安四體、養老妙意，有不可勝言者。繩而網之以軟其背，把而執之以駕其肘，至包承臀臂②，曲盡其宜。甚矣！工者得「老者安之，少者懷之」之遺意歟？名之曰「軟背」，且贊之曰：

咄此爲具，其製非一。坐促背峻，似恭而蹐。傍無兩把，予肘安適？而最苦者，磨隱傴脊。未若此君，温柔旖旎③。譬彼姬姜，擁抱而息。不高不亢，老者所仰。爰從何來？藍輿之狀。

【校】

①「是具」，弘治本同元刊明補本；四庫本作「爲道」。

②「包」，弘治本同元刊明補本；四庫本作「托」。

③「旖旎」，元刊明補本、弘治本作「簃箷」，訛字；據四庫本改。

管幼安濯足圖贊

天下有二道，出與處而已。然審時處己，有未易言者。先生遭三國雲擾，蹈海而東，高尚其事，如度之致禮以加敬，丕之遠聘以拜官，皆恬然若無所聞，所謂隱居求志、行義達道者也。至於嘯傲物表，澡洒溪流，特一時閑適。若歆輩俾進履拱杖，猶恐自汙，抗疏代位，此何理哉？自惟老繆，待罪翰林，赤日長驅，會集寓館。背汗浹流，暍而欲踣，欻挹清風，豈勝愧仰？乃再拜稽首，而爲之贊曰：

吁先生，古逸民。素所友，夷惠倫。傲狐瞞，東海濱①。著皂帽，蹋碧粼②。尚恐染，三臺塵。若歆輩，進履徒。破壁手，乃敢汙。抗疏請，代三孤。昧平生，何足誅？百世下，孰知己。脩然心，見終始。大起予，有蘇子。

【校】

①「濱」，元刊明補本、弘治本作「賓」，俗用；據四庫本改。

②「鄰」，弘治本同元刊明補本；四庫本作「潾」，亦可通。

古燕印贊 并引

參政何公，世家易州。常於燕丹廢城中耕，得圖書小印，雖百枚，制皆殊。一日，以所得者贈予，形如方斗，其文曰「韋宙」。宙①，唐昭宗時宰相，豈古今人姓名有偶相同者耶？入手摩挲，甚可惜也。作斯贊以答雅厚。其辭曰：

燕有國，八百餘。維易容，奭故都。按壁壘，見雄圖。萬組印，雜簪裾。人與骨，朽已無。耕壟間，獨得渠。一粒小，丹砂如。其文宙，亦盛夫。紐岑樓，或龜趺。纍纍多，一皆殊。彼斗大，黃金塗。懸肘後，擊賊奴。氣雖豪，空淪胥。三摩挲，重嗟吁。猗參相，好古徒。知濇癖，爲贈予。何所誌？遺惠書。

【校】

①「亩」，弘治本同元刊明補本；四庫本脱。

四子問孝圖贊

天地之經，其維曰孝。魯人所瞻，巨室是效。四子致問，庶幾要道。因材爲篤，聖答各異。發藥其偏，從容和氣。思煽皇風，永錫厥類。怡聲粹色，玉佩華裾。表之丹青，清風穆如。嗚呼！安得一天下之慮，宛同是圖。

梁太師王彦章畫像贊

堂堂太師，勇冠萬夫。曾精甲之幾何，破南城於一呼。三日奏捷，素果不逾①。大厦將仆，一木可扶。衆且顧望，我誓捐軀。蒼髯糢糊，目光炬如。戰酣歸來，氣鬱犀渠。惟孝與忠，同歸異途。緊錦囊之三矢，與長矛而不殊。宜乎文忠之筆，大書特書不一書而已也。吁！

【校】

①「素」，弘治本同元刊明補本；薈要本、四庫本作「數」。

劉珍母王氏真贊

嗟嗟母氏，恩斯勤斯！自期寸草①，庶答春熙。況復身後，有養何施？履霜濡露，感懷歲時。嗟嗟母氏，健幹而慈。奉己以約，保家之肥。致家之完，乃有今日。我食我衣，皆母之力。靄靄停雲②，泉水湯湯。我思母氏，何日而忘？

【校】

①「草」，弘治本、四庫本同元刊明補本；薈要本作「章」，形似而誤。

②「靄靄」，元刊明補本、弘治本、薈要本作「曖曖」，聲近而誤；據四庫本改。按：語本《陶淵明集》卷一《停雲》：「靄靄停雲，濛濛時雨。」

重華鼓琴圖贊

幽幽深山，玄德聞兮。二女釐降，潙水春兮①。乾健坤順，其道恒且久兮。袗衣鼓琴，固若我所有兮。手揮五弦，正始此其時兮。琅然玉音，一氣爲之熙兮。鏘然和鳴，鸞鳳以之儀兮。衣垂手拱，其道本於斯兮。升道蒼梧，惋莫從兮！淚浥湘筠，思何窮兮。噫！

【校】

①「潙」，弘治本、薈要本同元刊明補本；四庫本作「嬀」，亦可通。

故處士牛了齋真贊

眼高一世，舌本懸泉，噴噀珠璣，孰爲後先？樂育自好，以全性天，生也順受，没吾寧焉。彼顔渥而顴①，野服翛然，尚知爲雁門儒將之裔，庶幾青山白雲之仙也。

【校】

①「顴」，弘治本同元刊明補本；薈要本、四庫本作「丹」。

故翰林應奉陶珉溪真贊

貌古而氣清，言訥而行純。此見於外者，皆曰儒學之醇。若夫該貫經史，筆斡千鈞①。玉佩瓊琚，大玩斯文。足以泛珉溪之雪浪，追顓軒之絶塵。然綸恩甫沾而不禄，壽蘄固於七旬。天之報施，果何有於善人？峩弁朱衣，正笏垂紳。雖未及直玉堂之署，尚知爲元貞辭翰之臣也。

【校】

①「斡千鈞」，弘治本同元刊明補本；薈要本作「幹千鈞」，形似而誤；四庫本作「斡千鈞」，形似而誤。

房星贊

粉色黯淡雙絲浮，絳冠箕如柱劍鋏①。陽環夜半海氣湧，火輪欲上鞭金虬。赤魏躍入玄關幽，殆似戰勝褰雲兜。千金漢將非吾儔，中令化筆通神謀，冷風拂座寒颼飀②。大德四年臘八日作。

房四星爲明堂布政之宫，亦四輔也。下一星上將，次次將，次次相。上即上相，所以理陰陽，正教化。南二星君位，北二星夫人位，又爲四表。中間黄道之所從，爲天衢，又爲天闕。南闕曰陽環，其南曰太陽；北闕曰陰環，其北曰太陰。亦曰天廐，亦曰天馬，主車駕。南星曰左驂，次左服，次右驂，又主開闔畜藏之所也。

【校】

①「柱」，弘治本同元刊明補本；薈要本作「枉」形似而誤；四庫本作「拄」，亦可通。

②「座」，薈要本、四庫本同元刊明補本；弘治本作「巫」，非。

松化石贊

燕城趙彦清家藏

伊石與松，秉彝堅潤。雯華根節，鱗皴挺勁。儼髯龍之淵潛①，蛻康溪之深濬。伊艮震之交感，化而爲他山之璡。逮霧巖之玄豹，隱錦煸而如拉②。水木清華，坤靈藉重。氣變無方，静含妙用。物貴異稱，金鏗玉振。昔焉不封於秦③，今也罔言於晉。但摩挲而三嘆，非張華而孰綜？然室無滯而不富，况殊方之奇貢。嚮爲山人隱和之具④，今作仇池怪石之供。一線爐熏，靄若雲蓊。栩栩蝶去，夢繞神清之洞。

【校】

①「龍」，弘治本、薈要本同元刊明補本；四庫本作「童」，形似而誤。按：「龍」，俗作「竜」，與「童」形近。

②「煸」，弘治本、四庫本同元刊明補本；薈要本作「斑」，亦可通。「拉」，四庫本同元刊明補本；弘治本作「拉」；薈要本作「振」。

③「昔」，薈要本、四庫本同元刊明補本；弘治本作「習」，聲近而誤。

④「和」，元刊明補本模糊不清；據弘治本、薈要本、四庫本補。

蛻齋劉先生真贊

先生諱思齊燕人

猗歟蛻齋，蚖肆螭蟉。擴充家傳，資深善誘。愛波瀾之老成，宛黼黻之絺繡。曾管窺於一編，竟韞匵而莫售。我瞻遺像，氣豐而蔀。一官廣文，禄才升斗。挈簞瓢兮屢空，曾臧否之何有。嗟共盡而奚言，豈獨哀於吾友？

蛻齋初與胡國瑞同年登第。中統初，爲中書省掾，後辭歸。爲彰德路學官，卒。

王惲全集彙校卷第六十七

翰林遺稿

增謚睿宗仁聖景襄皇帝玉册文

臣再拜稽首言：伏以至德難名，於穆乾坤之大；孝思罔極，有嚴祖考之稱。稽遺美而載揚，迺守文之先務。弘宣令問，茂對耿光。伏惟睿宗景襄皇帝秀拔神支，淵潛龍德。英武内根於仁孝，温文外表乎謙恭。先事而謀，臨機善斷。當軍國撫監之際，赫風雲册伐之功。川蜀威加，宋人爲之褫氣；鈞臺戰捷，金源遂不能兵。闢土宇而靖中邦，翊炎圖而隆寶運。策勳天府，歸美皇靈。方請命於上蒼，思保安於宗社。祥開後聖，光啓皇元。致今日之隆平，蓋孫謀之燕翼。惟天縱其睿智，故澤流於子孫。爰伸凝慕之誠，虔舉增徽之典。詢諸輿議，允協至公。謹遣某官某奉玉册玉寶，加上尊謚曰仁聖景襄皇帝，廟號睿宗。遹守先猷，仰聖靈之如在；式垂歆鑑，降福祉以無疆①。

【校】

①「以」，弘治本同元刊明補本；薈要本、四庫本作「于」，聲近而誤。

追謚先太子册文

皇帝若曰：於戲！故皇太子某天姿玉裕，茂德淵沖。朕紹纂丕圖，仰遵太祖聖武皇帝遺訓，以爾世嫡元孫，譽望攸屬，爰從燕邸，正位春宫。愈貴能謙，居貞益慎。及夫聽政，揆敍有方；至於睦親，昆仲無間。尊師問道，日御經筵；視膳候安，時詢内豎。佐予柔理，惠彼小民。方念神器匪輕，投艱有託；豈期前星揜耀，永隔幽明。日居月諸，懷思曷已。比者大臣敷奏，宜易名奉祀，光崇彝典。今遣某官持册，賜爾謚曰明孝太子，永昭遺懿，式慰朕懷。尚冀明靈，歆承寵渥。

皇太后玉册文

維至元三十一年歲次甲午五月朔某日，嗣皇帝臣御名謹稽首再拜言①：洽萬國者②，莫隆於孝治；揚懿德者，必著其徽稱。洪惟我幼沖人，嗣無疆大歷服，率先風化，無尚於斯。恭惟太母聖善懿恭，睿識遠慮，力行善事，陰賜及民。隆孝敬於先朝，軫憂勤於内助。宫壼仰其規範，宗族化其肅雍。誕眇躬而底于有成③，翊燕謀而俾登大寶。深恩至德，蕩焉難名。匪極鴻一作推尊④，曷伸至願。載惟昭考，已升祔於宗祧⑤；言念宸闈，宜大崇其典禮。庶幾均報，仰答恩慈。今遣某官謹奉玉册寶，上尊號曰皇太后。伏惟皇太后殿下端處福宫，誕膺顯册。儼母儀於四海，德配坤元；期聖壽於萬年，祥開神筴。永資慈訓，保我子孫。臣誠歡誠抃，稽首再拜謹言。

【校】

①「御名」，弘治本同元刊明補本，薈要本作「某」；四庫本作「妥懽帖睦爾」。

②「洽」，薈要本、四庫本同元刊明補本；弘治本作「合」，半脱。

③「眇」，弘治本、四庫本同元刊明補本；薈要本作「藐」，聲近而誤。
④「推」，弘治本同元刊明補本；薈要本、四庫本作「權」。
⑤「升祔」，弘治本同元刊明補本；薈要本、四庫本作「祔升」，倒。

改元詔

朕祇遹先猷，嗣承丕構。訪予落止，在夙夜以靡遑；永言孝思，閲歲時而增愴①。惟春秋之謹始，實古今之成規。適屆履端，聿新紀號，可改至元三十二年爲元貞元年。咨爾有衆，體予至懷。

【校】

①「增」，元刊明補本、弘治本作「憎」，偏旁類化；據薈要本、四庫本改。

手詔侍郎楊大淵

省表具之①：朕恪守王封，遽膺推戴，即位之始，不遑康寧。惟爾遠戍邊陲，久服戎政，身外心内，來陳賀章。宜加寵答之辭，以勵忠貞之節。故兹詔示，想宜知悉。

【校】

①「之」，弘治本同元刊明補本；薈要本闕；四庫本作「文」。

詔罷東平路管民總管兼行軍萬户嚴忠濟①

爾父承國家興運，左右將士同心戮力，封植東平，屹爲名藩②。我祖宗嘉爾父之功，乃建爲侯，自爾嗣位又二十年。朕初即政，命復襲爵，往即乃封，敬之慎之，其脩德砥行，自立名節，勉圖後效，無忝先猷。十七日戊寅巳刻，上臨軒親諭諸路總尹，遂以前東平總管嚴忠濟弟忠範爲東平總管，仍戒之曰：「兄弟天倫，事至於此，朕甚憫焉。今予命爾王兹東土③，非以訟受之也。彼所責匪輕，敬哉！今而後苟不克荷，非若汝兄幸而免也④。」

【校】

①「濟」，弘治本、四庫本同元刊明補本；薈要本作「齊」。

②「屹」，薈要本、四庫本同元刊明補本；弘治本作「兀」，非。

③「王」，弘治本同元刊明補本；薈要本、四庫本作「主」。

④「非若汝兄幸而免也」，弘治本同元刊明補本，薈要本作「非若汝兄弟可免也」；四庫本作「非若汝兄可幸免也」。

授賀某宣諭大理國制

幼懷奇節，筮仕昌時。及知遇於先朝，遂撫綏于大理。揚威絶域①，昔收定遠之功；服事彤庭，屢抗伏波之請。宜旌前效，俾煥綸章。汝其宣暢皇猷②，洋溢方外。爰體綏懷之意，以安遐邇之情。轉爲招倈，式副所托。

【校】

①「揚」，元刊明補本、弘治本作「楊」，據薈要本、四庫本改。

②「暢」，弘治本同元刊明補本；薈要本、四庫本作「揚」。

宣諭大理及合剌章俾還本土手詔①

嘉汝等遠自雲南，導從選鋒，轉戰千里，直波鄂渚②，以達於此，勤已至矣。今者俾爾各還本土以遂厥性，優賜各有差。

【校】

①「合剌章」，弘治本、薈要本同元刊明補本；四庫本作「哈喇章」。

②「波」，弘治本同元刊明補本；薈要本作「披」，形似而誤；四庫本作「渡」。

姜真人手詔

神以知來，智亦藏往①。言念長江之邁，未嘗一日而忘。遐想仙標，載勤馹傳。雍容大厦，論用復於細氈；寂寞巖扃②，雲暫辭於故隱。春寒遺書，指不多及。

【校】

①「亦」，弘治本同元刊明補本；薈要本、四庫本作「以」。

②「巖」，弘治本、薈要本、四庫本作「嚴」，半脱。

追封皇國舅按赤那演濟寧王謚忠武制①

制曰：疏恩異姓，無踰王爵之崇；追册元勳，況在世姻之懿。典禮所逮，存亡靡殊。故皇國舅按赤那演，天挺英姿，志宣忠力，當祖宗造基之始，爲股肱佐命之臣。衍慶軒星，儷輝宸極。惟勳閥之茂著，冠戚里以獨高。朕紹述丕圖，眷懷世德②。宜錫大邦之號，仍褒壹惠之文。可進封濟寧王，謚曰忠武。於戲！議協明廷③，庸布絲綸之命；澤流後裔，永昭泉壤之光。尚想英靈，歆此寵渥。

【校】

①「按赤那演」，弘治本同元刊明補本；薈要本作「阿齊諾延」；四庫本作「安濟諾延」。

②「眷」，弘治本同元刊明補本；薈要本、四庫本作「春」，形似而誤。

③「協」，薈要本、四庫本同元刊明補本；弘治本作「恊」，訛字。

皇舅濟寧王妃制

制曰：爵以德崇，既建真王之號；婦因夫貴，俾隆藩國之儀。眷我外家，德昭祖母；誕彌聖后，作配先皇。豈惟内助之多，光溢徽音之嫩。是宜管彤煒煒①，象服委蛇②。顧予沖人，獲紹前烈，禮崇報本，心焉敢忘！可追封濟寧王妃。與對邦休，服兹寵數。重衍姻親之懿，永膺伉儷之榮。泉壤雖幽，歆承罔昧。

【校】

①「彤燁煒」，元刊明補本、弘治本作「彤曄煒」，非；薈要本作「彤燁燁」，亦可通；四庫本作「彤韡煒」，亦可通；徑改。

②「蛇」，弘治本、薈要本同元刊明補本；四庫本作「佗」，亦可通。

贈謚故光禄大夫左丞相都元帥阿木制①

制曰：功德兼隆，其所及者既遠；存亡靡間，故爲報也必豐。迺眷元勳，豈同常品。故光禄大夫、中書左丞相、都元帥阿木，挺英將種，作世虎臣。爪牙兼信布之材，韜略合孫吴之法。惟重厚克膺其委寄，故謙恭不有其智能。當世祖之恢圖，自元戎而宣力。奠我南服，隱若長城。秉持旄鉞者三十餘年，出入行陳者百五十戰。奮身不顧，忠如皎日之明；慎敵無前，勢若迅霆之擊。載揚我武，飛渡長江。佐收一統之功，名出諸將之右。繼將明命，遠震邊庭。威方暢於皇靈，訃遽聞於瀚海。朕奉先猷而祗懼②，念王業之艱難。鬱爾風雲，追惟往昔；優加卹典，開勸後人③。官資超極品之榮，封爵建大國之號。於戲！麟臺畫像，豈惟宛轉於丹青；甲第賜書，庸示昭光於窀穸。可特贈開府儀同三司、太尉、并國公④，謚曰武宣。精爽如在，不昧欽承。

【校】

①「阿木」，弘治本同元刊明補本；薈要本作「烏珠」；四庫本作「阿珠」。後依此不悉出校記。

②「奉」，弘治本同元刊明補本；薈要本、四庫本作「承」。

③「開」，弘治本同元刊明補本；薈要本、四庫本作「用」。

④「特」，弘治本、四庫本同元刊明補本；薈要本脱。

太尉并國公夫人某氏制

平章政事不鄰吉帶母别速真氏①，父爲翊運宗臣②，嘗有功於社稷；夫亦折衝名將，屢宣力於封疆。位陟中台，慶鍾賢嗣。惟是數者，萃於一身。其存殁則俱榮，蓋始終之鮮儷③。況内德壼儀之著，而婦規母訓之崇。錫之以翟茀之章，賁之以銀黄之飾④。沛殊恩於既往，示深勸於將來。在邦彝皆所當然，於世教其或有補。於戲！脂田肇啓，獨垂範於兩宗；蘋饋相承，尚流芳於百祀。可贈并國太夫人。

【校】

①「不鄰吉帶母別速真氏」，弘治本同元刊明補本；薈要本作「布拉吉帶母巴爾斯章氏」；四庫本作「布琳濟達母爲伯蘇氏」。

②「翊」，元刊明補本、弘治本作「於」，聲近而誤；四庫本作「翼」，聲近而誤；據薈要本改。

③「儷」，弘治本、四庫本同元刊明補本；薈要本作「儼」，形似而誤。

④「銀」，元刊明補本、弘治本作「鋃」，據薈要本、四庫本改。

追謚司徒鞏公制

制曰：節惠易名，恩禮備飾終之典；依光毓德，風雲非一日之期。故具官某，稟性淑均，處心貞亮。眷昭考當歧嶷之際，侍內庭多傅翼之功。奉事兩宫，勤勞有日。爰念邸潛之宿望，特班邦教之殊階。謀參密近，而屢效忠誠；位極崇高，而愈形謙謹。朕方外于大寶①，將圖任于舊人。已聞歌露之悲，可後蓋棺之議。鼎湖未遠，想陪仙馭之游；泉壤生光，洞賁綸章之寵。可贈金紫光禄大夫，謚曰忠懿。有來精爽，不昧歆承。

【校】

①「外」，弘治本同元刊明補本；薈要本作「欽」；四庫本作「升」。

追謚賽平章制

制曰：人臣罄奉上之忠，恩卹奚分於今昔；國家有飾終之典，光揚亦賴於子孫。於惟閥閱之家，況復風雲之契。某官某，儀刑西域，柱石中朝。以文武之長材，藴經綸之大業。爰從潛邸，早識英資。而又圖回每沃於淵衷①，度量獨高於天下。四川分陝，朝廷無西顧之憂；六詔行臺，郡縣奠南服之理。福星霖雨，動應時祥；和氣嘉聲，撫綏殊俗。念匪躬而盡瘁，每當饋以興哀。朕祗奉先猷，循思遠節。位兼將相，德全始終。況爾孫支②，光繩家訓。弼予孝治，進貳文昌。用推錫類之恩，寵以上公之號。於戲！鑄金圖像，豈惟專燉於前賢；告第頒書，尚冀傳芳於來世。可贈某官某謚。英爽不昧，其克欽承。

【校】

①「回」，弘治本同元刊明補本；薈要本、四庫本作「猷」。

②「支」，薈要本、四庫本同元刊明補本；弘治本作「克」，形似而誤。

賽平章國夫人誥

國治固先於家齊，古今匪易；婦秩諒從於夫貴，典禮攸宜。某官夫人某氏，婉自名家，嬪我賢輔。循法度而供壼職①，以恭儉而相夫勞。委佗儼象服之尊②，恭懿融管彤之美。以正以順，如山如河。主饋宜家，綿休積慶。夫延登於鼎胙③，孫進貳於文昌。不以輝稱，曷彰内助。仍易小君之號，榮偕品極之封④。於戲！德容尚肅於舊儀，誥鸞有煥；脂澤載光於故壟，世祚彌昌。可封某國太夫人，謚某號，主者施行。

【校】

①「循」，弘治本同元刊明補本；薈要本、四庫本作「備」，形似而誤。

②「佗」，弘治本、四庫本同元刊明補本；薈要本作「蛇」，亦可通。後依此不悉出校記。

③「胙」，弘治本同元刊明補本；薈要本、四庫本作「祚」，亦可通。
④「偕品極」，弘治本同元刊明補本；薈要本、四庫本作「階極品」。

追謚故都運梁公通憲先生制

制曰：望壟思賢，臣子無古今之間；顯親盡孝，國家有推獎之崇。矧兹文憲之傳，篤我世臣之舊？資德大夫、中書左丞梁暗都剌①，故曾祖金中奉大夫、司農少卿陟，早登科第，顯歷仕途。履正奉公，才優國計。持難抗節，身爲大閑。在先儒耆德之間，有泰和能臣之譽。經綸事往，道義日尊。流澤遠及於子孫，致位有開於卿相。克宣忠力，勵相我家②。不有卹章，曷勸來者？可賜謚曰通憲先生。於戲！老成雖遠，典刑猶見於國人；寵數惟新，潛德載光於泉壤。尚期英爽，不昧歆承。

【校】

①「梁暗都剌」，弘治本同元刊明補本；薈要本作「梁按達拉」；四庫本作「梁溫都爾」。
②「勵」，弘治本同元刊明補本；薈要本、四庫本作「勱」。

太子少傅竇公制

傳經明道，既輔立太平之基；崇德報功，烏可後非常之典。故桓傅致臨雍之敬，而甘盤動憶舊之思。古今雖殊，典秩不異。故翰林侍講學士竇默業尊周孔，學際天人。詢治體以綱常爲言，論人臣以功利爲末。侍謀帝幄，剴切多文貞之風；論相中書，慷慨見陽城之烈。而又三代建國，明倫是先。惟西池儼籥羽之儀，故東序擴人文之化。風移俗易，一變虚文；地闢天開，載明正學。迺眷兩朝之耆德，寔爲先禰之宫師。稽考規模，夢寐風采。是用榮分三事，光融邦教之階；恩賁九泉，瀟洒玉堂之契①。有來精爽，服我寵靈。

【校】

①「契」，弘治本、四庫本同元刊明補本；薈要本作「淚」，非。

夫人賈氏誥辭

天人之際，若弗可知；禎祥之來，各以類應。凡祖宗父母尊榮壽考，未有不以善而致者①。具官某夫人某氏，婉從清望，嬪我儒宗，恭儉以相其夫②，勤恪以成其子。珩璜中節，藻薦多儀，清白傳家，管彤有煒。宜爾從夫之貴，寵膺華郡之封。鸞誥副加③，服我休命。

【校】

①「以」，弘治本、四庫本同元刊明補本；薈要本作「善」，涉下而誤。

②「其」，元刊明補本作「某」，形似而誤；據弘治本、薈要本、四庫本改。

③「誥」，元刊明補本、弘治本作「詰」，據薈要本、四庫本改。

追謚賈博兒赤制①

負鼎于時，既逢其明主；當饋起嘆，有懷於昔賢。某官藩邸近臣，中朝耆德。適際風雲之會，素多監掌之功。割烹調和，迺其常事。威儀進退，曲盡恒規。凡侍殿庭，望高德度。方舊人而圖任，遽薤露以興哀。歲月雖深，德容如在。抱茂陵之弓劍，婉孌何窮！悵華屋之几筵②，未昭敕奠。近因廷奏，大霑恩章③，可加贈某官，謚曰某。嗚呼！授寵數以如生，幽明罔間；顧諸孫之衍慶，福祉方來。慰我老成，含嘻泉壤。

【校】

①「賈博兒赤」，弘治本同元刊明補本；薈要本、四庫本作「賈博囉齊」。

②「几」，薈要本、四庫本同元刊明補本；弘治本作「兄」，非。

③「霑」，元刊明補本、弘治本作「需」，據薈要本、四庫本改。

追謚忽林赤制①

揚徽内職，固有籍於世臣；追錫親榮，迺式遵於彝典。某官高閎集慶②，美行禔身。早以謙恭，光聯侍從。藝則名而威則棣，責於己而功於人③。出入禁闈者幾三十年，主典玉食者何百餘事④。忠勤奉上，夙宵在公⑤。每多燕饗之儀，何止割烹之技。方廷章之宣美，遽朝露以溘先。可贈某官某謚。嗚呼！祇奉仙遊，悵同翻於儷景；流光泉壤，尚垂慶於後人。魂而有靈，歆我寵數。

【校】

①「忽林赤」，弘治本同元刊明補本；薈要本作「呼爾察」；四庫本作「果勒齊」。

②「閎」，元刊明補本、弘治本作「閑」，據薈要本、四庫本改。

③「於」，弘治本同元刊明補本；薈要本、四庫本作「以」，非。

④「何」，弘治本、四庫本同元刊明補本；薈要本作「或」。

⑤「宵」，弘治本、薈要本同元刊明補本；四庫本作「夜」。

進呈世祖皇帝實録表

臣某等言：臣聞典謨述堯舜之功，令名顯著①；方策布文武之政，義問宣昭。粤自漢隋，及夫唐宋，咸有信史以貽後來。況大業豐功震今耀古，惟深善述，首議丕揚。臣等誠惶誠懼，頓首頓首。

洪惟世祖皇帝仁孝英明，睿謀果斷。爰從潛邸，有志斯民，植根幹而佐理皇綱②，聘耆德而講明治道。始平大理，再駕長江，過化存神，有征無戰。迨其龍飛灤水，鼎定上都，革弊政以惟新，擴同仁而一視，規模宏遠，朝野清明。内則肇建宗祧，創設臺省，修舉政令，登崇俊良；外則整治師徒，申嚴邊將，布揚威德，柔服蠻羌。加以聖無不通，明靡不燭，守之以勤儉朴素，養之以慈惠雍和。收攬權綱，綜覈名實，賞罰公而不濫，號令出以惟行。萬彙連茹，羣雄入彀，削平下土，統正中邦。慕義嚮風，聲教奚朔南之暨③；梯山航海，職貢無遐邇之殊。方且開學校而劭農桑④，考制度而興禮樂。國號體乾坤之統，書畫焕奎壁之文。罄所有而酬戰功，不待計而救民乏。聽言擇善，明德緩刑。斂福錫民，遇災知懼，得《洪範》惟皇之理，過周宣修政之勤⑤。以致時和歲豐，民安吏職。蓋帝德克周于廣運，故至公均被以無方。可謂文致太平，武定亂略。繼一祖四宗之志，兼三皇五帝之功。開天建極者三十五年，立經陳紀者二萬餘事。以謙讓弗遑於備紀，故纂修未至於成書。欽遇皇帝陛下賫紹詒謀⑥，厲精圖治。亟鑑觀於成憲，思遹駿於先聲。深詔下臣，俾爲實録。宅心宗祐⑦，凝孝羹牆。開館局而增置官僚，敕羣司而大紬圖籍。編摩既富，搜訪加詳。採摭於時政之編，參取於起居之注。張皇初稿，增未見於罕聞；承奉綸音，俾蠲繁而就簡。俯殫管見，仰體宸衷；盡略虚文，一存實事。其饗會征伐，文物典章，粲焉列三代之英，蔚爾開萬世之業。與夫才德孝廉之士，忠良姦佞之臣，版圖生齒之夥繁⑧，財賦畜牧之富盛，謹依條據，粗致無遺。今具所修成《世祖聖德神功文武皇帝實録》二百一十卷，《事目》五十四卷，《聖訓》六卷，凡二百七十卷。謹繕寫爲二百七十秩，用黄綾夾複封全，隨表上進宸扆⑨。

臣某等忝備台司，幸膺盛典。顧惟載筆，才何有於三長；勉進蕪辭，慮庶幾於一得。冒瀆聖聰，不勝兢惕！臣等無任瞻天望聖激切屏營之至，謹奉表陳進以聞。臣等誠惶誠懼，頓首頓首，謹言。

元貞元年六月□日⑩，開府儀同三司、中書右丞相、監修國史臣□等上進⑪。

【校】

①「令」，元刊明補本、弘治本作「合」，據薈要本、四庫本改。

②「幹」，元刊明補本、弘治本作「榦」，訛字；據薈要本、四庫本改。

③「奚」，弘治本、四庫本同元刊明補本；薈要本作「實」，非。

④「劭」，弘治本同元刊明補本；薈要本、四庫本作「勸」，亦可通。

⑤「修」，元刊明補本、弘治本作「條」，形似而誤；四庫本作「牧」，形似而誤；據薈要本改。

⑥「詒」，弘治本同元刊明補本；薈要本、四庫本作「貽」，形似而誤。

⑦「祐」，弘治本同元刊明補本；薈要本、四庫本作「祏」，形似而誤。

⑧「夥」，弘治本同元刊明補本；薈要本、四庫本作「實」。

⑨「扆」，弘治本、四庫本同元刊明補本；薈要本作「房」，亦可通。

⑩「□日」，弘治本同元刊明補本；薈要本、四庫本作「四日」。

⑪「□」，弘治本同元刊明補本；薈要本作「某」；四庫本脱。

聖壽節賀表 至元十四年丁丑代中省作

伏以龍德御天，協千載休明之運；星虹流渚，開九秋震夙之祥。正朔所頒，臣民胥慶。欽惟陛下長策遠御，叡斷有臨。凡經制於宏規，思光昭於先業。修振古未修之典，集累朝未集之勳。獨運神機，載揚我武。削平六詔，無好大喜功之心；混一三吳，見伐罪弔民之舉。治道已隆於貞觀，風聲仍邁於漢家①。尚深闕政之虞，屢致迓衡之問②。詢謀元老，懷保小民。體羣臣敬其所尊，免賦徭以之固本③。而又禁酒酤而重民食，憫兵餘而肆赦恩。動順輿情，咸躋壽域。緊爾至元之盛德，優於行葦之深仁。屬節届於誕彌，適躬臨於巡省。臣某等久承鈞軸④，列侍瑶墀。一作「分司蘭省，阻列蓂階⑤」。愧無金鑑之封章，切效露囊之微悃。鳳來儀而陪舞⑥，聽簫韶九奏之音；虎拜手而揚休，祝天子萬年之壽！

【校】

①「家」，弘治本同元刊明補本；薈要本、四庫本作「室」。

②「致迓」，弘治本、同元刊明補本；薈要本作「致遷」；四庫本作「欽迓」。

③「賦」，元刊明補本、弘治本、薈要本作「包」，據四庫本改。

④「鈞」，弘治本、四庫本同元刊明補本；薈要本作「均」，聲近而誤。

⑤「列」，薈要本、四庫本同元刊明補本；弘治本作「司」。

⑥「陪」，弘治本、四庫本同元刊明補本；薈要本作「倍」，非。

甲午賀正表 代中省作

伏以寅宮建斗，洪鈞轉一氣之春；漢殿稱觴，大禮重三朝之慶。衣冠環拱，文物昭融。恭惟皇帝陛下乾健萃精，睿思作聖。頓皇綱而開大統，備百度而冠前王。澤既洽於域中，威復加於海外。中天而立，躋世於平①。以富藏民，惠免逋懸之賦；先春肆赦，恩深寬大之書。緊至治之惟馨，致上天之神祐。端臨正旦，光動多儀。受國籍而膺貢珍，醼臣工而湛春酒。臣某等率先列辟，拜舞揚休②。政與時新，萬有遂生成之樂；壽從天格③，八秩開億兆之祥。

【校】

①「於」，弘治本、四庫本同元刊明補本；薈要本作「而」。

②「拜」，弘治本、四庫本同元刊明補本；薈要本作「抃」。

③「格」，弘治本作「恪」；薈要本、四庫本作「降」。

大都城隍廟設醮保佑青詞①

伏以天監雖高，曾易顯思之命②；基圖寅紹，敢忘奉若之誠？爰自君臨，頗歷年所。顧眇躬之上託，致至理之維艱。豈期外侮潛消，復荷天休茲至③。炎風朔雪，大開一統；金穰玉燭，屢致豐年。而又雲静祁連，春回沙漠。晝日有平安之報，霜風無偃薄之虞④。匪涼德之能然，皆聖靈之所佑。迺即青陽之月，恭修金籙之科。誥演琅函，真臨玉境。導含景蒼精之駕，覆垂雲洪蔭之仁。鑑茲報謝之虔，重以保持之福。干戈止息，永惟四海之清；邦國榮懷⑤，亦尚一人之慶。如式。

【校】

①「佑」，弘治本同元刊明補本；薈要本、四庫本作「祐」，亦通。

②「易」，弘治本同元刊明補本；薈要本、四庫本作「惕」。

③「至」，薈要本、四庫本同元刊明補本；弘治本作「丕」。

④「虞」，弘治本、四庫本同元刊明補本；薈要本作「雲」，非。

⑤「榮」，弘治本同元刊明補本；薈要本、四庫本作「有」，非。按：語本《尚書正義》卷一九《秦誓》：「邦之杌陧，曰由一人；邦之榮懷，亦尚一人之慶。」

至元三十年崇真宫設醮齋意

大元皇帝紹隆丕構，撫御多方。欲期中外之安，致有憂勤之慮。爰資道蔭①，用介福寧。擬於今月初三日，就大都崇真萬壽宫，設金籙醮筵二百四十分位，涓日既良，預期以告。

【校】

①「道」，弘治本、薈要本同元刊明補本；四庫本作「通」，形似而誤。

青詞

伏以纂承有在，擴先業以丕隆；撫御攸寧，皆上天之申佑。況年齡之向邁，資福廕以彌深。念兹一己之微，事有萬幾之重。邊聲雖捷，軫慮良多；精力自如，過勤或倦。而又四氣交更①，而無不順釐；多生感受，而未免乖和。敢殫禱謝之誠，普冀神明之相。潛消災滯，滋至天休。素履安舒，符乾剛而不息；皇圖鞏固，叢景福以維新。無任懇禱之至。

【校】

①「四」，薈要本、四庫本同元刊明補本；弘治本作「回」，形似而誤。

祀廟樂章

無射宫之曲　昭成

於赫皇祖，睿智聰明。天扶一德，海毓羣生。文經武暢，治定功成。禋祀無期，昭垂頌聲①。

無射宫之曲　顯寧

天啓深仁，須世而昌。追惟顯考，敢後光揚。儀尊謚美，禮備音鏘。皇靈鑒止，降釐無疆！

祝文

第一室

於赫聖武，開運立極。啓迪後人，奄宅萬域。繼體守文，爰及眇質。大位昭升，陰相之力。奉薦明禋，載祇載式。尚祈顧歆，永深燕翼。

第二室

丕顯睿祖，載揚我武。左右禰昆，耆定區宇。慶衍本支，紹纂基緒。嗣服惟初，禮須告祀。延洪幼沖，永錫繁祉。

第三室

明明我祖，神聖無方②。武定文綏，于先有光。運開大統，德冠百王。仙馭漸遠，攀慕奚極。祔廟奉安，縟典是式。燕翼如在，英靈日赫。

第四室

於皇昭考，神靈在天。民受陰賜，餘二十年。不饗其位，眇躬是傳。追尊徽號，永言奉先。爰用昭告，齋慄揭虔。尚冀申佑，寶祚綿延。

登明亥元神

維神總劾成功，尊臨陰位，適承歲德，爰誕眇躬。屬秋仲之佳辰，致嚴禋之菲奠。仰祈昭格，永荷神休。

歲星木照星

維神象緯玄穹，祥開下土。直兹歲事，相我沖人。恭伸默禱之虔，爰即絳宫之閟。庶憑陰佑，聿底丕平。

柳宿胎星

維神光臨初度，獲纂鴻圖。顧惟涼薄之躬，萃集簡禳之福③。近因多故，致禜幽壇④。尚冀精英，更隆安吉。

【校】

①「頌」，抄本、同元刊明補本；薈要本、四庫本作「誦」，亦可通。

②「聖」，抄本同元刊明補本；薈要本、四庫本作「靈」，亦可通。
③「禳」，抄本、薈要本同元刊明補本；四庫本作「穰」，形似而誤。
④「祭」，抄本同元刊明補本；薈要本、四庫本作「祭」。

新船落至祭歲君文

成舟委波，謂之落至，維神灼知，一歲之事。汎彼中河，轉致厥載，上下安輸，非神曷賴①。

【校】

①「非神曷賴」，抄本同元刊明補本；薈要本、四庫本作「惟神是賴」。

修五門前橋祭歲君地祇文

應門將將，前臨天津。玉輅所馳，虹梁必陳。爰搆爰締，築之陝陝。神維垂祐，迄于有成。

五方帝祭文

因方殊號，尊以帝稱。殿臨五部，有赫其靈①。維橋之作，鞭石駕梁。尚冀擁衛，大來百祥。

【校】

①「靈」，抄本、四庫本同元刊明補本；薈要本作「靈」，亦通。

擬禁酒詔

漢賜大酺，歲有常數；周申文誥，飲戒無彝。況糜粟者莫甚於斯①，崇飲者刑則無赦。近緣春旱，朝議上陳，宜禁市酤，以豐民食。朕詳思來奏，寔爲腆民，可自今年某月日，民間毋得醖造酒醴，俾天物暴殄②，重傷時和。其或違者，國有嚴典，悔其可追。故茲詔示，想宜知悉。

【校】

①「糜」，元刊明補本作「縻」，訛字；抄本、薈要本、四庫本作「糜」，偏旁類化；徑改。

②「俾」，抄本同元刊明補本；薈要本、四庫本作「致」。

中書省牒宋三省文

中書省劄該：爰自聖上即位之初，重惜南北生靈之故，一視同仁，首主和議，故遣信使講信修睦。往年征進大軍即令各還本屯，仍嚴勑邊將，非奉上命，毋得妄動。行人銜命以來①，載更歲律，寂無來音，何哉？不惟有失忱辭②，反啓邊釁③，以致攻圍我上蔡，侵軼我鄧鄗，襲華陽，擾隨州，劫掠真陽，數犯漣水，此皆出於使軺已入彼疆之後，將和而戰，得無異議乎？夫信與義，自古所恃以爲國者也，一旦棄捐，自有任其責者矣。向也大駕巡狩北庭以平内難，今渠魁授首④，已於正月廿六日還宫飲至。頃因行臺入覲，陛見之日具以奏聞，請重兵壓境以問其故。五月初五日，奉聖旨：「此一事發端在我，姑待之。」省府仰體聖上仁慈，尚存兼愛，恐咈初心，弗允所請。且夫朝廷大計已定，此特有司之事耳。今就委本路發使詳問焉⑤，若復遲疑不決，秋高馬肥，至日別有區處⑥。當司依奉省劄，令差諮議官崔明道、兵馬副都李合義充詳問使，移文淮東制司⑦，即今國使安在？何稽留不發？并節次侵疆之役，具由回示，以憑呈省施行，請早示定議，據此須至牒者。

【校】

①「銜」，抄本、薈要本同元刊明補本；四庫本作「御」，形似而誤。

②「忱」，抄本同元刊明補本；薈要本、四庫本作「告」。

③「啓」，抄本同元刊明補本；薈要本、四庫本作「起」，亦可通。

④「渠」，抄本同元刊明補本；薈要本、四庫本作「巨」，聲近而誤。

⑤「使」，抄本同元刊明補本；薈要本、四庫本作「司」，非。

⑥「日」，抄本同元刊明補本；薈要本、四庫本作「時」。

⑦「制司」，抄本同元刊明補本；薈要本、四庫本作「副使」。

順德府大開元寺重建普門塔碑銘

國家以神武戡定區夏，際海内外，悉主悉臣。其所以尊顯釋教，彌綸元化者，方往昔爲最重。于以推弘濟之深仁，斂無量之衆福①，纘大寶，錫羣生，躋六合於仁壽極樂之域，豈特崇奉而已哉！

順德府大開元寺，爰自聖天子潛邸，迄於御極，持護寵錫者前後非一，至精藍浄衆特命近臣主領，不與佗寺比。三十年間續光起廢，集于大成。主僧崇嚴以寺之大緣，寔肇基寶塔，今雖雄峙雲衢②，未有紀述，何以壽無盡藏之傳③？至元丁丑秋，懇輦真國師以其事請于朝④。制可，命奉御脱烈傳旨翰林院⑤，定撰合立碑文者。臣謹按提點僧崇湛具列事蹟：

寺舊有塔曰「圓照」，癸酉之兵燼焉。逮國朝辛卯，萬安恩公來主函丈，始圖興復。其感驗靈異，有神化無方者。初，公既祝髮，心印佛乘，機蟠利用，鍊形辟穀，面壁安禪，結習於臨城者五年⑥，建緣於清泉者有日。演法出無礙妙辯，濟物現當機應身，至回邪入正，卻火返風⑦，雞悟靈而啄香，牛馴致而受戒。寒泉復眢井之波，斗粟周衆僧之供。

復以慈善根力[8]，愈奇疾，拯危厄，人藏髮餘，珠垂舍利，潔庖寮而侍館穀，代公私而息繹騷。其感化方便，人叵具舉，第以菩薩目之，以致遠邇隆嚮，願言依歸[9]。及廟役興，得能仁觀音舍利二顆[10]，光大殊常，又易塔心，柱礎因風自正。故勳貴豪富、鉅商世農施獻輸給，同竟事緣。金幣梓材[11]，不期而輦至；藝巧工能，不率而子來。風動雲委，略無虚日。不十稔，疊構重簷，輪奂離立[12]，文階層阤，勢軋坤軸[13]，藻栱璇題[14]，翬飛塵外。若乃紺瓦鱗差，金輪眩彩，覆法雲於真境，曜慧景於康莊，絢爛動盪若金光[15]，明中現無量化佛。仰之者火宅晨涼[16]，即之者重昏夜曉[17]，誠法界之寶宫，河朔之傑觀也！實經始於重光單閼之仲春，斷手於上章困敦之秋孟。簷十有三，崇六十仞，其工與費不可殫紀[18]。癸卯冬，師拂衣禪室，歸寂真空，即日有雨木冰之異[19]，塔位石像亦怛化流潤，若潸焉出涕者。及斂，大衆聞空中來妙音樂聲，雲光變幻，環刹成五色樓觀，中現三大士像，至有升塔投空攀號者。其具戒門資萬數，内嗣祖傳法解《三藏》，教沙門今亦千計，其爲世宗師感慕者蓋如此。己酉歲，嗣僧崇朗因太保劉秉忠奏疏，請聖上爲大功德主，遂嘉納焉。且聞師梵行清修，乃遣近侍護葬，及建塔賜銘，謚曰「弘慈博化大士」，勑寺額曰「大開元寺」，塔曰「普門之塔」[20]。爾後累降綸恩，優護贍卹，靡不備至。其紹化住持曰崇潤，嗣傳住持曰崇朗、崇悟、崇瑀，至崇嚴凡六代。初緣清泉淨土寺，乃大士宗姪崇音住持云。

臣竊聞大雄氏之教以清浄虛寂爲心，方便慈悲爲用。愍念大千衆生墮落苦海，洪濤鼓風，飄流無際。世尊心運慈航，拯溺度厄，俾登彼岸，歸浄土正路。又慮一切愛慾㉑，有迷悶終不覺其本來真心者，故假象設教，閎厖靈欻㉒，至理絶人區，事出天外。弗爾，奚能傳悠久而警悟萬億劫邪？窣堵波之建，假教高顯極矣。然道自人弘，功繇緣立，非遇間氣傑出、智慧開濟大士，疇克弘通法海，鋪敦教基，如是光大者哉！宜爲聖天子終始崇奉如一，特詔賜銘，以昭永世㉓。臣某拜手稽首而獻銘曰：

釋迦挺生自西域，靈山玄風暢無極㉔。經從白馬肆金光，法本誠心歸利益。仁王應世憫言湮㉕，大千淪流苦海厄。教因象設濟無邊，塔廟龍宫争湧出。開元大士弘慈公，五載雷轟奮禪窟。法音演出琉璃筒，建此道場化所服。高標突地跨蒼穹，一日雄尊三百尺。雨華天風韻流鈴㉖，師雖示寂此長舌。聖皇錫號曰普門，臣今思議何惻怛。要欲手挈閻浮生，躋彼仁壽極樂國㉗。臣聞大德必得壽，佛應回施無量福。蘿圖鞏固等彌盧，聖子神孫千萬億。

【校】

①「衆」，弘治本同元刊明補本；薈要本闕；四庫本作「洪」，亦可通。

②「衢」，元刊明補本、弘治本作「衞」，據薈要本、四庫本改。

③「以」，弘治本同元刊明補本；薈要本、四庫本作「以爲」，衍。

④「輦真」，弘治本、四庫本同元刊明補本；薈要本作「年扎克」。

⑤「脱烈」，弘治本、四庫本同元刊明補本；薈要本作「托里」。

⑥「城」，弘治本、四庫本同元刊明補本；薈要本作「老」，非。

⑦「郤」，弘治本、薈要本同元刊明補本；四庫本作「卻」，亦通。

⑧「善」，弘治本同元刊明補本；薈要本、四庫本作「菩」，形似而誤。

⑨「依歸」，弘治本同元刊明補本；薈要本、四庫本作「皈依」。

⑩「二」，弘治本同元刊明補本；薈要本、四庫本作「三」。

⑪「材」，弘治本、四庫本同元刊明補本；薈要本作「林」，形似而誤。

⑫「立」，弘治本、四庫本同元刊明補本；薈要本作「丘」，形似而誤。

⑬「勢軋」，弘治本、四庫本同元刊明補本；薈要本作「乾端」。

⑭「栱」，元刊明補本、弘治本、薈要本作「拱」，據四庫本改。「璇」，弘治本、薈要本同元刊明補本；四庫本作「璣」，

俗字。

⑮「動」，薈要本、四庫本同元刊明補本；弘治本作「動」，訛字。「光」，弘治本、四庫本同元刊明補本；薈要本作「剛」，非。

⑯「仰」，弘治本、薈要本同元刊明補本；四庫本作「即」，非。

⑰「即」，弘治本、四庫本同元刊明補本；薈要本作「抑」，非。

⑱「工」，薈要本、四庫本同元刊明補本；弘治本作「二」，形似而誤。

⑲「木冰」，弘治本同元刊明補本；薈要本、四庫本作「水花」。

⑳「塔」，弘治本、薈要本同元刊明補本；四庫本脱。

㉑「慾」，弘治本、四庫本同元刊明補本；薈要本作「育」，聲近而誤。

㉒「厖」，弘治本、四庫本同元刊明補本；薈要本闕。

㉓「永」，弘治本、四庫本同元刊明補本；薈要本作「來」。

㉔「風」，弘治本、四庫本同元刊明補本；薈要本作「氣」。

㉕「王」，弘治本同元刊明補本；薈要本、四庫本作「皇」。

㉖「天」，弘治本同元刊明補本；薈要本、四庫本作「大」。

㉗「躋」，弘治本、四庫本同元刊明補本；薈要本作「濟」。

王惲全集彙校卷第六十八

翰林遺稿

擬中書省賀河清表

伏以天開昌運，統一車書；地應休禎，河清陝洛。如式。恭惟皇帝陛下德昭天漢，恩溥淵泉。覆露何止於中華，洋溢遠霑於方表。以致潤涵九折，鏡淨兩涯。自陝至汜，幾千里之遥；由乙至丙，逮三旬之久。鱗介之泳游可鑑，山林之形影皆分。躍圖馬於龍宮，未容專美；舞馮夷於鱗屋①，時出效靈。顧茲上瑞之方增，特表吾君之至聖。臣某等叨居華省，幸覩榮光。敢傾葵日之誠②，用代辭人之頌③。遐荒嚮慕，百川宗滄海而王；寶祚洪延，萬壽等丹丘之固。又「上澄下徹④，光昭四表之平；國晏民安⑤，永益萬年之壽⑥。」

【校】

①「馮」，薈要本、四庫本同元刊明補本；弘治本闕。

②「敢」，弘治本同元刊明補本；薈要本、四庫本作「敬」。

③「代」，薈要本、四庫本同元刊明補本；弘治本作「伐」。

④「徹」，弘治本同元刊明補本；薈要本、四庫本作「澈」。

⑤「晏」，元刊明補本模糊不清；據弘治本、薈要本、四庫本補。

⑥「益」，弘治本同元刊明補本；薈要本、四庫本作「溢」。

擬聞捷賀表

天網雖疏，曾恢恢而有失？罪人斯得，迓穆穆之來平。外侮既消，頌聲交作。臣某等誠歡誠抃，頓首頓首。恭惟皇帝陛下仁含動植，德媲生成。振長策而用三驅，念天顯而惇九族。荐雷之震，遠驚而邇懼；大風之舉，歌動而雲揚。側聞喜自於日邊，豈止威加於海内。臣某等職叨省署，阻奉鑾輿。竚目龍旂，遥伸虎拜。歸牧武成於周馬①，歌功美邁於唐饒。六轡言還，春動兩都之和氣；千官飲至，歡騰萬歲之霞觴。如式。

【校】

①「牧」，弘治本、四庫本同元刊明補本；薈要本作「收」，形似而誤。

中書省賀正慶八十表　甲午歲

伏以明堂受籍，萬方歸一統之尊；神策探祥，八秩開大椿之首。稽諸前古，曾未多聞。中賀。恭惟皇帝陛下德本至仁，天申顯佑。維神聖之廣運，致功業以獨高①。粲然萃三代之英，蔚爾創一家之制。與天立極，躋世於平②。我澤我威，洽乎南而暢乎北③；曰聲曰教，漸于東而被于西。方且通達下情，蠲除積負。肆赦恩而哀矜庶獄，扇泰和而煦育羣生④。宜福壽之貺，如川方增；見寅畏之心，維日不足。端臨元會，光動漢儀。舒化日於中天，湛露恩於春酒。臣某叨承睿眷⑤，久侍瑤階。備位秉鈞，何補馨香之治；捧觴上壽，永膺億萬之年。如式。

【校】

①「以」，弘治本同元刊明補本；薈要本、四庫本作「於」。

②「躋」，弘治本、四庫本同元刊明補本；薈要本作「濟」。
③「暢」，弘治本、四庫本同元刊明補本；薈要本作「揚」，非。
④「煦」，弘治本、四庫本同元刊明補本；薈要本作「照」，非。
⑤「眷」，弘治本同元刊明補本；薈要本、四庫本作「鑑」，聲近而誤。

中書省賀尊號皇帝壽八十表

伏以廣二億而輪二億①，萬方歸一統之尊；春八千而秋八千，六葉開大椿之首。稽之載籍，曾未前聞。恭惟憲天述道仁文義武大光孝皇帝陛下，德本至仁，天申純佑②。繼一祖四宗之業，兼三皇五帝之功。燕翼貽謀③，動從民志。以太孫撫軍而重安國本，以新河轉漕而通惠畿民。建大學而首善京師，清中書而杜絶羣枉。緩回鑾輅，省秋斂而即田功；丕顯前光，纂武圖而修信史。惟聖神之廣運，納福壽於方來。神嵩屢聽於三呼，籛祖莫多於八百。顧兹鉅典，稱慶宜先。況盛事之難逢，幸微生之親見。臣某等職司蘭省，喜倍輿情。順考百王，實光千古。輸誠報上，區區歌天保之詩；以億祈年，永永同洛書之誦。

又

伏以王正紀月，萬方歸一統之尊；神筴儲祥，八秩啓無疆之壽④。況得春於上日，協正氣於四時，事盛來并，禮須交慶。恭惟尊號□□陛下誕膺景命⑤，祇紹炎圖。載纘三代之英，創作一王之制。繼天立極，躋世於平。化行鯨海之南，威暢龍庭之北。廓廓然可謂無事，巍巍乎其有成功。方且以富藏民，與免積年之負⑥；方春布德，肆頒咸赦之恩。宜壽祉之方隆，見嚴恭之克享。端臨元會，光動皇儀。舒化日於中天，湛露恩於春酒。臣等率先列辟，拜舞稱觴。久侍台階，何益體元之政；願言洛誦，永符垂億之年⑦。

【校】

①「輪」，弘治本、四庫本同元刊明補本；薈要本作「餘」。
②「佑」，弘治本、薈要本同元刊明補本；四庫本作「祜」。
③「翼」，元刊明補本、弘治本闕；據薈要本、四庫本補。

④「壽」，元刊明補本作「筭」，形似而誤；弘治本作「等」，形似而誤；據薈要本、四庫本改。
⑤「□□」，弘治本同元刊明補本；薈要本、四庫本脱。
⑥「方且以富藏民，與免積年之負」，弘治本同元刊明補本；薈要本、四庫本作「方且與富藏民，舉免積年之負」，非。
⑦「永」，薈要本、四庫本同元刊明補本；弘治本作「來」。

聖壽節表

伏以日符協夢，茂隆探策之祥；鳳歷周星，方啓同天之運。休徵滋至，海宇交懽。中謝①。恭惟尊號□□陛下帝學日新②，聖謨天縱③。恢章先業，垂裕後昆。所欲從民，爲天立極。以太孫撫軍而重屬世望，以新河通漕而倍溢民儲。建國庠而首善京師，清中書而杜絶羣枉。方翠鑾之回軫，慶玉燭之調元。敬展賀儀，載臨誕節。臣某等承乏鼎鉉，同秉國鈞。愧無金鑑之書，徒切露囊之獻。光瞻北極，列衆星環拱之先④；壽等南山，伸《天保》不騫之祝。

【校】

①「中謝」，弘治本同元刊明補本；薈要本、四庫本作「中賀」，亦通。

②「□□」，弘治本同元刊明補本；薈要本、四庫本脱。

③「謨」，元刊明補本、弘治本作「模」，據薈要本、四庫本改。

④「拱」，弘治本、薈要本同元刊明補本；四庫本作「供」，形似而誤。

翰林院聖壽節賀表①

伏以翠鑾回軫，屬千官飲至之秋；玉燭調元，慶萬寶登平之歲。載臨誕節，煥舉賀儀。中謝。恭惟尊號陛下内極文明，外昭桓撥。爰從登極之初，未嘗以位爲樂。思章先業，垂裕後昆。燕貽謀而以之撫軍，清中書而俾之端本。于以息肩中夏，謹度侯藩。上禱下祈，爲民斂福；東征西伐，與世除殘。文軌一家，而不曰治安者乎？煙火萬里，而可謂和樂者也！尚覬惟新之政，擴推不忍之仁。包舉遐荒，涵濡聖澤②。臣等叨居辭館，榮列士林。敬奉霞觴③，俯伸虎拜。敢希金鑑之誠，仰罄神嵩之頌。感生北帝④，歌有商《長發》之祥；壽等南山，罄《天保》不騫之祝。

【校】

①「壽」，元刊明補本、弘治本脱；據薈要本、四庫本補。

②「澤」，弘治本、四庫本同元刊明補本；薈要本作「擇」，聲近而誤。

③「霞」，元刊明補本、弘治本作「倪」，非；四庫本作「霓」，非；據薈要本改。

④「帝」，弘治本同元刊明補本；薈要本、四庫本作「極」，亦通。

謝授翰林學士表

臣□言①：今月日，蒙恩除臣翰林學士者。伏以求賢圖治，遠邁哲王，養老乞言，誠爲重事。況聖代方文明之盛，在禁林須超逸之才②。如臣者，學術素疏，桑榆垂晚。俾擢升於衆上，殆選有於無中。兹蓋伏遇皇帝陛下聖敬日躋，文思天縱。紹接千年之統，光揚列聖之徽③。舍所短而就所長，小成小而大成大。敢不凝思螭首，益礪詞鋒。由外臺而登玉堂，固已極當代縉紳之寵；約舊章而修信史，何敢企高天日月之輝。如式④。

【校】

①「□」，弘治本同元刊明補本；薈要本、四庫本作「惲」。

②「須」，弘治本同元刊明補本；薈要本、四庫本作「有」。

③「徽」，弘治本、四庫本同元刊明補本；薈要本作「輝」，聲近而誤。

④「如式」，弘治本、薈要本同元刊明補本；四庫本脱。

登寶位賀表

伏以承祧主器，已欣曆數之歸；助順與能①，允協神人之望。事光前古，運洽重熙。欽惟皇帝陛下，皇祖聖武之曾孫，明孝太子之嫡嗣，英武同符於先帝，温文早著於春宫。扈蹕東征，躬勤備至；撫軍北邁，我武維揚。符命自至而呈祥，宗盟樂推而同戴。既深丕眷，所助宜多。覩大寶之昭升，將兆民之永賴。中統至元之治，行見增隆；漢文夏后之賢，莫之獨美。光融化日，歡沸民謳。臣某等久事先朝，備位政府；再逢嘉會，喜邁輿情。景命維新，按軒曆上元之統；太平假樂，稱瑶階萬壽之觴。

【校】

①「與能」，弘治本同元刊明補本；薈要本、四庫本作「興龍」，形似而誤。

老人星致語

伏以太平有象，治洽金穰；至德無方，文綏武暢。惟精誠之上感，致淵曜之輝臨。臣遠自狐南，光融狼北。厖眉鶴髮，月帔霞冠。遽踰常度之躔①，來展流虹之慶。恭惟皇帝陛下玉帛萬國，庭衢八荒。紹列聖之垂休，圖舊人而共政。幾先物而聰明齊聖②，量包遠而恩澤無遺。取憑出丙之微明③，用禱後天之遐筭④。咸躋壽域，樂對昌辰。南極何深，下坤維七十五度；北辰伊邇，拱乾位億萬餘年。爰捧徽章⑤，式申善頌。其辭曰：

天地穹窿一氣氳⑥，祥開來表帝皇真。九圍覆露堯天大，萬有榮懷湯德新。報上疇非思下下，推恩及物自親親。通明殿裏長生奏，願祝元貞萬萬春。

【校】

①「廱」，弘治本、四庫本同元刊明補本；薈要本作「纏」，聲近而誤。

②「物」，弘治本、四庫本同元刊明補本；薈要本作「知」。

③「取」，弘治本、薈要本同元刊明補本；四庫本作「敢」。

④「禱」，弘治本同元刊明補本；薈要本、四庫本作「表」。

⑤「捧」，弘治本同元刊明補本；薈要本、四庫本作「奉」，俗用。

⑥「窿」，弘治本同元刊明補本；薈要本、四庫本作「蒼」，非。

中書左丞姚公制

朕聞世祖睿臨之久，有文王多士之稱。如種楩楠而備梁棟之材，如積璠璵而供瑚璉之器。而況先朝故老，當代名臣，良用慨然，想見風采。故中書左丞姚某生稟淑質，世稱大儒。爰自潛藩，殆若神授，天扶道統，力主經筵。以聖道而覺斯民，燭天理而息邪説。智足以達其言行，辯足以濟其經綸。耕桑開王業之艱，征伐佐雲南之舉。罷侯置守，轉官之制初行；論道經邦，建極之功斯在。是用圖回左轄，羽翼春宫。永惟佐命之勤，式贊承祧之美。籥羽東序，從容賢傅之嚴；綸綍北門，寂寞玉堂之話。百身莫贖，一鑑云亡。開國於營，用旌直德。可贈某官某謚。俯惟英爽，歆此寵靈。

中書左丞許公制

朕究觀世數，灼見天心。粤惟有不世出之君①，然後得大有爲之士。運符千載，道濟一時。中書左丞許某爰自師儒，遂拜左相。用之不惟不重②，學之不惟不深。貞一乃心，執持苦節。謀謨善斷，精識造微。既逢堯舜之明，用安社稷爲悦。君聖臣直，理明道尊。庶幾夷夏之安，風以詩書之教。衣冠萬國，雍容叔孫之儀；仁義一家，剴切魏徵之諫。在中統至元之治，有永淳貞觀之風。此其效焉，功可忘耶③？而復養英材於國學，齊七政於璿璣。白首南歸，尚深北顧。憂來丘禱④，歔欷柱石之衰⑤；人去鑑亡，瀟灑風雲之契。感時懷德，想像其人。忍惜卹章，俾疏身後。可贈某官某謚。尚期窀穸，不昧欽承。

【校】

①「世出」，弘治本同元刊明補本；薈要本、四庫本作「出世」，倒。

②「惟」，弘治本同元刊明補本；薈要本、四庫本作「爲」，亦可通。後依此不悉出校記。

③「耶」，元刊明補本、弘治本作「耳」，半脱；據薈要本、四庫本改。

④「丘」，弘治本、四庫本同元刊明補本；薈要本作「孔」，亦可通。

⑤「衰」，弘治本同元刊明補本；薈要本、四庫本作「哀」，形似而誤。

翰林學士承旨王公制

人臣大節，忠義爲先。卹典推恩，古今一致。故翰林學士承旨王某道德淵深，人品峻潔。板蕩見忠貞之操，文章有正大之風。養力息兵，貽謀進諫。惟軍國正撫監之體，將謳歌見曆數之歸。白首匡時，赤心爲國。庸示至公之論，曾無一己之私。而又扶昌運則一代名臣，鎮雅俗則百年遺老。去日漸遠，有念何窮。九原之氣猶生，不忘宗社；三事之報斯在，庶極哀榮。可贈某官某謚。尚冀英靈，服我休命。

請上尊號奏章①

臣□等言②：伏見□□陛下昭受顯號③，今已十年，聖德神功，日新一日。又聖壽新歲，茂登八秩。考于典禮，合行再上尊號，上以贊揚功德之萬一，下以罄臣子愛戴歸美之誠。謹此奏聞，伏冀聖慈，特賜允許。

【校】

①「章」，元刊明補本、弘治本作「草」，據薈要本、四庫本改。

②「□」，弘治本同元刊明補本；薈要本、四庫本作「某」。

③「□□」，弘治本同元刊明補本；薈要本、四庫本脱。

表　外任進賀①

【校】

①「外任進賀」，弘治本、薈要本同元刊明補本；四庫本脱。

聖壽節賀表

至元三年

電繞中樞，寶曆啓千齡之運；祥開彌月，瑶墀儲八葉之萱①。凡在覆臨，疇非鼓舞。欽惟皇帝陛下聰明時乂，聖敬日躋。爰從在御之初，未嘗以位爲樂。大度同符于漢祖②，宏規遠邁於唐宗③。纘四聖之丕圖，新一家之大典。尊崇故老，思致隆平；委任勳賢，迭居宰輔④。文之以詩書禮樂，律之以軌度儀刑。薄賦輕傜，省官定制。尚側身而修行，每前席以賓賢。察納雅言，彌綸元化。上所以恢章先業，下所以弘濟生民。凡曰云爲，務從休息。分總司而去積年之弊，更庶尹而削藩鎮之權。尊祖配天，妥宗祧於九廟；敷文柔遠，舞干羽於兩階。功德兼隆，神人交暢。以致服前代所不能服，臣上古所不得臣⑤。東夷航海以來庭，西域梯山而款附⑥，可謂振長轡以遠馭，敞中國之至仁。仰惟極治之難名⑦，皆出聖謨之廣運⑧。載臨盛旦，敬舉賀章。臣等猥領郡符，恩崇天造⑨，進乏千秋之金鑑，遥稱萬歲之霞觴。同虎拜以揚休⑩，下列阻陪於北闕；效嵩呼而獻祝，賡歌載詠於南山。

【校】

①「萱」，弘治本、薈要本、四庫本作「蓂」，形似而誤。

②「度」，弘治本同元刊明補本；薈要本、四庫本作「慶」。

③「宗」，元刊明補本、弘治本、薈要本作「文」，據四庫本改。

④「輔」，弘治本同元刊明補本；薈要本、四庫本作「相」，涉上而妄改。

⑤「上」，元刊明補本闕；據弘治本、薈要本、四庫本補。

⑥「附」，弘治本同元刊明補本；薈要本、四庫本作「服」，亦可通。

⑦「名」，元刊明補本、弘治本作「各」，據薈要本、四庫本改。

⑧「謨」，元刊明補本、弘治本、四庫本作「模」，薈要本作「慈」；徑改。

⑨「恩崇」，弘治本同元刊明補本；薈要本作「息同」；四庫本作「恩同」。

⑩「以」，弘治本同元刊明補本；薈要本、四庫本作「于」，非。

聖壽節賀表 至元四年

甲觀開祥，嗣大歷無疆之服；華封請祝，罄後天難老之期。凡在壽臨，率均呼舞①。中謝。欽惟皇帝陛下文思天縱，聖憲日新。得漢唐經國之權綱，極堯舜知人之濬哲。以岳牧治本也，疏之而册授；中書化源也，清之以弼諧。尚兼聽以爲明，每得賢而恨晚。溥覃禄秩，優復民田。有官荷覆露之恩②，含氣遂生成之樂。家給人足，時龢歲豐③。《九歌》莫被其神功④，萬事馴歸於道揆。而又順長道而屈羣醜，推至悌而御多邦。謂本支一出於祖宗，重疏恩而立愛；江漢終歸於淵海，首繼好以息民。由既睦而於變時雍，以克肖而全付所覆。春際八荒之壽域，天開一統之徵祥。瑞屢見於蒼麟，箭罷傳於青海。曬窮月窟⑤，率稽顙以來王；東極扶桑，復寅賓而朝日。緊爾至元之盛烈，於昭曠古之深仁。瑞節載臨，賀儀煥舉。臣某等心馳魏闕，職限侯藩。阻振鷺以陪庭，儼天威之在上。千官飲至，傳聞置酒於南宫；萬歲稱觴，第切瞻光於北極。

【校】

①「均」，弘治本同元刊明補本；薈要本、四庫本作「多」。

②「官」，弘治本同元刊明補本；薈要本、四庫本作「司」。

③「龢」，弘治本同元刊明補本；薈要本、四庫本作「和」，亦可通。

④「被」，弘治本、四庫本同元刊明補本；薈要本作「媲」。

⑤「矖」，弘治本、薈要本、四庫本作「西」，非。按：作「西」者，蓋「矖」，俗亦寫作「晒」，「晒」半脱其形符而爲「西」。

兩宮正位稱賀表

伏以正位建儲，舉一代當行之典；推仁被化，遂萬邦咸喜之心。凡在臣鄰，同音鼓舞。中謝。恭惟皇帝陛下道彰坤順，德益離明。治首宮闈，基隆國本。著母儀於天下，融少海之波光。謳歌見四海之歸，教治豈二南之廣。壯本支於百世，聳官儀於一時。某等職忝侯藩①，心馳象闕。徒切煙花之想，阻陪鵷鷺之行。敢罄丹衷，載陳封事。德符寶運，拜揚稱三殿之觴；慶衍蘿圖，綿亘接萬年之統。

【校】

①「忝」，元刊明補本作「叅」，據弘治本、薈要本、四庫本改。

聖壽節御史臺賀表

鼎定皇圖，接千歲上元之統；天開甲觀，儲九秋盛德之祥。聲教所加，讙呼斯溥。中謝。恭惟皇帝陛下堯文天縱，湯聖日躋。爰從在御之初，未嘗以位爲樂。躬勤儉德，夢想幽賢。察納雅言，恢弘治道。蕩皇威於北海，藉千畝於東郊。載崇列聖之鴻基①，仍創一家之大典。漢官儀之漸復，唐治具之畢張。尚深闕政之思，屢下卹民之詔。内祓災而修行，外發政以施仁。明德緩刑，輕徭薄税。而又天臨睿智，坐折遐衝。昭曠度以無前，振長轡而遠馭。爰整干戈之事，終歸雨露之恩。雲掃黑山，孰謂玉關之久閉？春回鴨緑，旋聞滄海之維清。既荒外服之功，尤盡内修之理。緊爾至元之盛烈，於昭曠古之深仁。瑞節賁臨，賀儀焕舉。臣某等榮叨臺諫②，戀切葵傾③。陪稱漢殿之觴，仰效露囊之獻。光瞻北極，罄封人上願之心；壽等南山，伸《天保》不騫之祝。

【校】

①「崇」，弘治本、四庫本同元刊明補本；薈要本作「承」。

②「臣」，元刊明補本作「巨」，形似而誤；據弘治本、薈要本、四庫本改。

③「戀切」，弘治本作「戀功」；薈要本、四庫本作「願切」。

聖壽節賀表

寶曆膺期，接千歲上元之統；日符協夢，開九秋盛德之祥。稱慶惟均，際天所覆。中謝。恭惟皇帝陛下離明繼照，乾健乘時。動順民宜，更張治化。求懿德而式序爾位①，任吉士而勵相我家。尚深闞政之思，屢下子民之詔。去網更仁於湯祝，敷文思格於苗頑。既荒外服之功，尤盡内修之理。卜營督亢，宅壯陪京。據山河全勝之區，得貢賦適中之地。于以隆上都而觀萬國，備時巡而禮高年。四聰達羣下之情，一豫爲諸侯之度。臣某等榮叨郡寄，心切葵傾。阻稱漢殿之觴，徒效露囊之獻。運鍾北帝，祚有商《長發》之祥；壽等南山，伸《天保》不騫之祝。

【校】

①「求」，弘治本、四庫本同元刊明補本；薈要本作「未」，非。

御史臺賀正旦表

至元八年爲御史時作

伏以鳳歷頒春，三正協夏王之統；雞人唱曉，萬方稱漢殿之觴。品彙沖融①，衣冠環拱。恭惟皇帝陛下容德乃大，盛蹟無前。載新出震之權，端履乘乾之位。東漸滄海，高麗蒙再造之恩；西極渠搜，葱嶺多來庭之使。國字創一家之制，朝章舉曠代之儀。方漢之險，何足恃乎高深②；蓬萊之波，旋復聞其清淺。終格羽干之舞，姑奉文誥之辭③。咫尺天威，趍承鳳闕。蕩恩光於萬里，醉春色於九重。臣某等久侍瑶階，叨居憲府。獻可替否，詎能振臺閣之風；拜手揚休，仰以祝河山之壽。

【校】

①「彙」，弘治本、四庫本同元刊明補本；薈要本作「位」。

②「足」，弘治本、四庫本同元刊明補本；薈要本作「定」，非。

③「姑」，弘治本、薈要本同元刊明補本；四庫本作「始」，形似而誤。

正旦賀表

伏以玉燭調元，蓂莢啓堯階之曆；椒花獻頌，錦封陪漢殿之觴。朝野同歡，乾坤交泰。中謝。恭惟皇帝陛下仁涵動植，德備廣淵。受籍以朝，履端於始。爰體春王之月，屢頒寬大之書。顧軫慮以洪深①，躋吾民於仁壽②。而復開明堂而坐治，奉帝籍以躬耕。總攬皇綱，務滋大本③。鳳城斗轉，春迴萬里之農桑；紫禁天開，瑞靄兩都之雲氣。臣某等叨承列郡，遠被恩光。敢俯傾葵日之誠，仰以效華封之祝。遥瞻北闕，天威殆咫尺之臨；壽等南山，神筴授萬千之筭。

【校】

①「以」，弘治本同元刊明補本；薈要本、四庫本作「之」。

②「躋」，元刊明補本、弘治本、四庫本作「蹐」，薈要本作「濟」。

③「滋」，弘治本同元刊明補本；薈要本、四庫本作「玆」，俗用。

史都督讓總管表

臣謹言：推賢以位，敢希高世之名；以讓移風，固有爲邦之教。志雖自信，政亦當然。中謝。伏念臣某等鷹犬微材，邊防舊帥①。起家燕地，分土恒陽。累朝荷眷遇之恩，報國乏忠貞之效。正以先臣之故，久膺方面之權。崎嶇提陽夏之師，屯戍控荆門之會。仰憑聖筭，十載無虞；鎮守長江，寸功何有？比加寵數，方驚都督於諸軍；恭被朝章，俾襲天倫之舊物。君命凛雷霆之重②，微軀處伯仲之間。情有難安，禮宜遜讓。臣兄某灼知民事，素秉忠心。功收製錦之能，政洽承流之體。如黄霸已優於治潁，何景宗遽可以臨民？伏望聖慈，鑑臣愚智③。非敢圖私己之便，實恐貽不友之譏④。念念天恭，敢後《周書》之誡；堂堂大國，務先《常棣》之風⑤。謹拜表以聞。

【校】

①「帥」，弘治本、四庫本同元刊明補本；薈要本作「鄙」，非。

②「凛」，弘治本、四庫本同元刊明補本；薈要本作「累」。

③「愚智」，弘治本同元刊明補本；薈要本作「至愚」；四庫本作「愚惘」。

④「友」，元刊明補本作「反」，形似而誤；薈要本作「及」，形似而誤；據弘治本、四庫本改。

⑤「常」，弘治本同元刊明補本；薈要本、四庫本作「棠」，亦通。

聖節望闕祝文

龍馬授圖，已肇興王之迹；流虹啓聖，大開彌月之祥。凡居覆載之間，疇匪懽忻之至。欽惟皇帝陛下聖謀能斷，睿智足臨。天祐人歸，功崇業廣。西平大理，蘇雲霓傒望之心①；南渡長江，得風日清明之助。爰履神明之祚，恭承祖考之休。庸示至恩②，以昭曠度。親王昆弟，光輝棣蕚之樓；異姓勳臣③，揚歷金華之省。尚求賢而若渴，每從諫以如流④。所期無曠於庶官，急欲廣聞於民瘼。禮百神而斂福，順三時而務農。載戢干戈，俾安田里。施仁發政，先困窮無告之人；講好息民，停邊鄙喜功之奏。而又兵民異政，威愛並行⑤。鑑古昔之安危，立規模於宏遠。移官吏而除累年之弊，崇儒雅而興文治之風。尊京師而强榦弱枝⑥，削藩方而如臂使指。分宰相於諸道，專委任而責成功；置統軍於遐陬，蓄精鋭而消外侮。唐世之時雍丕變，漢家之治具畢張。以致祥風扇和，時雨霈德，炎洗蠻邦之瘴，春回沙漠之寒。車書八方，洵曰治平者也⑦；煙火萬里，可謂和樂者乎！民歌德化之成⑧，心靡帝功之有。當萬寶秋成之節⑨，適羣龍首出之辰。湛珠露於仙盤，蕩金風於玉宇。香虇三山之紫霧，懽騰太液之蒼波，吉旦光臨，溥天同慶。臣等叨居民部，阻奉壽觴。不勝葵藿之誠，仰荅乾坤之造。遥瞻北闕，天威逮咫尺之臨⑩；拜祝南山，神筴授萬千之壽⑪。

【校】

①「傒」，弘治本同元刊明補本；薈要本、四庫本作「徯」，亦可通。

②「庸」，弘治本同元刊明補本；薈要本、四庫本作「榮」，聲近而誤。

③「勳」，弘治本、四庫本同元刊明補本；薈要本作「君」，聲近而誤。

④「以」，弘治本同元刊明補本；薈要本、四庫本作「於」，非。

⑤「而又兵民異政，威愛並行」，弘治本同元刊明補本；薈要本、四庫本作「而又兵民並政，惠愛同行」，非。

⑥「幹」，弘治本同元刊明補本；薈要本、四庫本作「幹」，亦可通。

⑦「洵」，元刊明補本、弘治本作「不」，據薈要本、四庫本改。

⑧「成」，弘治本同元刊明補本；薈要本、四庫本作「誠」。

⑨「成」，弘治本同元刊明補本；薈要本、四庫本作「風」，非。

⑩「逮」，弘治本、薈要本同元刊明補本；四庫本作「建」，形似而誤。

⑪「壽」，元刊明補本、弘治本作「筭」，據薈要本、四庫本改。

十六年賀正旦表

任河南河北道提刑時作

玉燭調元，允協三朝之始；春城回斗，茂凝一氣之新。正朔所頒，遹遐交慶。欽惟皇帝陛下端臨左个①，誕受輿圖。仁擴春寬，道開時泰。化日舒而民力足，奔鯨沛而海道空。清明際區宇之間，鼓舞樂雍熙之治。尚惟事統，丕顯聖謀。孜孜下達於民情，念念化隆於邦憲。保鼇荒服，減吏冗而益監司；惻憫長征，數軍實而免貧役。功極見寢兵之漸，策長盡馭遠之方②。履茲肆覲之辰，介以如山之祉③。臣等欣逢盛旦，叨領外臺。政罔肅於簡花，禱徒伸於椒頌。遥瞻宸極，阻奉觥觴。夢聽鈞天，霑露恩於春酒；對揚休命，祝聖壽於南山。

【校】

①「左个」，弘治本、四庫本同元刊明補本；薈要本作「丕介」，形似而誤。

②「方」，弘治本、四庫本同元刊明補本；薈要本作「功」，涉上而誤。

③「祉」，弘治本作「社」，非；薈要本、四庫本作「祝」。

聖壽節賀表

至元十七年八月初二作①

秋滿皇都，荷大駕省方之豫；祥歌《長發》，屬千齡應運之辰。夙旦載逢，儀章煥舉。恭惟皇帝陛下聖惟桓撥，智足睿臨。畀式九圍②，大開一統。爰念盈成之戒，每深覆燾之仁③。挈彼生民，躋于壽域。兵刑寢措，收帝王之極功④；基業恢弘，光祖宗之丕緒。儲此無量之福，有來滋至之休。緊爾大元，於斯爲盛。臣等叨持使節，違遠天威。雖微金鑑之輸誠，敢後封人之願祝。盤銘至再，天心享一德之新；嵩呼者三，聖壽永萬年之筭。

【校】

①「作」，弘治本、四庫本同元刊明補本；薈要本作「日」。

②「畀」，弘治本同元刊明補本；薈要本、四庫本作「用」。

③「燾」，元刊明補本作「壽」，半脱；據弘治本、薈要本、四庫本改。

④「王」，弘治本、四庫本同元刊明補本；薈要本作「皇」。

進瑞芝表

皇帝聖旨裏，臣某等言：於所領汲縣界内，今月某日，陶工朱良舍中産土芝一大本者。伏以至和大來，嘉貺昭應，爰念開先之兆，聿彰承順之祥。臣等誠惶誠恐，頓首頓首。欽惟皇帝陛下政治慈仁①，敬事耆舊。聖惟廣運，惠澤春融。德合無疆，瑞草英發。彤枝曄曄②，合爲連葉之芳；紫蓋煌煌，夐出銅池之秀。木檽慚稱於弘景③，郊歌美並於班書。以兹玉質之奇，特著吾皇之壽。適迎誕節，恭覩殊姿，臣某等無任忻抃慶頌之至④，謹具表進獻以聞。臣某等謹言。

【校】

①「洽」，元刊明補本作「恣」，據弘治本、薈要本、四庫本改。

②「曄曄」，弘治本同元刊明補本；薈要本、四庫本作「韡韡」。

③「慚」，弘治本同元刊明補本；薈要本、四庫本作「漸」。

④「頌」，弘治本同元刊明補本；薈要本、四庫本作「賀」。

甲申歲正旦賀表

山東憲司

伏以齊七政于璣衡，統允協於夏正；受四海之圖籍，喜大溢於周邦。香翻白獸之尊，光動黄麾之仗①。恭惟皇帝陛下叡臨神筭，武定文綏。體元建極於中天，顓任責成於諸相。惟德應上天之眷，遂運開一統之祥。宴錫彤弓，晝接玉關之使②；塵清滄海，暖回暘谷之春。歷觀往代之規模，未見今日之全盛。尚軫憂勤之念，屢頒寬大之書。便民之政以次舉行③，煩民之事悉令革去。廓廓然可謂無事，巍巍乎其有成功。臣某等幸際鳩辰，敢陳椒頌。遙下肅雍之拜，如臨咫尺之威。紫禁縈花，夢想鈞天之奏；華封獻壽，祝同嵩岳之呼。如式④。

【校】

①「麾」，弘治本同元刊明補本；薈要本、四庫本作「旄」，非。

②「畫接」，弘治本同元刊明補本；薈要本、四庫本作「樓畫」。

③「政」，弘治本同元刊明補本；薈要本、四庫本作「詔」，非。

④「如式」，弘治本、薈要本同元刊明補本；四庫本脱。

聖壽節賀表①

伏以氣調玉燭，開九秋大有之祥；露湛霞觴，獻天子萬年之壽。賀儀焕舉，海宇同懽。中謝。恭惟憲天述道仁文義武大光孝皇帝陛下立賢無方②，從諫弗咈。畏服得所臨之道，威揚極載纘之功③。平内難而以義滅親，停遐征而敷文柔遠。而又政歸一相，事革多門。永言夙夜之思，大得股肱之助。臣某等忝膺郡寄，密邇天顔。歌《天保》以歸休，阻陪鴛列；罄華封而願祝，竊效嵩呼。

【校】

①「聖壽節賀」，元刊明補本、弘治本作「聖節」，脱；據薈要本、四庫本補。

②「述」，弘治本、四庫本同元刊明補本；薈要本作「還」，非。按：詳見《元史》卷一三《世祖本紀》、《秋澗集》卷三八《清蹕殿記》。

③「纘」，弘治本同元刊明補本；薈要本、四庫本作「續」。

牋①

【校】

①「牋」，弘治本、薈要本同元刊明補本；四庫本脱。

千秋節賀牋 至元十八年六月

運炎烏火，見上天於穆之休；一作「皇天眷命，大開一統之基①；甲觀呈祥，適際誕彌之月。」帝降玄商，適《長發》其祥之月。千秋稱慶，四海攸同。欽惟皇太子殿下德粹元良，道隆純孝。

允當楚璧，歷試堯難。未明問寢於龍樓，思治望賢於漢苑。日深子愛，時御經筵。擴推不忍之仁，陰作無量之賜。而又維持臺憲，與振朝綱②；左右端人，圖惟國政。雖一事仰資於聖斷，致兩宫咸得其懽心。以兹中外之情，顒切撫監之望。某等内塵法從，外領雄藩。恩深少海之波瀾，躬侍春坊之劍履。玉巵爲壽③，陪鳳舞於西池；鶴禁揚休，等嵩呼於北闕。一作「玉巵獻酒，陪鳳舞於西池④；寶緒分輝，俾壽昌於北極。」

【校】

①「開」，弘治本、薈要本同元刊明補本；四庫本作「間」，形似而誤。

②「與」，弘治本同元刊明補本；薈要本、四庫本作「以」。

③「爲」，弘治本同元刊明補本；薈要本、四庫本作「奉」。

④「陪」，弘治本同元刊明補本；薈要本、四庫本作「奉」。

啓①

【校】

①「啓」，弘治本、薈要本同元刊明補本；四庫本脱。

上經略史公啓

壬子年三月十七日，門下王某謹齋沐頓首百拜，致啓于經略相公閣下，右某言：

乾坤草昧，建諸侯所以濟屯；茅土分封，惟大人爲能開國。仰佐龍飛之運，須資嶽降之賢。擬議以言，非公孰可？

洪惟經略相公閣下器兼文武，運偶經綸。衆推爲上將之材，自任以天下之重①。攀鱗附鳳②，早依日月之光；捧轂推輪，榮受干戈之命。萃一門之忠孝，兼五路之侯封。終始四朝，險夷一節。仁温温乎冬日，氣凜凜乎秋霜。内蘊一誠，外含萬動③。推而行陣，則勇摧大敵④；斂而康濟，則澤被生民。顧所遇之如何，必其才之相應。鷹揚虎視，收中原百戰之勳；蘭婉芝芬⑤，靄漢將千金之譽。既備過人之智，故多及物之功。綏斯來，動斯和；存者神⑥，過者化。紅蓮緑水，盡借籌入幕之賓；長劍危冠，皆扛鼎蒙輪之士。謂蟻穴尚干於天討，詔龍驤暫駐於遐陬。旌旗未指於淮壖，草木先聲於江左。虚懷下士，宜平原賓客之三千；不戰屈人，切充國便宜之十二。雖閑暇不忘於武備⑦，一周旋悉本乎儒風。詩書鞍馬之間，談笑風塵之外。又且脱屣示讓，在人所難。當諸郎勝事之初⑧，乃一旦奉身而避。弃璧而負其子⑨，林回雖近於人情；捨己而與諸人，季札蓋存乎教典。方慶懸車之樂，復承顧命之榮。乘騄駟而超天河，以腹心而參廟筭。增輝白日，叶贊明時；力障羣陰，春回華夏。試手已安於漢鼎，阜民共拂於薰絃。柱石之力⑩，初不讓於霍嫖姚⑪；股肱之貞，豈復減於蕭相國。而又量容江海，利先國家。顧所收之邑，委以不争；蓋先見之明，知其有在。果展斗間之紫氣，卒收度外之鴻名。知其褒有成忠，荐膺渥眷。復衛邑爲之湯沐，豈曰偶然⑫？錫康侯至於庶蕃，固所宜也。望符輿議⑬，歡動百城。顧兹繦負以偕來⑭，寔出恩威之素著。僉曰「惟昔有虎苛之政，于今無犬吠之虞⑮」。一新汙穢之風，共沐神明之化。出幽谷而遷喬木，孰不快哉！若大旱之望雲霓，傒斯久矣。此共推於公議，匪獨出於私心。今衛勢據上流⑯，土名沃壤。衣冠之所出，風化之所生。奈何民阽死者積年⑰，政弊極之有日。治期清静，無如宰牧之良；俗久浮佻，宜審急先之務。况仁深改革，意切矜憐。固非賤子之當陳，諒以愚衷之所激。

伏念某三尺微命，一介書生。慚非適用之才，素負讀書之念⑱。無繩以繫白日，昔年甘落佩之遷；披霧而覩青天，今日有彈冠之慶。且平昔想聞其風采⑲，况終身得爲之主盟。爲喜可勝，所憂一寫。聞風興起，已空北海之濱；杖策來歸，獨愧南宫之謁。儻預蒙於剪拂，庶得免於駑駘。所願無他，其心止此。借齒牙之餘論，煦枯槁於寒鄉。燕麥兔葵，尚冀春風之摇蕩；鼠肝蟲臂，敢逃大冶之鑪錘。庶將螢爝之微，仰賀風雲之末⑳。過此以往，不知所裁。某頓首再拜，冒黷尊嚴㉑，不勝戰栗之至㉒。

【校】

①「以」，弘治本、四庫本同元刊明補本；薈要本作「於」，聲近而誤。

②「鱗」，弘治本同元刊明補本；薈要本、四庫本作「麟」，亦可通。按：《秋澗集》卷一五《送王子初總管奉詔北上》有言：「煙霞未遂攀鱗志，葵藿空懷向日誠。」作「麟」者，蓋「鱗」之聲誤。

③「含」，弘治本、四庫本同元刊明補本；薈要本作「合」，形似而誤。

④「摧」，弘治本、薈要本同元刊明補本；四庫本闕。

⑤「婉」，弘治本、四庫本同元刊明補本；薈要本作「畹」，非。

⑥「存」，元刊明補本作「有」，形似而誤；據弘治本、薈要本、四庫本改。

⑦「暇」，弘治本同元刊明補本；薈要本、四庫本作「曠」，亦通。

⑧「郎」，弘治本同元刊明補本；薈要本、四庫本作「邸」，形似而誤。

⑨「璧」，元刊明補本、弘治本、薈要本作「壁」，據四庫本改。

⑩「柱」，弘治本、四庫本同元刊明補本；薈要本作「扛」，非。

⑪「嫖」，弘治本、薈要本同元刊明補本；四庫本作「票」，半脱。

⑫「豈曰偶然」，弘治本同元刊明補本；薈要本、四庫本作「豈偶然哉」。

⑬「輿」，薈要本、四庫本同元刊明補本；弘治本作「興」，形似而誤。

⑭「繈」，弘治本同元刊明補本；薈要本、四庫本作「襁」，亦可通。

⑮「于」，弘治本、薈要本同元刊明補本；四庫本作「子」，形似而誤。

⑯「勢據」，弘治本、四庫本同元刊明補本；薈要本作「據此」。

⑰「民阽」，弘治本、四庫本同元刊明補本；薈要本作「而民」，非。

⑱「念」，弘治本、薈要本同元刊明補本；四庫本作「志」。

⑲「采」，元刊明補本作「來」，形似而誤；據弘治本、薈要本、四庫本改。

⑳「賀」，弘治本、四庫本同元刊明補本；薈要本作「荷」。「末」，弘治本、薈要本同元刊明補本；四庫本作「未」，形似而誤。

㉑「黷」，弘治本同元刊明補本；薈要本、四庫本作「瀆」，亦可通。

㉒「栗」，弘治本同元刊明補本；薈要本、四庫本作「慄」，亦通。

上姚敬齋啓

中統元年七月六日，席生王某謹齋沐頓首再拜，致啓于尚書宣撫先生閤下：伏審九天頒詔，側聞方岳之分臨；四海嚮風，喜見太平之有自。顧惟孱劣，曷稱提撕①。況朝廷方弘治之辰，而州縣以得賢爲急。須獲玄德升聞之士，可副大人吐握之懷。

如某者，稟性疏愚，與人朴直。斷無它技，徒切休心。爰自稚年，特乖庭訓。雖讀書鄉曲，謾攻童子之雕蟲；及學道蘇門，徒竊孫登之吟嘯。因沾餘溢，得列諸生。然固窮不輟於絃歌，念來事可爲者忠孝。吾將仕矣，未見其人。蓋女爲悦己者容，士爲知己者死。俄翰簡光臨於圭竇②，見先生樂育之素心。爲喜可勝，所憂一寫。何乃至於此？蓋有激而云。身賤貧而處世無聞，跡泥塗而遇知爲貴。若夫燕築臺而師郭隗，豈天下之無人？備奉命而奔孔融，所喜世間之有己。將摳衣於不日，終瀝膽以謝誠。

伏惟閤下學際天人，材兼文武。幾年潛邸，一變經筵。儀表四方，股肱元聖。方棋聞捷，偉謝安雅量之雍容；抗表出師，見葛亮忠規之遠大。以致佐命收奇功於六詔，除殘僨封豕於三秦。盪平青海之波濤，補就蒼天之日月。方聳馬空於冀北，首令詔撫於山東。杖扶戴白之疲癃，春動百城之草木。欲隆承流宣化之權，故擴并採兼收之路。慮一夫之不獲，念小子以何堪？戴德若天，酬恩無地。比遂掃門之役，庶堅磨鈍之誠③。利一割之鉛刀，享千金於弊帚。翢知短錣，敢圖運海之鵬程；言至再三，恐辱知人之藻鑑。過此以往，未知所裁。

【校】

①「稱」，弘治本同元刊明補本；薈要本、四庫本作「勝」。

②「翰簡」，弘治本同元刊明補本；薈要本、四庫本作「瑶翰」，非。

③「誠」，弘治本同元刊明補本；薈要本、四庫本作「情」。

上張左丞啓

中統元年六月日，衛人王某謹齋沐頓首再拜，啓事於中書左丞、宣撫相公閤下：欽聞明詔，來鎮雄藩。凡在提封①，咸增慶抃。謂天下大統也，尚建侯而不寧，初無中外之限；方岳至重也，惟得賢而俾乂，故咨帷幄之臣。然念德非盛大，不足以填壓夸毗；量非弘深，不足以包總細大。才非經綸，不足以酬事變；望非崇高，不足以饜人心。恭惟閣下德富天彝，材爲世用②。望出中朝之勳舊，量涵萬頃之汪洋③。兵濟長江，符羊祜抗章之志④；龍興代邸，偉宋昌獨斷之能。故得雨闢雲開，陰消陽長。雷霆驅號令之威，朝野擴綱維之治。繡衣南下，寔承流宣化之權；齊斧西臨⑤，正擿伏破姦之日。而今況河朔數路，懷、衛兩州，世官有晚唐擅據之强，風俗近天寶塗炭之苦，穢彰鄰邑，政出多門。其爲害也，權在吏胥之手，賄甘桀點之心⑥。敗類者能先去之⑦，善人者其自存耳。以聖世求直言之者⑧，故愚儒及舊政之非。

伏念某一介布衣，半生文史。顧其時之可出，念所學之無成⑨。北闕上書，媿乏馬周之志；南山種豆，每懷楊惲之風⑩。觀化明時，游心至道。不求鳴於時相，終跡迹於常流。少得見知，俟喜顯名於韓狀；如蒙所請⑪，曾點終老於孔門。過此以還，未知所措。

【校】

①「封」，弘治本同元刊明補本；薈要本、四庫本作「刑」，非。

②「材」，弘治本同元刊明補本；薈要本作「道」；四庫本作「才」，亦可通。
③「頃」，弘治本同元刊明補本；薈要本、四庫本作「里」，非。
④「祜」，元刊明補本、弘治本作「祐」，據薈要本、四庫本改。
⑤「齊」，弘治本、薈要本同元刊明補本；四庫本作「蕭」，形似而誤。
⑥「桀黠」，弘治本同元刊明補本；薈要本、四庫本作「黠傑」。
⑦「類」，元刊明補本、弘治本闕；據薈要本、四庫本補。
⑧「世」，元刊明補本、弘治本、薈要本闕；據四庫本補。「者」，弘治本、薈要本同元刊明補本；四庫本作「士」。
⑨「成」，弘治本同元刊明補本；薈要本、四庫本作「窮」。
⑩「楊」，弘治本、薈要本同元刊明補本；四庫本作「揚」，形似而誤。
⑪「所」，弘治本、四庫本同元刊明補本；薈要本闕。「請」，四庫本同元刊明補本；弘治本、薈要本作「讀」。

授翰林修撰同知制誥兼充國史院編修官謝中書省啓①

中統二年秋七月廿九日，王某謹齋沐頓首百拜，奉啓事于中書門下：

伏以幼學壯行，自吾儒之常事②；位尊德薄，寔君子之深憂。況禁林乃清切之資，而自昔極人文之選。如某者，性資樸魯，學術靡蕪③。幼竊篆刻之文，稍服鯉庭之訓。而藏修蔑有其素，徒佔畢不去其心④。血指汗顔，竊弄柳州斤斧；屬辭比事，略窺左氏門牆。賴鶚薦之先容，致囊錐之立見。幸遇鴻熙之世，來觀上國之光。自嗟坎井之蛙，日侍幕蓮之地。時乏駿足，用駑馬以代馳⑤；筆誤素屏，點蒼蠅而成質。方退南飛之鵲，重留西掖之垣。几筵預使席之榮⑥，行李致館人之意。念朱雲之恥吏，哀王孫而進飧。顧影自怜，捫心有託。特以見知之厚遇，不無立仗之長鳴。苟丐虚名，盡光歸路。豈意誕膺綸命，峻陟文階，忝分蓮炬之光，得與玉堂之選。固不能奮陽城之觀望，無乃自郭隗而權輿。儻不負十載夜窗燈火之勤⑦，足以瞑九原先子之目。其榮已極，夫復何求？

兹蓋伏遇中書相公閤下，柱石中朝，風雲潛邸。羽翼四人之勳業，文章兩漢之精華。秩乃代天，門無弃物。父子傳温國之學，書史備鄴侯之籤。公將權衡⑧，彼自爲之高下；信如寒暑，卒皆遂於生成。豈謂蛢幪，蔭及蕭艾。某敢不勉修士行，恪守官箴，仰酬雨露之恩，俯荅丘山之德。蓬蓬運海，固敢期九萬里之程；碌碌因人，庶不在十九人之後。

過此以往，不知所裁。謹奉啓事以聞。王某頓首再拜。

【校】

①「修撰」，弘治本同元刊明補本；薈要本、四庫本作「學士」，非。

②「自」，弘治本同元刊明補本；薈要本、四庫本作「乃」，亦可通。

③「靡」，元刊明補本、弘治本作「蘼」，偏旁類化；據薈要本、四庫本改。

④「佔」，弘治本、四庫本同元刊明補本；薈要本作「阽」，形似而誤。

⑤「馳」，元刊明補本、弘治本作「駿」，涉上而形誤；據薈要本、四庫本改。

⑥「几」，元刊明補本、弘治本作「方」，據薈要本、四庫本改。

⑦「窗」，薈要本、四庫本同元刊明補本；弘治本作「牕」，訛字。按：「窗」，亦作「牕」；「牕」、「牕」形近而訛。

⑧「將」，元刊明補本、弘治本作「捋」，形似而誤；據薈要本、四庫本改。

青詞

齋意

旱氣隆蟲，歷三時而已遠；守臣惶懼，顧大責之難逃。輒先穀雨之辰，敢罄雩求之愬。預期以告，於禮則宜。

祈雨青詞

恐懼自修，災有可消之理；敬誠斯在，天無不饗之心。伏念臣惲素昧臨民，叨承總寄。每荷登穰之惠，庶寬撫字之憂。爰自去秋，迄于今歲，風霾蓬勃，生意焦枯，時疫大興，秋種未下。氣將交而寒薄，雲已合而風醨。既走郡祠，載呼洪造；恭輸至愬，光啓靈壇。集道侶於琳宫，宣琅函之真誥。伏望九天降監，列聖垂慈。分勑山川之神，普下雷霆之詔。風災一返，膏潤咸需。使春事無訛，喜動四郊之耒①；秋成有望，歌賡高廩之詩。臣無任瞻天望聖激切屏營之至。

【校】

①「耒」，元刊明補本、弘治本、四庫本作「耒」，薈要本作「表」。

祈雨青詞

伏以萬物盈於兩間，亭毒必資於帝力；皇天祐于一德，高明庶格於精誠。比者時雨愆常，秋種不下。重念無辜之者①，將罹飢饉之災。用是罷將作而弛土木，禁市酤而重餱糧。循省自修，冀回哀眷。氣將交而寒薄，雲既密而風飄。適當龍見而雩，爰致桑林之禱。恭延真馭，崇建靈壇。伏望列聖垂仁，九天降鑑。易陰陽之恒數，斡運化之玄機。下敕豐霳，霈流甘澍，蘇槁麥於南畝，播嘉穀於東郊。一滌昏霾②，溥含生意。豈惟大賚，三農免失業之憂；嘉與多方，高廪享有年之慶。

【校】

①「者」，弘治本同元刊明補本；薈要本、四庫本作「衆」。

②「昏」，弘治本同元刊明補本；薈要本、四庫本作「風」。

祈雨青詞

天地乃萬物父母，忍飢饉之荐臻；風雨爲一歲咎休，顧得失而與應。念守臣之不職，致春旱以爲災。終風且霾，種不入土。近雖霑其濡潤，終未至於霶霈。二麥就枯，羣情懷懼。念鰥寡無辜之者①，有溝壑立至之憂。既走郡祠，載籲玄造。瀝愚衷之至懇，建雨部之靈場。伏望真宰鑑臨，高穹陰隲。溥同一視之仁，大霈如膏之澤。興嘉苗於四野，際和氣於兩間。庶寬轉側之勞，共慰徯蘇之望。所有報禮，其敢後而②？

【校】

①「者」，弘治本同元刊明補本；薈要本、四庫本作「老」。

②「而」，弘治本同元刊明補本；薈要本、四庫本作「歟」。

爲春旱蟲災青詞

伏念天聽雖高，惟至誠而能感；田功未即，繄歲事之可憂。敢瀝丹衷，仰干玄造。玆者自春徂夏，時雨愆期。黄桑卷而步屈爲災①，嘉禾槁而風埃蔽野。吏則不德，民將何尤！非恐懼以自修，將藴隆而曷已。爰差穀旦，乃建靈壇②。延致羽流，恭修法供。應蒼精之昏見，冀誠意之孚通。伏願列聖垂慈，九天降鑑。俯回哀眷，霈甘澤於一方；丕顯神功，享豐年於高廩。

【校】

①「卷」，弘治本同元刊明補本；薈要本、四庫本作「捲」，亦通。

②「壇」，弘治本同元刊明補本；薈要本、四庫本作「場」。

齋意

伏以驕陽恒若，時雨未沾。嘉禾槁而耕壟如焚，步屈災而春蠶闕食。齋心預告，於禮攸宜。

爲張縣尹吉求嗣青詞

伏以不孝有三，身無後而爲大。輸誠儻至，天雖高而聽卑。敢瀝丹衷，用干玄造。伏念臣某一行作吏，壯歲當官。久居簿領之間，未免輕重之誤。或養志罔終於恃怙，或臨民多靳於哀矜。以致二子併亡，半生惸獨。自孽難逃於陰譴，隱憂忍及於先人？敢資惟惠之仁，爰謹籲天之請①。敬陳清醮，上扣高真。伏望大眷垂哀，憫孤影零丁之苦；維羆應夢，廣一門嗣續之傳②。

【校】

①「爰」，薈要本、四庫本同元刊明補本；弘治本作「愛」，形似而誤。

②「傳」，弘治本同元刊明補本；薈要本、四庫本作「祥」。

爲鄉人禱疾青詞

伏以民固多愚，匪易天心之感；老惟欲逸，何堪豎疾之嬰。敢以聽卑①，用伸懇至。伏念臣某生居市閧②，長失義方，凡有作爲，不無過咎。或營營以窺利③，或昧昧以馮生。正以貪癡，愈深罪釁；又緣移徙，多所紛更。穿掘既發其蓋藏，修治誤衝其禁忌。以致災徵未已，病日彌留；和豫既乖，眠食稍廢。捄藥徒爲之瞑眩，朝昏遂苦於呻吟。伏望上聖垂慈，高真降祐④。庶憑仁覆，得蒙羸劣之安；言念愚衷，永謹省修之戒。

【校】

①「敢」，弘治本同元刊明補本；薈要本、四庫本作「高」。

②「閧」，弘治本同元刊明補本；薈要本、四庫本作「閭」。

③「以」，弘治本同元刊明補本；薈要本、四庫本作「於」。

④「祐」，薈要本、四庫本同元刊明補本；弘治本作「枯」，形似而誤。

王惲全集彙校卷第六十九

疏

衛輝路創修文廟疏

竊以廟而通祀，國家極典禮之尊；教以多方，庠序乃風化之本。子焉而父，臣焉而君。大凡日用之間，無匪聖人之道。既富而教，以時則宜。猗嗟君子之邦，久曠素王之位。吏之不職，孰此重焉？學之不講，是吾憂也。爰興丕搆，庸示教基。擴前日輪奐之規，敞百代神明之觀。經始雖先於一府，贊襄寔賴於諸公。蓋土木之資，瓦甓之用，須豪傑而共濟，庶程度之可完。仰止翬飛，永鏘玉振。春秋二祀，肅豆籩三代之儀；衮冕而王，還文物昔年之舊。凡我同盟之者，即當聞斯行諸。謹疏。

大成殿上梁疏

伏以起百年之廢，不渝乎素心；合四境之人，用扶其脩棟。凡曰有生之者，孰非吾道之中。功將底於落成①，衆能無於小助。況鄉校半讀書之子，而師帥舉稽古之流。重瞻邶衛之天②，久被絃歌之化。推求治本，一出儒宗。敢紆長者之車，來聽兒郎之偉。謹疏。

【校】

①「於」，弘治本同元刊明補本；薈要本、四庫本作「以」。

②「天」，弘治本同元刊明補本；薈要本、四庫本作「文」。

重修衛州蒼谷山廣施王廟疏

伏以民所欲而神必從，宜深乎報；神有享而民乃主，否則疇依？顧維明神，爰處蒼峪①。司分雨部，權控龍威。時罹暵乾，禱輒靈應。且王號已昭於舊典，而秩恩又見於新條。比者祠宇年深，榱楹日圮。塵昏畫像，慘雷轟電擊之雄②；瓦落宮牆，動木老雲荒之嘆③。今將上完霧棟，旁奕蒼池。及時瞻山雨之來，闔郡享豐年之賜。神報久已豐矣，公等宜如何哉④？謹疏。

【校】

①「峪」，弘治本同元刊明補本；薈要本、四庫本作「谷」。

②「擊」，弘治本同元刊明補本；薈要本、四庫本作「掣」。

③「木」，弘治本、四庫本同元刊明補本；薈要本作「本」。

④「如何」，弘治本同元刊明補本；薈要本、四庫本作「何如」。

隰州蒲縣重建嶽廟臺門疏

伏以鐵鳳翔雲，神棲固極於壯觀①；銀臺墮墜，天廢必假於人謀②。眷岱嶽之行宮，據蒲城之右麓③。豐碑具述，歷代增崇。雖作鎮於東方，寔普臨于率土。有禱輒應，顯化殊常。蓋幽明祕不測之神，而死生爲總歸之府④。兹非尊奉，曷致敬恭。今將大復神譙，俾還舊觀。計百費以寔博⑤，顧一己而難爲。衆力經營，厥功可僝。舉蒙少助，不日告成。靈威肅喬木之風，雲氣動孤山之色。璇題藻棟，儼九天來格之儀；僚宷黎民，獲三殿護持之福。幸垂藻鑑，請署芳題。

【校】

①「神棲固」，弘治本同元刊明補本；薈要本、四庫本作「固神棲」，倒。

②「天廢必」，弘治本同元刊明補本，薈要本、四庫本作「必天廢」，倒。

③「右」，弘治本同元刊明補本；薈要本、四庫本作「古」，形似而誤。

④「蓋幽明祕不測之神，而死生爲總歸之府」，弘治本同元刊明補本；薈要本、四庫本作「蓋幽明不測之秘神，而生死總歸之巍府」，非。

⑤「費」，弘治本同元刊明補本；薈要本、四庫本作「廢」，聲近而誤。

玉清觀化緣疏

竊以雲飛鶴舉，固所去以爲常；火食屋居，在有生其可闕？未遂山林之往，所期性命之安。如某者，忝鄭圃之居，久滿户間之屨；慕子真之隱，擬耕谷口之雲。雖南鄰北里，總是檀那；而凌雨震風，可疏寢處。爲歸翼數飛於夢蝶，柰拙謀復甚於林鳩。王録事倘助於草堂，庚桑楚庶休於畏壘。田園成趣，平分乎二頃煙霞；杖屨它時，共樂此一庵風月。凡曰通方之士，能無尚義之心？

鄆城縣普濟寺化緣疏

伏以建外道場①，不獨爲天女散花之供；祈聖人壽，庶或盡臣子永命之心。眷高魚之北鄉，迺獲麟之西鄙。古瞻勝概，地發龍光。已需普濟於明經，未覩華嚴之寶界。今將百堵具舉，精藍聿修。需仗衆緣，能成妙果。道昭者雲龕野衲，托鉢者海嶠行騰②。卓錫得泉，了此這場諸佛事；投竿在水，肯教空載月明歸？謹疏。

【校】

①「外」，弘治本同元刊明補本；薈要本、四庫本作「升」。

②「托鉢者」，元刊明補本、弘治本脱，據薈要本、四庫本補。

請黄先生德新主善疏

三年至穀，諸生忍廢於光陰；一卷立師，學行首明其模範。惟大冶有鑄金之妙，良工收琢玉之功。况漢庭發策，本之明經；而近代程文，自有定體。欲造科場之捷徑，須求事業之専門。伏惟殿元先生藻發儒林，道傳絶派。繼踵于黄氏三山之後，探頤乎上古八索之前。而又馳騁乎百家，通貫乎六藝①。春圍陣合，筆驚風雨之聲；夢澤胷吞，文麗江山之秀。久矣倦游之興，偉哉樂育之心。倘蒙憫小子之斐狂，永以爲國人之矜式。高懸絳帳，嗣音敢自於吾儕；仰屬青衿，固讓毋勞於謙德。謹疏。

【校】

①「六」，弘治本同元刊明補本；薈要本、四庫本作「一」，非。

襄陵縣重建飛橋化緣疏

伏以平水澮川，依約金城之舊；彩虹沉影，空餘華表之遺。矧當晉秦南北之衝，有秋夏泛溢之阻？僧清者，心存肯搆①，力振前修。經營者已數年，奔走者幾萬里②。每以力微而事大，懼夫始作而終衰。驅石必東海之鞭，洪波可駕；銜木仰西山之鳥，尺喙徒勞。在他邦果於義爲，豈鄉國獨無至意？倘垂一諾，過重千梁③。少分有限之功，陰受無量之福。公私安濟，免勞鄭國之乘輿；遐邇具瞻，復覩河東之偉觀④。謹疏。

【校】

①「搆」，弘治本同元刊明補本；薈要本作「棨」非；四庫本作「縈」，非。
②「萬」，弘治本同元刊明補本；薈要本、四庫本作「千」。
③「梁」，弘治本同元刊明補本；薈要本、四庫本作「金」。
④「偉」，弘治本同元刊明補本；薈要本、四庫本作「舊」。

追薦孤魂化緣疏

切以辭辯游魂，雖著長終之變；傳明滯魄，深詳爲厲之文。久失所依，誠爲可憫！痛彼河南之戰，重爲天下之傷。血殷溱水之波，屍蔽奉寧之野。兵自休者已三紀，祀而存者能幾家？野祭不來，愁絶喪元之勇士；沙場半殁，盡爲亡社之遺黎①。蕭條蒿里之悲風，黯慘棘林之老月②。尚過者動藁梩之嘆，況仁人同桑梓之情？義所當爲③，祭而非諂，凡我見而知者④，忍不聞斯行諸？故謁同盟，畢茲大事。魂兮來些，庶幾貴賤之攸歸；心獲所安，不謂幽明之有識。倘蒙金諾，請挂銀鉤。

【校】

①「遺」，弘治本同元刊明補本；薈要本、四庫本作「餘」，聲近而誤。

②「棘」，元刊明補本作「轅」，據弘治本、薈要本、四庫本改。

③「義」，弘治本同元刊明補本；薈要本、四庫本作「爲」。

④「我」，弘治本同元刊明補本；薈要本、四庫本作「吾」。

上張宣慰疏 代劉進之作①

切以辱甲子於泥塗，趙武有由吾之嘆；轉江沱之窮鮒，昌黎云投足之勞。懷古傷今，而復有此。進之先生文摩屈壘，心醉《麟經》。學詩得東野之窮，好學有征南之癖。以壯歲負并汾之氣，幾年爲河朔之遊。老雖益堅，空至於屢。拭白首窮途之淚，夢黄雲畫角之秋。思歸敝廬，得甘饘粥。撫孤松而弔影，望先壠以含悲。具爾是逢，翻然可駕。麥船惠顧，一帆助順濟之風；華表歸來，獨鶴遂長鳴之願。伏惟使相學士閤下氣嚴霜簡，名在帝心。炳趙衰愛日之輝，聳吏部泰山之望。爰從公議，兩鎮名藩。承流已浹於河汾，宣化又漸於海表。去國見似之者喜，同聲亟相應之情②。嗚呼！託子而來，嘗切慕古人之義；請書而去，思游揚足下之名。爲筆孤懷③，綴成尺素④。幸念鄉枌之舊，與分鄰燭之光。倘遂所求⑤，請題芳字。謹疏。

【校】

①「代劉進之作」，諸本夾注文字皆誤入文題，徑改。「代」，弘治本同元刊明補本；薈要本、四庫本作「爲」。

②「亟」，抄本、四庫本同元刊明補本；薈要本作「函」，形似而誤。

③「筆孤懷」，元刊明補本闕；薈要本、四庫本作「代悲鳴」；據抄本補。

④「綴」，元刊明補本闕；薈要本、四庫本作「爰」；據抄本補。

⑤「遂所求」，元刊明補本闕；薈要本、四庫本作「鑑私衷」；據抄本補。

爲宋儒楊從龍贖身醵金疏

切以觀軍府而釋鍾儀，傅美晉侯之德；解左驂而贖越父①，世稱晏子之仁。古則云然，今亦能爾。唐風雖儉，於義則豐②；荆璞未逢，遇和則售。士人楊從龍者，晉州羈客③，吴會諸生。念江湖當波蕩之餘，得升斗遂身安之計④。在士庶官寮之者⑤，當體寬恩以吹噓。惠費之仁，不過一譓。倘蒙金諾，請署芳題。

【校】

①「越父」，元刊明補本闕；薈要本、四庫本作「石父」；據抄本補。

②「於」，元刊明補本闕；薈要本、四庫本作「舉」；據抄本補。

③「羈」，元刊明補本闕；據抄本、薈要本、四庫本作補。

④「身安」，抄本同元刊明補本；薈要本、四庫本作「安身」，倒。「之計」，元刊明補本闕；據抄本、薈要本、四庫本補。

⑤「者」，抄本同元刊明補本；薈要本闕；四庫本作「署」。

筭學主善疏①

眷言六藝，數爲應用之先②；訓彼羣蒙，業必專門之者③。伏惟宜之先生術窺海鏡④，心洞神機。以勾股而測高深，極乘除而見盈縮⑤。挾此《九章》之妙，屢爲一卷之師。倘許光臨，豈勝至幸⑥？口傳要訣，同趣開悟之方；手筭萬籌，庶無倒顛之誚⑦。謹疏。

【校】

①「主」，抄本同元刊明補本；薈要本、四庫本作「士」。

②「爲應用」，元刊明補本闕；薈要本、四庫本作「居衆技」；據抄本補。

③「者」，抄本同元刊明補本；薈要本、四庫本作「老」，形似而誤。

④「生」，元刊明補本闕；據抄本、薈要本、四庫本補。

⑤「見」，元刊明補本闕；薈要本、四庫本作「推」；據抄本補。

⑥「勝至幸」，元刊明補本闕；薈要本、四庫本作「辭擁篲」；據抄本補。

⑦「誚」，元刊明補本闕；薈要本作「患」；據抄本、四庫本補。

爲刊字醵金疏①

《汲郡志》者②，發明潛德③，豈惟鄉國之賢④；關繫民風，庶見古今之事⑤。爲書者凡一十五卷⑥，計字數近六七萬言。欲廣其傳⑦，必録諸梓。惟是閑居之久，苦無力量之多。如工費口糧⑧，倘蒙少助，雖夜光明月，不爲暗投。公等寧無意乎⑨？我正賴有此耳。謹疏。

【校】

①「字醵」，元刊明補本闕；據抄本、薈要本、四庫本補。

②「汲郡志者」，元刊明補本、薈要本闕；據抄本、四庫本補。
③「潛」，元刊明補本、抄本、薈要本闕；據四庫本補。
④「惟」，抄本、四庫本同元刊明補本；薈要本脱。「賢」，抄本、四庫本同元刊明補本；薈要本作「獨賢」，衍。
⑤「古今之」，元刊明補本、薈要本闕；據抄本、四庫本補。
⑥「書」，元刊明補本、薈要本闕；據抄本、四庫本補。
⑦「欲廣」，元刊明補本、薈要本闕；據抄本、四庫本補。
⑧「如工」，元刊明補本闕；薈要本、四庫本作「凡工」；據抄本補。
⑨「寧無意乎」，元刊明補本闕；薈要本、四庫本作「自優爲之」；據抄本補。

太康縣創建忠武史公祠堂疏

伏以臨危脱難，無深骨肉之恩；報德靡忘，莫重春秋之祀。惟太尉忠武公①，曩分帥閫，東徇京畿。擴仁心而斂兵鋒，招柘城而降陽夏。繼來臨戍，尤盡撫綏②。雜耕無相擾之私③，按堵享維新之樂。百年父老，廕自餘休；三尺兒童，慶延史氏。今將啓神祠於舊里，昭大德於吾邦④。某等雖經始於一時⑤，敢獨專其至美？庶憑衆力，易見成功。具我時瞻，要擬甘棠之木；眷言遺愛，豈惟墮淚之碑。凡我同盟，請題芳字。

【校】

①「惟」，元刊明補本、抄本闕；據薈要本、四庫本補。

②「綏」，元刊明補本作「緌」，據抄本、薈要本、四庫本改。

③「私」，抄本、四庫本同元刊明補本；薈要本作「虞」。

④「吾」，元刊明補本闕；薈要本作「此」；四庫本作「新」；據抄本補。

⑤「某」，元刊明補本作「其」，據抄本、薈要本、四庫本改。

王惲全集彙校卷第七十

疏

衛輝路總管府重修帥正堂疏

伏以聽共民事，必先處所之安；絡繹星軺，無匪王人之重①。顧衛輝之公署，寔民庶之具瞻，起蓋年深，疏陋日甚。飭傳舍固爲微末，論總治此則本根，今將重搆一新，增光六縣。俸稍先輸其兩月，餘力須藉於衆官，勢惟乘其一時，工可就於不日。清香畫戟，雖云都尹之居；聖節公筵，永祝皇家之壽。敢祈同志，各署芳銜。

【校】

①「王」，元刊明補本作「玉」，據抄本、薈要本、四庫本改。

樂籍殷氏釀金疏

量珠買笑，空憶當時；餬口爲生，重過故里。李弄玉幾年西邁，杜秋娘未老東歸。載贍光禄池臺，總是舊遊桃李。樂籍殷氏者名香佳麗，天賦芳温。曾將兩字風流，占斷八州煙月。此日紛華都識破，向來心事欲誰論？鳳凰臺上，有伴吹簫；鼓笛場中，何堪把色①？與行丐歌姬之院②，且少分鄰燭之光。萬水千山得得來，一瓶一鉢垂垂老。桑間游女，固能憐暮雨之詩；芳草王孫，尚不棄春風之面。倘霑餘潤，儘富歸裝。多寡隨宜，以疾爲妙。謹疏。

【校】

①「把」，抄本同元刊明補本；薈要本、四庫本作「弄」。

②「與」，抄本、薈要本同元刊明補本；四庫本作「惟」。

李府君建碑醵金疏

故汲縣長官李公天祥，素負義襟，號稱能吏。急難多國士之風，宰邑有桐鄉之愛。去世能幾日，有家爲一空。短碑卧草，未覩瑶鐫；孤壟含悽①，豈勝冥感？凡曰相知之舊，能無墮淚之傷？庶少分魯肅之囷，共建此陽城之碣。睠言故里②，永賁幽光。

【校】

①「壟」，元刊明補本作「瓏」，形似而誤；據弘治本、薈要本、四庫本改。按：「壟」，亦可作「壠」；作「瓏」者，當爲「壠」之形誤。

②「里」，弘治本、四庫本同元刊明補本；薈要本闕。

請靳顯卿山陽闈庠疏

切以嬰孩教子，責在父兄；詩禮承家①，必資師範。伏惟顯卿學師性資純厚，賦業優長，規模有乃岳之風，句讀傳故家之習②。久訓蒙於柘里，今閑處於山陽。頃於白社之間，載闡青衿之教。邑雖十室，使盡爲忠信之人；喜動七賢，不負此風煙之勝。恭惟短疏，具列同盟。

【校】

①「承」，弘治本同元刊明補本；薈要本、四庫本作「傳」。

②「傳」，弘治本同元刊明補本；薈要本、四庫本作「得」。

重修泰山廟疏

伏以物有生死，維岳主司；事至隳微①，須人興葺。睠新中之左地，儼泰岱之行宫②。當年廟貌，壯麗有餘；此日巖廊，摧毁無幾。賴陳將軍之果毅，曹鄉老之經營。一備糇糧③，一鳩工役。周垣已興於百堵，正殿將復其五楹。度其工之寔繁，計所費以不少④。若憑衆力，可見成功。喜車馬風雲，使降臨之有所⑤；官僚户庶，獲福祐以無窮⑥。謹疏。

【校】

①「𨻸」，弘治本作「𡘏」，半脱；薈要本、四庫本作「式」。

②「岱」，弘治本同元刊明補本；薈要本、四庫本作「岳」，亦可通。

③「糇」，弘治本同元刊明補本；薈要本、四庫本作「餱」，亦可通。

④「以」，弘治本同元刊明補本；薈要本作「而」；四庫本作「於」。

⑤「喜車馬風雲，使降臨之有所」，元刊明補本、弘治本作「使車馬風雲，喜降臨之有所」，倒；據薈要本、四庫本改。

⑥「獲福祐以」，弘治本同元刊明補本；薈要本、四庫本作「獲福賜於」。

重修河内公廟化緣疏

惟公德並羣哲，材優四科。爲邦致三善之稱，折獄有片言之譽。顧瞻喬木，懷想其人。況此蒲鄉，寔維舊治。民淳訟簡，猶沐休風；世遠祠存，不忘久敬。然廛昏像設，殆緼袍弊故之餘；草滿露壇，起燕麥動揺之嘆。惟夫興葺，可表尊崇，凡我同盟，義當少助。謹疏。

省齋裴先生建碑疏

伏以辭焉不愧，緣景行之獨高；得之無財，於人心而能恔①。故武昌節度同知省齋先生，兩朝名士，一世龍門。在鴻文大學之間，有瑞錦秋濤之譽。里雖稱其通德，墓未表乎豐碑。眼中縫掖半門生，身後殘膏丐來者。知歸報本，復有望於諸君；礱石劖銘，庶落成於不日。嶷嶷麒麟之碣②，輝輝星漢之光。匪惟裴氏之獲安，誠亦士林之美事。

【校】

①「恔」，弘治本、薈要本同元刊明補本；四庫本作「悦」。

②「碣」，元刊明補本作「喝」，形似而誤；據弘治本、薈要本、四庫本改。

爲耶律伯明釀金疏

伏以分財曰惠，莫先赒急之心；見義當爲，切戒後時之嘆。伯明秀造，漆水東丹之後，右丞文獻之孫。學則有餘，空至於屢。爲子娶婦，禮尚未完；急手謀生①，力有不及。顧同志多狐貉之列，忍一家有風雪之寒？少分半宴之資，可合二姓之好。倘蒙薄助，請署芳題。

【校】

①「手」，弘治本同元刊明補本；薈要本、四庫本作「乎」，形似而誤。

張漢臣醵金疏

張漢臣者，監司故掾，淇奥諸生。緼袍傷此日之貧，客舍歎故人之雨。心關桂玉，運阻風波①。既久淹吏部之除，未免索長安之米。況臺閣半爲鄉舊，而燕雲古有義風。哀王孫者世爲尋常，付裝資者日云不少。舉船望惠，才固匪於建封②；指囷不難，時豈乏於子敬。蒙滴水而爲恩於目下③，奉千金而敢忘於他時。困涸能濡④，多寡唯命。

【校】

①「運」，弘治本、四庫本同元刊明補本；薈要本作「連」，形似而誤。

②「才」，弘治本、薈要本同元刊明補本；四庫本作「財」，亦可通。「匪」，弘治本同元刊明補本；薈要本、四庫本作「菲」。

③「蒙滴水」，弘治本同元刊明補本；薈要本、四庫本作「望升水」。

④「困」，弘治本、四庫本同元刊明補本；薈要本作「固」，涉下而形誤。

梁彦昇醵金疏　太原人①

山頹木壞，永哀賢哲之萎；高上坎中，未遂窀穸之窆。冀彼齊卿之悦，傷哉季路之貧。前進士太原梁公子彦昇②，詩禮名家，羹牆純孝，思雙親而不見，抱孤影而自憐。秋草萋兮③，恨隔於九原；春露濡而，履兹者二紀。惟得脱驂而賻，乃能大事之襄。四十萬非敢望於郭代公，五百斛庶少分於范左相。凡爲同好，寧不興哀？淇水東傾，渺逝者如斯之嘆；太行西望，慰異鄉久客之心。

【校】

①「昇」，弘治本、薈要本同元刊明補本作「升」，據下文及四庫本改。

②「昇」，弘治本、四庫本同元刊明補本；薈要本改作「升」。

③「萋」，弘治本同元刊明補本；薈要本、四庫本作「凄」，亦可通。

大繼長釀金疏

國破家亡，老作無依之客；衣單糧絶，誰堪卒歲之憂。大先生繼長者，渤海名家，中朝顯宦①。功名富貴竟無有，文彩風流今尚存。黑貂盡季子之裘，短布纔甯卿之骭，雖黄髮高年之列，柰清霜九月之寒。甘餓踣於西山②，束荊薪而煮白石。哀哀漂母，進簞食以無難③；戀戀故人，贈綈袍而何有？大凡同志，能不興懷？所願不過一金，未免上煩多士。謹疏。

【校】

①「宦」，弘治本同元刊明補本；薈要本、四庫本作「貴」。

②「甘餓踣於西山」，元刊明補本作「甘餓踣於西山」，訛；薈要本作「甘餓陪於西山」，形似而誤；四庫本作「甘窮餓而陪西山」，非；據弘治本改。

③「以無」，弘治本同元刊明補本；薈要本、四庫本作「於何」，非。

南宮縣文廟三門化緣疏①

切惟衣無袖領，難以爲全；行舍户庭，將何自出？南宮廟學修建有年，大殿既完，兩序已具，獨臺門而未稱，在衆意以未安。須資多助之方，可就三楹之勝。雲煙動色，歲采泮水之芹②；雷霆乍驚，玉振殷人之輅。倘垂重諾，請署芳銜。

【校】

①「宫」，元刊明補本作「官」，形似而誤；據弘治本、薈要本、四庫本改。

②「采」，元刊明補本、弘治本作「來」，據薈要本、四庫本改。

滑州文廟化緣疏

天下之事無大小，得人則興；郡國之學由古今，似緩而急。蓋庠序乃禮文之地，而絃歌爲風化之原。緊爾侯邦，號稱文治；載瞻清廟，有乏宏規。廊廡卑棲，狹僅容拜；宫垣頽圮，高不及肩。我將易故而增卑，衆欲妥靈而揭敬。輪奂動泮池之藻，丹青一繪事之新①。審致大成，需資多助。垂旒委佩，復誾誾侃侃之儀；趨事赴功，得磊磊落落之者②。賢使君業爲倡率，同僚屬理當贊襄。毋悋援毫③，重書所諾。謹疏。

【校】

①「丹」，元刊明補本作「舟」，形似而誤；據弘治本、薈要本、四庫本改。

②「者」，弘治本同元刊明補本；薈要本、四庫本作「彦」。

③「悋」，弘治本、薈要本同元刊明補本；四庫本作「吝」，亦可通。

鉅鹿縣講堂化工疏

粤惟大陸，寔曰古任。創興釋菜之宫，舊有明經之室。年深疏陋，日就傾危。今擬修崇，務敦風化。大弓長劍，其備可忘？三綱五常，非學不立。稍聽一丁之諭，將成百室之歌。敢仗斯文，共成勝事。謹疏。

爲周府君立碑醵金疏

伏以起千年已廢，詎能忘利益之恩；顧喬木而言，尚未覩麒麟之碣。故江淮都轉運使周侯除興義重①，撫字恩深。公雖云亡，德其可後？今也有銘不愧，墮淚無從。惟斲石而爲特書，可於公而見不朽。庶圖少報，永振休聲。凡我同盟，共成盛事。謹疏。

【校】

①「運使」，元刊明補本、抄本作「使」，脱；薈要本、四庫本作「運」，脱；徑補。

汴梁路相國寺化工疏

汴梁路大相國寺住持僧柴某，欽奉聖旨修葺前殿，所有化緣疏文合行開具者①。伏以梵宮盤鬱，無踰相國宏規；傑閣巋存②，猶是李唐遺構。浩劫黯浮雲之衛，秋風動喬木之悲。顧二三之殘僧，將修完而何力？幸蒙睿眷③，尚賴人謀。況有生趨嚮，而孰匪善心？在稽首歸依者當體上意，能傾心而樂施，或分囷以捐金。同新般若清光，與復天人偉觀。風鈴如語，響泛潮音；天女散花，有來衆士。祝延聖壽，載繙貝葉之香④；翊贊皇圖，永比彌盧之固⑤。謹疏。

【校】

①「緣疏文」，元刊明補本作「緣疏交」；薈要本、四庫本作「疏」，脱；據抄本改。

②「巋」，抄本、四庫本同元刊明補本；薈要本作「嶷」，亦可通。

③「幸」，抄本、四庫本同元刊明補本；薈要本作「既」。

④「貝」，元刊明補本、抄本作「具」，據薈要本、四庫本改。

⑤「比」，抄本同元刊明補本；薈要本、四庫本作「此」，形似而誤。

請陶教授主善疏

切以擇師教子，熟無希驥之心①；傳道解疑，須藉鑄金之手。況木非揉則無自圓之理，玉惟斲則就成器之名②。伏惟主簿先生經明行修，學博才贍。聞望素高於儒館，淵源遠自於顒軒。講論造精一之微，文辭知古今之變。惟是青衿之子，常瞻絳縵之儀③。敢瀆師嚴，再新函丈④。心專志致，深惟體用之方⑤；日就月將，最切後先之序。以兹誘掖，與正斐狂⑥。所有束脩⑦，開呈于后。

【校】

①「熟」，弘治本、薈要本、四庫本作「孰」，亦可通。

②「就成」，元刊明補本、弘治本作「成就」，倒；據薈要本、四庫本改。

③「縵」，弘治本同元刊明補本；薈要本、四庫本作「幔」，亦可通。

④「丈」，薈要本、四庫本同元刊明補本；弘治本作「文」，形似而誤。

⑤「惟」，弘治本同元刊明補本；薈要本、四庫本作「傳」。
⑥「與」，弘治本同元刊明補本；薈要本、四庫本作「庶」。
⑦「東」，元刊明補本作「東」，形似而誤；據弘治本、薈要本、四庫本改。

重修開泰寺大功德疏

伏以道不遠人，善無先於利益；物興有數，勢須籍於英豪①。迺眷燕山昔爲遼府開泰禪寺者②，爰因鄰第，建自樞臣。雖復兩朝之增葺，何堪雙樹之蕭條。如聲色香味布施能圓，則上下虚空何修不可。伏惟參政相公才優鞭筭，義重規爲。禪扣愚機，派流臨濟。遠暢神通妙力③，幾開方便法門。莊嚴已擴浄慈天，庇廕證明羅漢夢。況兹金粟影歸，爾古精藍。雨花翳空，得還舊觀；登壇判斷，重振玄關。盡刮衣盂，已是多餘香積飯；有來福德，何嗟不到佛如來。載經載營，同心同德，永扶寶祚④，爲國拈香。

【校】

①「於」，弘治本、四庫本同元刊明補本；薈要本作「以」，聲近而誤。

②「遼」，元刊明補本作「潦」，據弘治本、薈要本、四庫本改。

③「力」，薈要本、四庫本同元刊明補本；弘治本作「方」，涉上而妄改。

④「扶」，弘治本同元刊明補本；薈要本、四庫本作「拱」，形似而誤。

前進士李舜臣姪求子婦醵金疏

切以燕雲尚志，情深友義之懷；婚媾及時，詩美《桃夭》之詠。前進士李公舜臣之姪元德爲子求婚，納徵有日。柰囊空而羞澀，須力濟於英豪。或采幣以相投，或青凫而見賜。迓續先人之胤，配合二姓之懽①。如種玉而獲珪璋，在貧家而得箕帚。豈曰小補，實荷鴻私。兒女債還，敢云遂尚平之志；簪纓顧恤，庶幾接仲郢之風。請署芳銜，用昭金諾。謹疏。

【校】

①「懽」，元刊明補本作「權」，形似而誤；薈要本、四庫本作「歡」，亦可通；據弘治本改。

銅臺阿丑石氏疏

年方破瓜，在故里樂籍者凡四年。今嫁李氏，相得甚懽。辛巳春，以良家來見①，酒間敍話心事，追念舊遊，蓋廿有二年矣。且有滄州之行，求余言爲重，因書此以付。

去國朞年②，見似者而輒喜；改圖故步，念此意之可嘉。銅臺石氏者穠豔呈霞，髻雲綰緑。白雪擅郢中之曲，綷羅捲薛氏之窗。玉秀蘭芳，風尖月細。荏苒四年之塵土，稱量幾斛之珠琲。悔失此身，得逢佳配。回金沙灘頭之夢，吹碧桃花下之笙③。顧自憐度日之難，未免有當壚之役。試看長樂坊頭雪，猶自春風醉裏香④。將安排老歲生涯，預准備藥爐經卷。已蒙重顧，來謝鈞慈。滿地流錢，共説平生鞭筭了；投竿在水，肯教空載月明歸？謹疏。

【校】

①「以」，抄本同元刊明補本；薈要本、四庫本作「於」，聲近而誤。

②「朞」，元刊明補本作「朞」，訛字；薈要本、四庫本作「期」，亦可通；據抄本改。

③「下」，元刊明補本、薈要本作「上」，據抄本、四庫本改。
④「自」，抄本同元刊明補本；薈要本、四庫本作「曰」，形似而誤。

饒州路創建書院疏①

前泉州路總管推官朱淮，故太師徽國文公嫡孫，今擬於饒州路擇湖山勝地創建書院②，中起文公祠堂，教誨子弟，奉承香火，上祝聖壽無疆，次爲宗屬朋從續考亭道脈之傳③。伏望公卿士夫喜聞樂助④，庶資衆力，克遂初心者。

伏以明經傳道，深有賴於後人；圖報起祠，必資成於多士。況在曾玄之列，當膺倡率之勤。恭惟晦菴先生學貫六經，名高諸子。始焉講學，克紹程張之緒餘；展也成功，直造孔顏之堂奧。發揮義理，昭若日星。没未及於百年，道大行乎四海。凡曰進修之者，孰非沾溉之餘。方國家之右文，宜天下之通祀。迺眷餘杭名郡，未瞻遺像清光。聿修香火之新祠，爰擇湖山之勝地。計所需而甚廣，嘆獨力以難勝。少分涓滴之餘波，同濟經營之盛事。絃歌不絶，敢云家學之有傳；俎豆斯陳，庶使宗風之罔墜。倘蒙金諾，請署珍銜。謹疏。

【校】

①「饒州路創建書院疏」，元刊明補本、弘治本、抄本、薈要本俱闕疏題，據四庫本補。按：未詳此處四庫本據何以補。

②「饒州」，元刊明補本、抄本作「杭州」，據薈要本、四庫本改。

③「屬」，抄本同元刊明補本；薈要本、四庫本作「族」，涉上而誤。

④「士夫」，抄本同元刊明補本；薈要本、四庫本作「士大夫」，衍。

牓

張氏秋香館酒牓

伏以三尺紫簫，吹破金臺之月；一竿青旆，飄摇淇水之春①。孝先張君系出豪華，長居紈綺。壯狃五陵之裘馬，老尋中聖之家風。左顧東城，名香新館。雖借作育廉之地，已大蒐破敵之兵。瀧春溜於連牀，貯秋香於百甕。與同至樂，任價寬沽。罄翠罍銀勺之歡，是非何有？聽白雪陽春之曲，風月無邊。信不比於尋常，莫等閑而空過。任使高陽公子，從他宫錦仙人。争貫金貂②，紛摩劍珮。繫馬鳳凰樓柱，挂纓日月窗扉。白骨蒼苔，古人安在？流光逝水，浮世堪驚！況百年渾是者能幾迴？一月開口者不數日。忍辜妙理，也作獨醒。莫思身後無窮，且鬥尊前見在。那愁紅雨，春闈繡幕之風；來對黄花，共落龍山之帽。快傾銀而注瓦，任枕麴以藉糟。只空工部之囊，扶上山翁之馬。前歸後擁，盡日而然。

【校】

①「摇」，弘治本同元刊明補本；薈要本、四庫本作「飄」，亦可通。

②「貰」，元刊明補本、四庫本作「貫」，據弘治本、薈要本改。

林評事花約

約

伏以良辰樂事，雖曰難并；旨酒嘉肴，豈容獨饗？兹者小園，竹木粗有堪觀；故里賓僚，可疏一宴①。忍教康節，獨擅花時；敢擬右軍，同修禊事。伊誰有語，花枝羞上老人頭；來日無多，此樂莫教兒輩覺。玉盤濯月，已煩竹裏行廚；繡勒攢香，暫簇花邊駿馬。擇於今月二十八日，就弊圃聊備芳罇，伏望羣英早垂光降。

【校】

①「疏」，弘治本同元刊明補本；薈要本、四庫本作「陳」，亦可通。

茶約

伏以歡情漸減，豈任杯酌之娛①；老境相宜，正有茶香之供。今者策勳茗盌②，集勝爐薰③。須分旗葉槍芽，選甚鷓斑螺甲。破紙帳梅花之夢，參老夫鼻觀之禪。要追陪七椀家風，共消遣一冬月日。勿謂淡中無味，且從静裏看忙④。老懷自嚮故人多，此樂莫教兒輩覺。我今首倡，盟可同尋。湯響松風，已減卻十分酒病；日拖竹杖，長行攜兩袖香煙。顧此聞思，咸歸歡樂。謹約。

【校】

①「杯」，四庫本同元刊明補本；弘治本、薈要本作「林」，形似而誤。

②「者」，弘治本同元刊明補本；薈要本、四庫本脱。

③「爐薰」，弘治本同元刊明補本；薈要本、四庫本作「薰爐」。

④「看」，弘治本同元刊明補本；薈要本作「着」，非；四庫本作「著」，非。

褉約

四序節氣春極和，而季月爲之盛，故古人因三日盛時而爲元巳之節，然鮮克與己相會。今歲兹辰適值癸巳，又一盛也，用是約二三知友，讌集林氏花圃。所有事宜，略具真率。舊例各人備酒一壺，花一握，楮幣若干①，細柳圈一，春服以色衣爲上，其餘所需，盡約圃主供具。秉蕑續詠，辨追洧水歡遊；褉飲賦詩，修復蘭亭故事。

【校】

①「幣」，薈要本、四庫本同元刊明補本；弘治本作「弊」，形似而誤。

上梁文①

大成殿上梁文

寶位龍飛，首闡大猷之化；儒宫灰冷，鞠爲茂草之區。恭惟總管陳公，爰自下車，慨焉興感，仰體右文之意，推明樂育之心。因政平訟理之秋，舉禮在實亡之典，大復素王之宇，重開太極之天。于以增聖道之光華，鑿晚生之耳目，矧惟治本，一出化原。猗歟岳牧之心，擬變詩書之俗，落成有日，神化無方。折雄冠猳佩之徒，趨庭受訓；易篆刻雕蟲之子，執簡傳經。奠兩楹之豆籩，舞三代之韶箾，伸嚴祀典，咸啓敬心。猥承縫掖之流，可後閟宫之頌？有來多士，共駕虹梁：

兒郎偉

抛梁東，萬古宗風一泮宫。賴得賢侯扶聖教，太行元氣魯龜蒙。

抛梁南，奕奕新宫播盛談。一旦詠歸欣有地，北山休掃讀書龕②。

抛梁西，聖學如天不可梯。須信小成從灑掃③，互鄉名與大賢齊。

抛梁北，萬象經天瞻拱極。文奎高射德星明，昨夜騰光滿營室。

抛梁上，偃植圓義屹相向④。人從懸甕發丹書，堅與西山兩無恙。

抛梁下，適衛屢爲瑗所舍。春風綠滿杏壇陰，從此西遊宜税駕。

伏願上梁之後，邑多君子，世極文明，國本固磐石之安，天子享萬年之壽。斯文有在，振木鐸於中天；遺法復行，得人材於鄉校。舉霑寸進，仰荅明時。

【校】

①「大成殿上梁文」下迄本卷尾，弘治本、抄本、薈要本同元刊明補本；四庫本脱。

②「休」，弘治本、薈要本作「伏」。

③「從」，弘治本同元刊明補本；薈要本作「徒」。

④「義」，弘治本同元刊明補本；薈要本作「乂」。

鎮國寺上梁文

伏以坤儀佐理，已收純被之功；象教加持，妙極大千之力。爰擇鴻都之右輔，聿興蓮宇之新宫。我國家崇報是圖，慈憫爲念，演三乘而設教，斂五福以錫民。一朝之役，罔及於國人；萬有之輸，悉供於内府。於是郢斤運巧，鄧梓呈材，有來神力之無方，遂極天下之大壯。桓楹修棟，鬱雲氣之上浮；疊拱層櫨，屹丘山之壁立。仍差穀旦，共駕虹梁，用綴蕪辭，式伸善禱：

兒郎偉，抛梁東，六合天花散曉風。隻履不煩葱嶺去，九天開出梵王宫。

兒郎偉①，抛梁西，萬劫塵緣妄想迷。方寸欲明諸佛果，正須一句自曹溪。

兒郎偉，抛梁南，莫咤龍門萬佛龕。會使娑欏雙樹地，萬方來此發經函。

兒郎偉，抛梁北，萬象森羅朝帝極。我爲禮此玉毫光②，聖德無量千萬億。

兒郎偉，抛梁上，寶氣龍璁諸佛像③。我今建此内道場，海會龍華無盡藏。

兒郎偉，抛梁下，千里王畿際兩稼。年年鐘鼓樂清時，共對人民霑聖化④。

伏願上梁之後，天低法界，海沸潮音，山河扶綉户之光，日月擁雕簷之氣。永將寶供，仰贊皇國，奠金城不拔之基，祝天子無疆之壽。

【校】

①「兒郎偉」及以下四處「兒郎偉」，弘治本同元刊明補本；薈要本脱。

②「玉」，元刊明補本作「王」，據弘治本、薈要本改。
③「諸佛」，元刊明補本、弘治本、抄本闕，據薈要本補。
④「共」，元刊明補本作「兵」，形似而誤，據弘治本、薈要本改。「人民」，弘治本同元刊明補本，薈要本作「神明」。

亳州太清宫上梁文

至道無名，混太初之一氣①；真人者出②，廓衆妙之玄門。載歆道德之言，寔翊邦家之化。太上混元上德皇帝潛輝柱史，肇迹瀨陽。千年丁令③，□話神遊④；三尺兒童，知尊聖祖。故歷代備褒崇之禮⑤，皇家極樓觀之雄。雖九□□伏於淵泉，而紫氣日纏於天宇⑥。嗣興有數，今見其人。演化宗師真人德紹蟠□，教流白霅。遠乘鶴馭，來住琳宫。爰即遺基，重興丕搆。用篤皇家之祐，先開紫極之天⑦，及覩成規，有光往制。煙雲晻靄，車回隱玉之鑾；仙聖超騰，日仰猶龍之表。恭依善頌，用駕虹梁：

兒郎偉，抛梁東，綿絡鈞天夢帝宫。適喜頓然還舊觀，玄都仙客振孤風。

兒郎偉，抛梁西，萬聖黄流入望低⑧。爲謝尋源張博望，故家仙李又成蹊。

兒郎偉，抛梁南，聖牘玄珠閟不談。且置金華丹竈説，請從河上發經函。

兒郎偉，抛梁北，玉帛中天朝萬國。玄風慶會雪山陽，柱下有人談道德。

兒郎偉，抛梁上，天蓋蒼蒼含萬象。西昇不著五千言，萬古流沙空悵望。

兒郎偉，抛梁下，祈福爲民崇廣廈。道家設教貴無爲，裘葛暄凉自冬夏。

伏願上梁之后，人庥道廕，世沐泠風，山河扶綉户之光，日月擁雕梁之氣。竹宫望祀，休誇漢武之祈靈；故宅徵符，已表吾皇之萬壽。

【校】

①「初」，弘治本同元刊明補本；薈要本作「清」。

②「者」，弘治本同元刊明補本；薈要本作「首」。

③「年」，元刊明補本、弘治本闕；據薈要本補。

④「□話」，弘治本闕；薈要本作「共仰」。

⑤「崇」，元刊明補本、弘治本闕；據薈要本補。

⑥「纏」，弘治本同元刊明補本；薈要本作「躔」。

⑦「天」，弘治本作「大」；薈要本作「宫」。

⑧「聖」，弘治本、薈要本作「里」。

萬壽宫方丈上梁文

伏以起百年之搆，植大本於宗門；葺一日之居，見恒心於君子。萬壽宫丈室者①，自昔中和之起廢，逮今六祖之丕承，物既弊而更新，制有增而匪舊，敞桓楹而中起②，翼兩室以傍開。雲霞藹疊栱之間，燕雀賀華欀之上③。前瞻玉境，通暢玄風，後壯宸居，擁陪法座。況仙馭來臨之有日，令威歸語以無時。工既落成④，衆孰不樂？倚疊如山之壯，罄單肯搆之誠，重光動淇水之波，佳氣鬱太行之色。式扶脩棟，可後歡謠⑤：

兒郎偉

抛梁東，燈火春城動竹宫。看取洞天閑日月，佩環聲在步虚中。

西⑥，苒苒春雲去殿低。莫道靈章仙秩峻，青霄有路是丹梯⑦。

南，故院當年一畝菴。碧瓦朱甍今覆壓，後人光大儘無慚。

北，五福從來尊太一。碧霞千古振孤風，奕奕神光長拱極。

上，符籙潛珍無盡藏。光芒未暇詫青藜⑧，六代傳芳主函丈。

下，玄教扶持衡可迓。德星所在風雨時，萬里如雲看多稼。

伏願上梁之後，教基大闡，福地重新，五雲來崑閬之仙，六甲祕風雷之奧。華簪列拜，載光傳度之儀⑨；金簡朝元，永肅焚修之供。以茲快樂，普洽生成。

【校】

①「丈室者」，弘治本同元刊明補本；薈要本作「之丈室」。

②「桓」，弘治本同元刊明補本；薈要本作「植」。

③「檈」，弘治本同元刊明補本；薈要本作「樌」。

④「工」，弘治本同元刊明補本；薈要本作「功」。

⑤「後」，弘治本同元刊明補本；薈要本作「進」。

⑥「西」，弘治本同元刊明補本；薈要本作「抛梁西」。按：「抛梁西」，爲制詞之固用語，此省作「西」，若恭賀帝王之語以夾注文字「中賀」代之同。下「南」、「北」、「上」、「下」，亦同。

⑦「是」，弘治本同元刊明補本；薈要本作「似」。

⑧「芒」，弘治本同元刊明補本；薈要本作「芹」。

⑨「載」，弘治本同元刊明補本；薈要本作「再」。

太一清蹕殿上梁文①

伏以顧瞻琳宇，已嚴上帝之居；婉孌龍資，復睹聖人之作。恭惟皇帝陛下圖回治道，寤寐幽人。爰從潛躍之初，重有中和之聘。風雲允協，文物蔚張。稽至道而沃帝聰，曾一言而利天下。師今不見，意若無忘。枉大駕以來臨，駐故宫而懷舊。漢文授經於河上，蔑以加於；軒后訪道於崆峒，初不踰此。以兹寵渥，光極玄門。念我後人，思皇睿眷，故大起御天之搆，庶少伸就日之誠。既獻歲以僝功，乃定中而考室。敢陳善頌，用駕虹梁：

抛梁東，夜鶴休驚蕙帳空。一自翠華臨幸後，至今庭樹鎖春風。

抛梁西，尚記春旗簇仗齊。真氣滿空驚户牖，光芒何暇到青藜。

抛梁南，論道當年有奥談。萬乘賁臨猶望蹕，非緑糸決發經函。

抛梁北，金簡朝元瞻帝極。吾皇萬歲永無疆，更願八荒開壽域。

抛梁上，碧瓦朱甍遵大壯。五雲佳氣鬱蓬萊，遊像□思駐天仗。

抛梁下，華表人歸餘道價。九天雨露有偏恩，不遺靈章隨物化。

伏願上梁之後，日月擁雕楹之氣，山河扶綉户之光。道紀以之增輝，真仙爲之改觀。雲紅黼座，濃薰花氣之香；風肅泰壇，光動竹宫之祀。斂茲廣福，錫厥庶民。茂對明時，溥同至樂。

【校】

①「太一清蹕殿上梁文」及「春露堂上梁文」，元刊明補本用弘治本補，闕文甚多，據抄本補，不另出校記。

春露堂上梁文

伏以飛鳥知還，固擇安棲之所；弊廬託處，舉懷必葺之心。秋澗老人樗櫟散材，萍蓬遠宦，東西南北，兩紀奔馳。雨露風霜，終年偃薄，久矣壯遊之倦，浩然故里之歸。廼構新堂，不遺舊物，豈獨廣居而移氣，蓋將追遠以顯親。連甍接棟，而中列三楹；卻暑回寒，而旁開兩室。俾春秋寢祭，衆免勃磎，節敘賓筵，喜同笑語。惟是時思之切，仍題春露之名，言舉斯心，畀之來者。承承繼繼，無遏佚前人之光；鬱鬱葱葱，非秖謂喬木之美。爰扶脩棟，例有歡謠：

拋梁東，旭日紅，駘蕩春陽滿太空。人喜廟堂真宰出，不煩東觀論青蟲。

拋梁西，萬瓦齊，撲地閭閻似碧鷄。春露堂中春自好，何嘗有意夢沙堤。

拋梁南，合明簪，交道微來不易談。正有歲寒三益在，風篁先種兩株杉。

拋梁北，正統一，東亘扶桑略西極。一堂雖起有先憂，所願八荒開壽域。

拋梁上，天蕩蕩，光動太行三萬丈。主人投紱已歸來，夜鶴不須驚蕙帳。

拋梁下，觀治化，叶氣薰然衡四迓。過門有客問行藏，蓬虆而行得時駕。

伏願上梁之後，里多仁美，門掩春華。歲時豐穰，問甚樂中之蓿；物情和好，愛及屋上之烏。對床賡風雨之吟，開卷得聖賢之樂。倘使少如所願，不爲虛度此生。

王惲全集彙校卷第七十一

題跋

跋蔡中郎隸書後

科斗書當秦有天下未盡廢，而程邈易篆作隸，特用便牘削耳。逮中郎蔡邕去取丞相斯大小篆爲八分，寔秦隸書也。近觀公建寧三年所書《五官功曹掾夏承墓表》，真奇筆也！如夏金鑄鼎，形模怪譎，雖蛇神牛鬼庬雜百出，而衣冠禮樂已胚胎乎其中，所謂氣凌百代，筆陣堂堂者乎？故書家評公書「骨氣洞達，爽爽爲有神」，宜矣。昔張長史作書，多先觀古鐘鼎科斗文字，遂楷法妙天下。不然，則無漢晉已來高古氣骨。不肖往年道出襄國，讀《宋文貞神道碑》，見其筆畫一一涵篆隸古意，迺知其言爲有徵。後之學者苟志於古，舍兩漢孰宗匠哉？至元辛未中秋前二日，同相人馬才卿觀於省掾吴蔓慶之寓舍①，衛人王某斂衽書。

【校】

①「蔓」，弘治本、《中州名賢文表》同元刊明補本；薈要本、四庫本作「蔓」。

跋中興頌

歐陽公稱《浯溪頌帖》歲久剥裂①，字多訛缺，獨李西臺家藏最爲完好。予嘗得而見之②。宦學四方來，藏魯公書甚多，兹獨闕然。及調官平陽，會郜君和之出故家墨刻八軸，蓋浯溪臨本也。命兒子孺臨摹，雖精氣轉索，庶幾典刑具爾。嘗聞公平生書五百餘石，其風骨氣韻率洞洞有神，如忠臣正色立朝，羣姦魄褫，又如元氣賦物，流形都異，因其人而爲變耳。始秦越人探丸起死，不主故常，在邯鄲則爲帶下③，過洛陽則稱老人，西入秦又以嬰兒醫名也。故評兹帖者，謂閎偉發揚，狀巨唐中興勳德之盛，豈虚言哉！閑閑公偶以銀鉤鐵畫目之④，恐未盡善也。至元十二年乙亥歲夏四月六日，卧病中書于謝帥第之北軒。

【校】

①「帖」，元刊明補本、弘治本闕；《中州名賢文表》作「石」，既半脱且形誤；據薈要本、四庫本補。

②「當」，元刊明補本、弘治本闕；《中州名賢文表》作「後」；據薈要本、四庫本補。

③「下」，元刊明補本作「不」，形似而誤；據弘治本、薈要本、四庫本、《中州名賢文表》改。

④「畫」，薈要本、四庫本、《中州名賢文表》同元刊明補本；弘治本作「書」，形似而誤。

跋郎官石柱記後

唐尚書左司員外郎陳九言文

古人稱長史得草聖不傳之妙，豈知真書在唐爲一代精絶，所謂能行而後善走者也。魯公書學氣侔造化，真楷得法，多自公始。《郎官帖》精絶爲至，舊刻在京兆，今亡，或云淪瘞廳事址下①。近從曹生季衡得墨本全文，蓋丞相壽國高公故家物也。老眼增明，伏翫不置者累旬②，真希代寶也。十有三年春正月人日，題於西山之讀易龕。

【校】

①「址」，弘治本、四庫本、《中州名賢文表》同元刊明補本；薈要本作「北」，形似而誤。

②「旬」，元刊明補本作「句」，形似而誤；據弘治本、薈要本、四庫本、《中州名賢文表》改。

跋手臨懷素自叙帖

世傳懷素《自叙帖》有數本，劉御史文季云：「昔吾從祖河東君所藏本最佳①。」後有蘇才翁跋云：「前紙縻潰②，親爲裝褙③，且爲補書，不自媿其糠粃也。」有杜祁公題云：「狂僧草聖繼張顛。」卷後兼題：「大曆年，堪與儒門爲至寶，武功家世久相傳。」後又有山谷楷書釋文，蔡無可家故物也。北渡後，觀金城韓侯及秘府所收，俱無蘇、杜二公題跋，似亦非長沙真筆。至元辛未秋九月晦，余謁左轄姚公，出示太保劉公家藏帖，前三十三字亦云子美補亡，按玩之餘，令人仿像意韻，盤礴於胷中者累月。冬十月甲午，是日極暄妍可愛，乘筆墨調利，喜爲臨此，拙惡非所慮，庶幾見其典刑云耳。監察御史、汲郡王某仲謀甫題識④。

【校】

①「東」，薈要本、四庫本同元刊明補本；弘治本、《中州名賢文表》作「平」。「佳」，元刊明補本作「佐」，形似而誤；

據弘治本、薈要本、四庫本、《中州名賢文表》改。

②「縻」，弘治本、薈要本同元刊明補本；四庫本作「糜」，亦可通；《中州名賢文表》模糊不清；按：「縻潰」，本作「糜潰」，「縻」、「糜」形近聲同而義可通，「糜潰」遂亦作「縻潰」。

③「䘯」，弘治本、四庫本、《中州名賢文表》同元刊明補本；薈要本作「袺」，訛字；

④「仲」，薈要本、四庫本、《中州名賢文表》同元刊明補本；弘治本作「伸」，形似而誤。

題懷素草書千文後

予觀藏真大曆二年海西寺所書《千文》，極縱横捭闔之狀，其欲斷還連，似斜復整，筆增妍而不繁，其減者意足而悉備。如風檣陣馬，驟不可當；倒冠落珮，狂莫得制。至於氣凌過庭，勢迫張顛①，雄偉豪邁，超於法度之外者，一一視之，皆篆隸之古文耳。茲本雖出臨模，精氣固衰，骨脈具在，所謂雖無老成人，猶有典刑。十一年正月五日，風日清麗，手柔筆利，乘興學書，覺胷中煩滯拂然從筆端出矣。

【校】

①「追」，弘治本、薈要本同元刊明補本；四庫本作「追」，形似而誤；《中州名賢文表》模糊不清。

跋張嘉貞書

近玫《瘞鶴銘》，乃知爲右軍龍爪書也。予所藏唐中令張公嘉貞《北嶽廟碑》，其意韻骨氣敦厖古怪，如衝戈植劍，特龍爪遺法，爲正書之一變耳。張公當開元初拜大將，提重兵卧護北門，其氣固已雄一世矣。及繼璟而相，以强敏風操聞，然史臣稱「公性疏簡，與人交不疑，内曠如也」。古人以書學爲心畫，故其筆不得不雄放奇偉，象乎爲人，然未免夫捧心效顰也。如優孟抵掌談話，與叔敖俱化，一一較之，有不然者，蓋其嚴辨有餘，而高風絶塵爲少衰矣。戊辰中元日書。

跋麻姑壇記後

平陽盧氏家藏

歐陽永叔云：「《仙壇記》有大小二本。此大書者也。」其興寄縹緲，穠纖妍麗①，無不可人，正如覩麻姑手爪，令人背痒時不待爬搔，已渙然冰釋矣。魯公書大抵與元氣渾淪②，千態萬狀，不可端倪，因其人而爲變耳。第記中皆儻怳不經之事，公特爲書之，豈王中令、謝太傅文彩動名凌誇百代③，未害登東山而有高世雲霞之志也？

【校】

①「穠」，元刊明補本作「檂」，形似而誤；弘治本作「憹」，形似而誤；據薈要本、四庫本、《中州名賢文表》改。

②「元氣」，弘治本、薈要本、四庫本同元刊明補本；《中州名賢文表》作「兩儀」。「渾」，元刊明補本模糊不清；據弘治本、薈要本、四庫本、《中州名賢文表》補。

③「凌誇」，弘治本、薈要本、《中州名賢文表》同元刊明補本；四庫本作「陵跨」，亦通。

題魯公書臧氏碑後

魯公書《三原》、《臧氏》二碑，所謂紇宗者，作擘窠大字，體端整而頗瀟散，如羽林壘壁①，横天作陣，勢相戛摩，與衆星争光，而色正芒寒之氣爲有間耳。其懷恪神道，銛鋒勁畫，望之凜然。挺植戈戟，一一較之，不無利鈍。惜乎出秀巖臨摹，使千金駿足困伏皂櫪間，其超逸絶塵之想索寞無光，惜哉！乃知太師忠義之氣發於筆端者，諒非積學而後能也。至元乙亥秋七月朔，得此帖於參政李公。

【校】

①「壘壁」，弘治本、薈要本、《中州名賢文表》同元刊明補本；四庫本作「壁壘」，倒。

跋竹谿所題東坡墨戲後

竹谿書所見多矣，未有若此帖之真楷蕭散者，大似虞中舍諫獵奏狀，間以側筆學坡之媚耳。乃知公當大定、明昌間①，不只以篆隸獨步於玉堂金馬矣②。輔之韞櫝愛玩，亦醉翁之意也，可謂真知賞音者哉！

【校】

①「當」，元刊明補本作「常」，形似而誤；據弘治本、薈要本、四庫本、《中州名賢文表》改。

②「只」，弘治本、薈要本、《中州名賢文表》同元刊明補本；四庫本作「秖」，非。按：作「秖」，當爲「衹」之形誤，

「衹」、「只」，通。

跋孫過庭書

太宗以英偉之氣凌跨百代①，萬機之暇游心翰墨。故二王法書盡入秘府摹倣臨榻②，然後以牙籤玉軸偏賜諸王，何好尚如此其篤！臣下得不從風而靡？過庭適當其時。今觀此書，規模步驟一宗二王，得飛鳥出林、驚蛇入草之勢，然點畫散落，往往斷而弗連，蓋體具二王而章草爲羽翼也。東坡謂陶詩「初若緩散不收，反復觀之乃得奇趣」。余於吴郡亦然。但近代名公品題不到，豈具眼者未暇及之邪？予特表而出之。至元辛未冬十一月廿四日，與兒子孺重觀於京師咸寧里之寓舍③，時雪霽氣清，率爾而作。汲郡王某謹題。

【校】

①「凌」，弘治本、薈要本、《中州名賢文表》同元刊明補本；四庫本作「陵」，亦可通。按：《秋澗集》本卷《跋麻姑壇記後》四庫本亦有「陵跨百代」之言，「陵跨」，亦可作「陵誇」、「凌誇」，「凌」、「陵」，聲近而義可通；「跨」、「誇」，形

近而義可通。

②「榻」，弘治本、薈要本、《中州名賢文表》同元刊明補本；四庫本作「搨」，亦可通。

③「重」，弘治本、《中州名賢文表》同元刊明補本；薈要本、四庫本作「童」。

跋荆公墨迹

予嘗觀壽國高公所藏《心畫水鏡》，知此爲臨川所書無疑。雖風骨遒勁，而筆勢散落，無繩削可據，殆似公當軸時變新法，調夸毗子，青苗助役，無所紀極。噫！一念之差，至於筆墨間尚能髣髴。其爲人如此，後之學者處心擇術，當如何哉？至元壬申重陽前四日書於平陽官舍。

跋黄華墨迹

予觀公書多矣，曰「黄華山主」者，蓋公中年筆也。其格調步趍要本二王，氣韻蕭散，得元章之勝。勁厲初不逮之，然如王謝子弟，以生長見聞，猶足以超人羣也①。殷溪云。

【校】

①「超」，元刊明補本作「起」，形似而誤；據弘治本、薈要本、四庫本、《中州名賢文表》改。

題黄華與李彦明太守一十三帖彦明係公同年友也

此數帖蓋公官翰林時書也，至有「飢寒之厄，近在旦夕」。又云：「收拾扈從秋山，貧家至甚不易。」令人披讀，可勝嘆惋。當明昌鄉文之世，公以文彩風流照映一時，其窘迫乃爾，豈官散禄薄，未爲道陵所知？不然，貧乃士之常事，造物者庸玉汝於成邪？至於文翰之妙，如荆金和璞，自有定價，不待稱而後重也。

跋任龍巖烏夜啼帖

南麓書在京師爲最多，其擘窠大書往往體莊而神滯。獨此帖豪放飛動，超乎常度。而木庵師謂「醉後興逸，妙能天成」①，豈長沙率爾而顛②，字字圓轉之意邪？然古人得意處非一，如去乖就合，意居筆先，乘其調利，例多高風絶塵，不只藉步兵作氣③，而能奪三軍之帥也。

【校】

①「木」，弘治本、薈要本、《中州名賢文表》同元刊明補本；四庫本作「未」，形似而誤。

②「顛」，弘治本、四庫本、《中州名賢文表》同元刊明補本；薈要本作「類」。

③「只」，弘治本、薈要本、《中州名賢文表》同元刊明補本；四庫本作「止」。

跋任南麓所臨潛珍閣銘爲大陽津張提舉彦亨賦總一百八字提刑王子勉目曰數珠帖

南麓書在金大定間號稱獨步，然擘窠大書往往體莊而神滯。今觀此帖，筆勢超逸，氣韻兼勝，豈非抵掌談笑，善學叔敖者邪？

宣聖小影後跋語

金正隆六年大學生馬雲卿筆襲封衍聖公孔元措題識

宣聖肖像繪者非一，據聖儀四十九表擬之，猶潢潦之於河漢，培塿之於泰山也。孔氏云：「家廟所藏『衣燕居服，顏子從行』小影最爲真像。」此本蓋再一傳也。嗚呼！尊其道，踐其迹，是謂之恭敬。不然，天容日表雖參於前而倚諸衡，是不幾於黷乎？至元乙亥夏四月，命士人王友仁臨寫，小子惲百拜敬書。

跋周處府君斬蛟圖後

役萬物而君之者，莫靈於人，而處尤以氣勝者也。彼司馬彤之阨鄙，未若神蛟之變怪也；老於莵之殘猛，不減氏萬年之嘯兇也①。處一旦視之，猶尺蠖與孤豚耳。乃知擁殳之際，其氣固已蓋西戎矣。然有憾無援，受制於人，卒爲二豎所害。噫！千載而下，令人讀《臨戎》之篇，凛凛然猶有生氣，其睨粱王，不糞土若也？雲史筆之，諒有激而云。

【校】

①「氏」，弘治本、四庫本、《中州名賢文表》同元刊明補本；薈要本作「氏」。

跋貫休比丘像

釋貫休比丘像，予二見之，此幅與東平王氏所藏，衣紋精麤不同①，恐學道子《雨部圖》鬼物筆法也。

【校】

①「麤」，弘治本同元刊明補本；薈要本、四庫本作「粗」，亦可通。

跋陶縝生菜圖

蔬果猶犬馬然，以其恒見而難爲工，故生意彩色，有郊圃水濱之異。縝之筆不見收于御譜，而爲金陵所題詠，所謂「一杯密雲龍」，足以知名於當代也。

跋范中立茂林秋晚圖

中立初年，本學營丘，極平遠烱秀之狀①，至於山骨鬱茂，林麓幽邃，咫尺杳靄，遠隔千里，蓊然若太陰雷雨，不可端倪。茲蓋居終南晚年之筆也，故當時有「棄墨如泥」之目。是知游藝雖宗匠前修，唯其胷中自有一天，乃能造微入妙。

【校】

①「烱」，弘治本、《中州名賢文表》同元刊明補本；薈要本作「坰」；四庫本作「迥」。

題寄寄老人陳氏詩卷

昔帝舜陶於河濱，器不苦窳，而陶之爲器，最近古而適用廣。長安寄寄翁得適用近古之法，削爲鼎，研諸器，堅潤精緻，粹然含金玉之質，誠可方駕保張，遠紹澤之吕道人矣。

題王生臨道子横吹等圖後

書與畫同一關紐①，唐賢善臨書，宋人工點本，要之極形似而出神爽爲佳。蒲江王生以讀書餘暇游藝丹青，於臨放爲尤能，蓋致思詳雅，不爲法度窘束，筆與意會，探天機所到②。近爲予點道子《馬融横吹》、營丘《寒江晚捕》爲可見③。昔龍眠作《李北平射邊騎圖》，觀矢之所直，迺應弦斃也，若向作著矢狀，則風斯在下矣。知此則能造微入妙，文甫其沉潛可也。丙子清明日，書于行館之敬止堂。

【校】

①「關」，薈要本、四庫本、《中州名賢文表》同元刊明補本；弘治本作「開」，形似而誤。

②「探」，弘治本、四庫本同元刊明補本；薈要本作「皆」；《中州名賢文表》作「將」。

③「捕」，弘治本、薈要本、《中州名賢文表》同元刊明補本；四庫本作「浦」，形似而誤。按：《秋澗集》卷七有《李營丘寒江晚捕圖》。

跋馬氏家譜圖後

夫源深則流長，本盛則末茂。至於家世蕃衍碩大，亦由忠厚之培植，德澤之淵浸者耳。燕著姓馬氏，自遼歷金，代有顯人，故居河朔者多大墳是歸。昔狄武襄以族系不明①，不敢附梁公之後，時人韙之。今絳尹馬君出示兹譜，曰：「此某之高曾也，皇顯也，降而下之曰伯，曰從，曰昆，曰仲。」聯綿次序，蔚爲一宗，蓋亦有自來矣。於戲盛哉！

【校】

①「系」，元刊明補本、弘治本、四庫本作「係」，據薈要本改。

遊澤州青蓮寺題示

至元甲戌夏四月戊午，予以分閲澤、潞州兵，且需後命，乘暇同州尹皇甫琰來遊兹山。相與登福嚴佛閣，置酒小酌，欻林風振響，山雨驟至，煩襟塵思灑然一醒①。少焉，返照入壑，其西南諸峯雲起曳縷，及頂而散，縈紆披拂，殆六銖曹衣空濛法身②。既暮，羣動俱闃，溪流有聲，潀澮丹壑，如萬馬而兵崩赴敵場③。静夜遠聞，耿耿忘寐，顧謂皇甫君曰：「此豈非山靈化現，以清雄之狀娱遊人之耳目邪？」凡所得唱和詩若干首，因留題禪院壁間，以爲它年林下故事。從遊者：沁水尹太原李汝翼、屬吏丘山甫。承直郎、平陽路總管府判官、汲郡王惲題，子翁孺侍行。

【校】

①「一」，薈要本、四庫本同元刊明補本；弘治本闕。

②「殆」，弘治本同元刊明補本；薈要本、四庫本作「如」。「曹」，弘治本同元刊明補本；薈要本、四庫本作「僧」。

③「而」，弘治本同元刊明補本；薈要本、四庫本作「千」。「崩」，弘治本同元刊明補本；薈要本、四庫本作「奔」。

絳州後園題名

絳以兩州六縣三十萬户之盛，守治一園，甲河東而名天下者宜矣。至元壬申春，予自霜臺來官平陽，適陽威人有獄疑而未能決者四年，遂被命來讞，授館絳園，留十有七日。既集事因，披讀唐已來園池圖記，按觀遺跡，莽爲汙宫，獨有老樹欹臺，荒池漲水。想像當時亭榭竹木之勝，環合覆壓，倒影明滅，猶在瑶翻碧瀲中耳。感今懷古，因以見物理之盛衰，知哀樂之不恒也。同來者：屬掾李諶、鄭扆，子公孺侍行①。是歲夏六月初伏後二日，汲郡王惲題。

【校】

①「公」，弘治本同元刊明補本；薈要本、四庫本作「翁」。

跋秦得真墨軸後

墨之名家者，唐已來不數人，其難工也若是。如坡公尚煤松自劑，放潘谷漆法，至竈發舍焚，曾無倦色，宜乎秦君嗜之而不厭也。蓋將紹潘張之絶藝，發潛德之幽光耶？予近以沉煙寶劑，就龍尾石試之，其黑而能光，清而不沍，迺知精妙入神，方駕前輩，爲諸公所稱道宜矣。

祭霍山祠題名

至元九年冬，朝廷以郡邑鎮山大浸載諸典秩者，所司三載一祀。霍岳在河東寔爲靈鎮，故事，每歲以仲夏土極之日用信報禮①，昭虔度也。明年癸酉夏六月廿二日，惲行縣，北走霍邑，前次洪洞，雨不克邁。越翼日，抵趙城，適嚴祀省牲之夕，迺率霍州判官連漢臣、監縣事塔的、尹裴國用、主縣簿劉偉齋宿祠下。將事之夕，霧雨交作；既祀之朝，陰霾四開。三獻禮成，冷風肅然②，神峯鶩嶺，軒豁呈露。雖韓潮陽之禮衡岳，孔廣州之祀南海，不足以喻其快也。陪祀者，府兵曹解禎、縣佐史高政、稅監張承慶、邑人薛昌齡、嶽廟道士李志真、興唐寺僧普光、執事者吏王庭玉等一十五人③。遂相與饜飫神貺而退。承直郎、平陽路總管府判官、汲郡王惲題記。從行者：誾山張思誠、子翁孺。

【校】

①「極」，弘治本、《中州名賢文表》同元刊明補本；薈要本、四庫本作「屬」。

②「冷」，弘治本、薈要本、《中州名賢文表》同元刊明補本；四庫本作「泠」，形似而誤。

③「昌」，弘治本、四庫本、《中州名賢文表》同元刊明補本；薈要本作「畐」，形似而誤。按：《秋澗集》卷三九《霍岳肇祀記》、《中州名賢文表》卷二八《祭霍山祠題名》皆作「邑人薛昌齡」。

跋唐忠祚柘條白頭翁圖

忠祚前宋人宣和畫譜有傳

前人稱忠祚畫不唯極其形似，如花美而豔，竹野而夭，能狀物之性爲好耳。余尤愛其科條勁挺，放筆而成，得妙意於法度之外，殆書家所謂錐畫沙也。乃知畫與翰墨同一關紐，豈虛言哉！

跋楊息軒江灣漁樂圖

予初不解畫，工拙非所知，但開卷瀟洒，見漁家風味，令人渺然有江湖塵外之思。不知何時得帶笭箵以駕船，獨聱牙而揮車，去作西溪漫叟，爲畫家所傳寫，似亦不虛負此生矣。

跋甫田圖後

近與李野齋讀岷隱先生《詩説》，沖沖然殊有所得。及觀是圖，其經國備物之制，傷今懷古之思，令人想見三代忠厚氣象，如在乎其間，親承其事。至於禽魚草木、車服豆籩之盛，一一視之，皆具古意，又有可觀可興者。撫卷三嘆，不覺慨然。孰謂丹青形容，起予至於斯邪！至元戊寅入夏五日題。

跋藏春劉公東亭等帖

此太保劉公書也，觀其筆法若不作意，故飄逸如此，絶似長沙素《苔磯静釣》等帖，識者當以予言爲不妄。黄氏裝潢者能愛之以爲珍藏，豈性與藝習而相近然邪？

自題所書草字後

今日午睡起，偶作草字數行。因悟筆勢貴其神速，要如李愬夜半乘雪，出其不意，乃能入懸瓠城，縛取元濟爾。

又題草書後

草書筆勢至傾欹斷續，當如歌《三百篇》，會意時手舞足蹈，不知其爲顛頓也①。

【校】

①「頓」，元刊明補本、弘治本作「蝢」，據薈要本、四庫本改。

題丙博陽問牛圖後

蕭曹稱漢賢相，然未免有牛飲池汙之論，豈狃於休息，重夫更化者乎？及博陽秉鈞，闊略細務，每以燮和爲心，神爵、五鳳間蔚然有聲，爲中興名臣。以二公較之，佐命外，吉寅亮之功有足多者。胡氏謂「體元者人君之事，調元者宰相之職」，信哉！彼闒里門而消沴，因淖車而被謗者，坐享堂封，無所事事，曾不若丞相嘔茵吏耳。予適纂述《調元事鑑》，友人敬之之子公讓請題其後，故書。

題贋本蘇才翁帖後

蘇滄浪書多出懷素，山谷草聖本學才翁，如戎州所書《漫興九詩》①，何啻青出於藍，真超凡入聖筆也。若此者何爲者哉？所謂真贋，不較可知。至於樗軒所題真迹，蓋自別卷移之於此耳。至元戊寅夏六月十六日，午睡覺後。

【校】

①「輿」，元刊明補本、弘治本作「與」，據薈要本、四庫本改。

題王郎中國範所藏唐翰林供奉畫玄宗幸蜀圖

世知天寶之禍階於九齡罷相，政歸楊、李，不知枉害忠良一言，玄宗已爲聲色蠱惑其明，理亂顛倒，莫知所從。逮夫九縣飆馳，越在草莽，方思曲江忠諫，遣使祭墓，嗟何及矣！今觀是圖，自馳出大内，宫衛依然；供頓咸陽，父老進説；次馬嵬而六師不前，痛九廟而太子北駕。至犒遺扶風，蹭蹬蜀道，彷徨躑躅，惄焉如擣之懷，去五百餘載。按圖思事，如在目前，令人動被髮伊上之感，可謂畫中有史，其垂戒深矣。

跋黄華題郭壽卿雙溪圖

雙溪，余家山物也。今觀公此作，所謂詩中有畫，畫未必能得真矣。

題閑閑公書祁宰傳後①

此祁忠義贊也②，蓋公在河北時所書。以老筆所至，自成一家。觀之似未免效顰耳，然堂堂之氣已破碎陣敵矣。

【校】

①「祁」，弘治本、四庫本、元刊明補本作「祈」；據薈要本改。

②「祁」，弘治本、四庫本同元刊明補本；薈要本作「祈」。

題坡軒先生詩卷後

予嘗于鹿庵讌席見老人數輩，衣冠楚楚，容止足觀，當時顯宦有不復及者①。詢之，皆前朝榷釀官也，而況坡軒者乎！先生在大定間調監相酒，其風流文采照映一世。時賢與之，不在明昌詞人之下。所存片言隻字，猶當享之千金，自非篤好，有睨而不顧者。

夢卿出將家，喜詩學，固能寶而藏之。異時釃酒臨江，助吾横槊之氣者，不爲無得於斯文也。

【校】

①「及」，元刊明補本作「反」，形似而誤；據弘治本、薈要本、四庫本、《中州名賢文表》改。

題李懷遠事系後①

李鎬，字之京，涿之定興人②。父金大定間進士第，終蘭州刺史。先生姿沖澹，樂山水。初，蘭州府君官鳳翔府，近山多勝概，公日登覽怡説，至樂而忘歸。自是畫品日進。北渡后留寓淇上，僕猶及識之，番番然一良士也。嘗作《樊樓風雨》、《春雲出谷》二圖，大爲東瀛子蕭公所賞識，曰：「士夫間不多見也。」以門勞官至懷遠大將軍、集慶軍節度副使，壽六十五，卒于衛。子師孟，字希賢，今年七十有五。爲人質直好義，無它腸。精力强明，飲啖不少衰，時時尚能浮大白。酣適簪花曳杖，游行閭里。予每遇諸塗，更忙與從容抵掌，談平日心事，初不以惸獨而屑懷也。然未免作句讀師，自給其日料焉，復爲一概然耳。戊子歲端月上元日，秋澗老人書，且得載郡志寓居之列云。

【校】

①「事」，弘治本、薈要本、《中州名賢文表》同元刊明補本；四庫本作「世」，涉下字妄改。

②「涿」，弘治本、四庫本、《中州名賢文表》同元刊明補本；薈要本作「承」，非。

跋桑維翰手簡

國僑在五代間初無書名①，今觀是帖，其策勳於鐵研間者，恐不獨專美於凝式也，具眼者當以予言爲不妄。秋澗老人題。

【校】

①「初」，弘治本同元刊明補本；薈要本、四庫本作「本」。

跋澹游王先生詩後

黄華先生以海嶽精英之氣發而爲文章翰墨，當明昌間，照映一時。惟其早世，識者至今惜之。余向客京師，好事家屏圍幀軸①，無非澹游詩翰，迺知老成雖遠，典刑盡見于是。此幅公之老筆，尤瀟灑可愛，豈神完守固，氣自清明，雖耄而不衰者邪？戊子冬陽生后一日，秋澗惲謹題。

【校】

①「幀」，弘治本、四庫本、《中州名賢文表》同元刊明補本；薈要本作「填」，形似而誤。

題雲庵帖後

李北海書融液屈折，紆餘妍溢，一法《禊飲序》。但放筆差增其豪，豐體使益其媚。如盧絢下朝，風度閑雅，縈轡回策，儘有蘊藉。三郎顧之，不覺歎美。東坡云：「予書初學李江夏，后來自成一家。」及以《雲麾帖》一一較之，坡第按之稍扁，而青出於藍耳。《蘭亭》在古今爲真行之祖，自太宗崇尚，一代學者争師宗之，然如徐季海輩，尚未免諳體之俗，況餘人乎？公于斯時，獨能高視遠步，造微入妙，臨池策勳，固當爲右軍忠臣矣。有具眼者出，乃知余言爲不妄。戊子冬孟，秋澗老人王惲謹題。

跋米南宫書曾夫人墓誌後

顏魯公稱殷成己雅善填書，嚮見唐人作《禊飲序》，每行特留二三白者，使見其已者之功夫耳。初觀是帖，即疑其神爽索然，乏飛動縹緲之勢。再視之，乃知爲成己法也。緣襄陽出奇無窮，雖憑軾縱觀，不無看朱成碧。耽嗜者心慕手追，豈「不踐跡，終不入于室」邪？夢卿來託審定，所見如此。於戲！夢卿其寶之，安知飛電流雲之駿，不踵門而至者乎！戊子歲秋八月廿七日，秋澗老人題。

跋香林先生老饕賦後

真楷有常規，而顛草無定態。魯公傳長史之法，東坡得魯公之妙。至于率爾而顛，餘未見能旭也。今觀此帖，馳騁長沙，氣劘禱佛之壘耳。嗚呼！百年來人物淵源之盛概可見矣。先生姓田，字信之，前進士，蒙城人，學顏而至者也。晚進王惲謹題。

跋唐韋臯畫像

予嘗觀臯王畫像，魁偉奇傑，顔赫奕，視猛而髯戟，如老羆抗首，有百獸不敢傍之氣。不如是，何以破吐蕃四十八萬之衆，擒殺節度都督籠官千五百名乎！至外臣自預政，抗章勸進，軍旅之目，以定秦鏤號，其豪侈横恣，在所不論。及殁，有司欲追繩其咎，賴門士陸暢者得解。至今盛名有光于蜀。嗚呼！竹頭木屑，其可忽也哉！秋澗老人偶題。

題三百家詩選後

潛溪稱唐人尤用意小詩，其命意與所叙述初不減長篇，而促爲四句，意工理盡，高簡頓挫，所以難耳。故心有可書之事，如王摩詰云：「西出陽關無故人。」故行者爲可悲，而勸酒者不得不飲，陽關之詞不可不作。余亦曰：「自簡古而發穠纖，由穠纖而出議論，此小詩所以最難工者也。且唐詩名世者千有餘家，此特三百而已。又鄱陽初選時，意不到此，間有三合者，亦足以見侏儒一節之驗也。且書學盛于晉①，歌詩極于唐，而論解之學盛于宋。雖然，非數百年涵養積習之久，不克成就如是。迹其所以然，蓋皆自上之所好中來。何則？嘗觀《初學記》載太宗文皇帝御製無題無詩，及其文子文孫，例能賦詠。又唐之士人不能是者不復清流比數，習俗安得不從風而靡哉？一生經史外，行若有餘，此亦不可不知。故令一讀，使見前賢雖小道其用意有如此者。」因書以爲示。己丑重午日，秋澗老人題。

【校】

①「盛」，薈要本同元刊明補本；弘治本、四庫本作「成」，非。

王惲全集彙校卷第七十二

題跋

題遺山手簡後

公道存在上者，惟恐士之不才；公議廢當途者，惟恐士之有才。此古今通病①，必然之理也。昔伊川與韓相維游許昌西湖，坐間有以書投韓者，程視之，蓋干進者也。程曰：「相公亦令人求之耶，況爾後乎②？宜其藩維棘瑣，遐想玉堂，如在天上也。」觀此帖者，幸不以遺山爲疑可也。

【校】

①「此」，弘治本同元刊明補本；薈要本、四庫本脱。

②「爾後」，弘治本同元刊明補本；薈要本、四庫本作「賢俊」。

題張嘉貞北岳碑後

余少時喜作擘窠大字，嘗書《出師表》于屋壁，房山劉先生過而見之，顧謂家府曰①：「毋令輟學，後當名家。」因問余：「學書覺有進否？」對曰：「不知。但今日書，明日視之，有大可惡者。又不擇諸人書，以余拙，視彼善者即默識於心，及省書當之②，必倣其筆勢。」先生曰：「此即汝所進也。」既而出此碑見贈，且提誨曰：「古人書，有當玩而必習者，有未易學而當玩者。吾今以是授若，非欲汝師之也。俟盡參衆妙，立筆後時時玩其意味可也③，晚年當有所得。」此帖藏幾三紀，未嘗發視。今歲己丑，予六十有二④，追憶往事，時時取觀，覺日有所得，乃知房山之言爲不妄。不然，後生愛風華，老大即厭之而然歟？觀其簡古曠逸，初若緩散不收，一一視之，内方而外圓，風骨偉秀，殆似夫上簾瞻對、鳳鳴朝陽時也⑤。前人謂《焦山鶴銘》乃逸少龍爪書，或者謂未若以大辯若訥、大巧若拙方之爲近似。余於嘉貞書亦云，唯具眼者當識之。因嘆吾老矣，技進而道不至，是亦所當懼也。然張公，唐名相，今見于世者止此耳，技雖微，固亦有不可廢焉者。

剪製已遂，題記於後，示阿孫鞬郎，且使知嗜古者莫書學爲重。何則？先賢手澤在焉故也。是夏六月二日，秋澗老人記。

【校】

①「家府」，弘治本同元刊明補本；薈要本、四庫本作「家府君」，衍。

②「及省書當之」，弘治本、薈要本同元刊明補本；四庫本作「及當書省之」。

③「筆」，元刊明補本作「事」，形似而誤；據弘治本、薈要本、四庫本改。

④「二」，弘治本、薈要本、四庫本作「三」。

⑤「鳴」，弘治本同元刊明補本；薈要本、四庫本脱。

題山谷手簡後　文端名璋

侍御于文端奉使江西回，以山谷《訴哀帖》見貺，觀者致疑其間，予曉之曰：「公孝友純至，當痛酷摧裂之際，意有不在書者，此正『言不當文』之義也。若以微瑕而棄連城之璧，非余之所敢知也。」

題竹溪詩筆

文獻党公，大定間翰墨爲天下第一，如雪溪、黄山輩，皆北面師尊之。宜其片言隻字爲後世寶藏，仰之如泰山云。

題家藏禱佛帖後

顔魯公書氣洞金石，精貫白日。然得長史心法，筆力日進，遂集大成，公之書可知，宜其使長沙北面高閒終不侔也①。初藏者平章政事盧子特②，蓋自琉璃缾中協神筴者也。大元己丑秋七月，秋澗老人曾收。

【校】

①「閒」，弘治本同元刊明補本；薈要本作「間」；四庫本作「簡」。

②「盧子特」，弘治本、薈要本、四庫本作「盧予時」。

題左山所書春露堂後

余構春露堂之明年□①，參政左山商公作三大字，自燕見遺，因刻而榜之，吾廬爲爛然也。公今歲壽登八秩②，觀其書，端莊婀娜，略不見衰老之氣。吾喜其所養至剛，非唯書之盡善也。公爲人雅重深謀，其翰墨之工，在公爲餘事，然嗜好之篤，營求之切，殆飢渴之於飲食，只以功業相逼，有不遑專事者。當急遽際，嘗與予論及，津津然喜見顔間，不知老之將至、日之云夕也。方在藩府時，以分陝之重橫當事衝，至與貙虎相搏者屢矣。未嘗見志之衂③，氣之靡，降而少屈，規其所不可求，避其所不可免者，此所謂砥柱頹波、屹然而莫傾者也④。求試其心之所在，蓋安命順受而已。既安且順則心乃定，心乃定則氣不餒，氣不餒則道可以坐進，而況技之云乎？醫家有云：「榮衛可以知人之脩短。」予亦謂文翰可以卜士君子之盛衰。今觀公書，以精神氣焰取之，是知公之壽考既耆而艾也必矣。豈斯文未喪，造物者將屬之於公耶？於是書以自警，至元戊子夏四月十二日謹題。

【校】

①「□」，弘治本同元刊明補本；薈要本脱；四庫本作「夏」。
②「秩」，元刊明補本作「秋」，形似而誤；據弘治本、薈要本、四庫本改。
③「屻」，弘治本同元刊明補本；薈要本脱；四庫本作「衄」。
④「屹」，元刊明補本、抄本作「迄」，據薈要本、四庫本改。

題張氏所藏先世手澤後

昔人以長不識父，對其畫像輒拜而垂涕。張侯以勞卒軍中，子用道痛乎不覩其没，每得其手澤，雖片言隻字，洞洞焉奉之，如恐失墜。其於觀行速肖之心爲可見矣。

題時苗留犢圖

君子之居官也，論其稱與無愧而已。苟能致君澤民，雖禄之以萬鍾，繫之以千駟，將受焉而不辭，況己之所當有乎？若苗之事，特清而近名①，矯枉過正者耳。然使貪墨畏人者聞壽春之風，亦可以少知愧矣。此京兆王雲筆也，以年深色故，因之補綴，頗疏妙意。至布置分數，尚當與《斬蛟圖》氣勢兩相高也。戊子夏五月，秋澗老人題。

【校】

①「特清」，元刊明補本作「持清」；薈要本作「扞清」；四庫本作「拂情」；據抄本改。

題自書歸去來後

録事參軍、丹陽薛君文曜攜佳紙見過①，請余書晉處士陶靖節《歸去來辭》。是日晨，氣頗爽，在庚伏中難得朝也。乘筆墨調利②，心手相應③，忽憶往年過曲陽，見唐宰相張嘉貞所書《北岳廟歌》歌碑④，不覺行墨以入其體，識者莫訝其刻鵠也。

【校】

①「事」，弘治本、四庫本同元刊明補本；薈要本作「自」，非。

②「利」，元刊明補本作「和」，形似而誤；據弘治本、薈要本、四庫本改。

③「手」，元刊明補本作「于」，形似而誤；據弘治本、薈要本、四庫本改。

④「歌」，弘治本同元刊明補本；薈要本、四庫本作「一」。

題郎官石柱記後

真生行，行生草。顛之草，至稱之爲聖，其法蓋先能楷，所謂善行而後能走者也。《郎官石柱記》，以予聞見，今在世有三本，此帖汴梁崔氏贈余①，與平陽曹氏所藏壽國公故物同出一石，但未知柳城姚氏所寳者何如耳。商左山云：「正刻舊在京兆，兵後淪入公堂址下，恐不復出矣，汝輩宜珍惜之。」其姿體端方清勁，似出歐虞，自成一家，少陵云「卓立天骨森開張」者也。至元戊子七月朔，秋澗老人記。

【校】

①「此帖汴」，弘治本、元刊明補本、薈要本、四庫本俱闕；據抄本補。

跋蔡襄書後

嘗觀《心畫水鏡》，宋一代能書者不少，然蘇黄一出，爝火難爲光矣。襄之書在當時極爲坡所推重，恐是徐行後長之義。夢卿好古，得於法帖者甚多，書學予非深知者①，不千里遠來求題評，凡亦不可曉也②。秋澗老人題③。

【校】

①「知」，元刊明補本、弘治本作「之」，據薈要本、四庫本改。

②「凡」，弘治本、薈要本、四庫本作「此」。

③「老人」，弘治本、四庫本同元刊明補本；薈要本作「先生」，非。

題哀江南賦後示韓陳二生

史稱信有文集二十卷行于世，今秪見者，此數篇而已。乙卯歲，予得之于沙麓蕭茂先家，迨今歲戊子，蓋三十四年矣。近目疾，瞑坐者浹旬。二生來問，適新是帙，令句句詳讀，且究其用事，非徒然也。蓋辭之爲體甚多，學者不無利鈍于其間。汝等文竇方開，然有望而未見者，故令觀覽，欲彼摩其朴鈍①，發其清新，此老夫之意也。嗚呼！理者性之所自出②，才者氣之所由形。中人以上，苟得其養，性使可復③，才也者不可强而致也。或曰：「理重才輕，取其重而舍其輕可也。」曰：「勢有不可偏廢者焉，理則體，才則用也。體與用具，然後可以持躬而應物。」二生其志之。

【校】

①「摩」，抄本同元刊明補本；薈要本、四庫本作「磨」，亦可通。

②「之」，元刊明補本、抄本脱；據薈要本、四庫本補。

③「使可」，抄本、薈要本同元刊明補本；四庫本作「可使」，倒。

跋楊補之墨梅後

花光梅在前宋爲第一，賞之者至有「買船來住」之語①。及補之一出，變枯硬爲秀潤②，曾觀《春風》、《雪溪》二圖者，乃知予言爲不妄。一有自題云：「月移清影③，人立黄昏。」其用意不分，固已神凝于此君矣。

【校】

①「船」，抄本、薈要本同元刊明補本；四庫本作「舟」。

②「枯」，元刊明補本、抄本作「苦」，據薈要本、四庫本改。

③「月」，元刊明補本作「日」；薈要本、四庫本作「旦」；據抄本改。

昭陵六駿圖後序

物之賢否一定，論其遇不遇可也。昭陵六駿，天降毛龍，授之英主，俾剪隋亂。及其功成，琢石爲像，太宗親題真贊，以傳不朽。何存殁遭遇，其爲幸也如此！宜其聲華氣豔①，上與房駟争光。故潼關之役，備體涣汗，又何神哉！如昭烈之的盧，冉閔之朱龍，名雖存而形何見焉？太史公稱「閭閻之人雖砥行立名，非附青雲之士，惡能施于後世者」是已②。予藏此圖久矣，特裝潢以備珍玩③，因題品卷末，以寓余之所感云。

【校】

①「豔」，弘治本同元刊明補本；薈要本、四庫本作「焰」。

②「太」，元刊明補本、弘治本作「大」，據薈要本、四庫本改。

③「裝」，元刊明補本、弘治本作「粧」，據薈要本、四庫本改。

書送鄭尚書序後

韓柳文多同時相顧而作，如《送鄭權序》、《饗軍堂記》之類是也，筆勢翩翩，若相陵跨者。柳之記間架曲折，宏深雅麗，出奇無窮，然不過崇治閈閎，饗燕軍容之盛而已。序之爲文，纔五百餘字，雖云後出，詞氣絕勝，令人讀之，抵一部《嶺南方志》，覺海氣拂拂來逼人矣。其終篇致意最妙，專以貴而能貧、仁而不富爲主，委曲謀猷之壯，從容箴戒之深，誠有關於嶺徼之治亂，爲尚書權之藥石也。近年某官有奉使句麗，煩於乞索者，至爲東人易而傷體。信乎貪而無威、微而無經術者，不可以華遠而寄邊方重命。嗚呼！公之斯文，曰經世柔遠之長策可也。作之明年，公卒。在諸文極爲老筆，又見其氣之至耄不少衰也如此。韓生因説有問，特書此以示。戊子冬十一月十日也。

跋蔡蕭閑醉書風簷梨雪瑞香樂府二篇贈王尚書無競王後有跋語小楷數十字極姸勁可愛

樂府尚豪華，然非紈綺中人，未免鄰女效顰耳。明秀一集，以崇高之餘，發而爲詞章，如飲内府酒，金沙霧散，六府爲之醺酣。方之逢麹車而口流涎者①，固有間矣。

【校】

①「麹車」，元刊明補本作「趨草」，據弘治本、薈要本、四庫本改。

跋竹溪所書墨苑篇後

東坡先生百世高士，至自跨竈作墨，得佳者數百丸①，顧之而笑曰：「足供吾一世著書。」及煤發焚舍乃已。宜其竹溪爲墨苑作書而不厭，所謂子雲、相如同工異曲也。

【校】

①「丸」，薈要本、四庫本同元刊明補本；弘治本作「九」。

薛紹彭臨魯公座位帖後

魯公此帖純是一段折魚軍容直氣，知此然後可以論書之法度耳。

書南麓珍翰後

龍巖書在顔、坡之間，然未免有癡絶處。此帖殊清勁可愛①，豈得意時書邪？

【校】

①「清」，薈要本、四庫本同元刊明補本；弘治本作「靖」。

先生當明昌間，以文彩風流照映玉堂。今觀此畫，所謂「金鑣野鹿，志在長林豐草也」。

跋閑閑公草書心經

《般若經》前後文辭重複，公書之，字字姿態不同。所謂「堂堂天陣，臨機制變，出奇無窮」者也。

錦峯真逸王仲元清卿書

錦峯書意韻瀟散，不減古人。但前有黄山，後有閑閑公，故公之墨妙揜而不彰。世稱士之得名有幸不幸者，豈其然乎？

跋黄華老人二詩後

觀公手蹟多矣，此幅恐是早年所作，然澗松出土，已有凌雲之氣。識者自當知之。

跋龐才卿悲潼關賦後

此賦都運龐才卿所作，其步驟全類《思子臺賦》，意則擴充潼關甲辭，字畫瀟散有法，出顔、蘇之間。前世士大夫學藝精妙如此，豈勝歎慕①？

【校】

①「歎」，弘治本同元刊明補本；薈要本作「數」，形似而誤；四庫本作「効」。

評楊凝式書

楊凝式書《維摩》等經説，皆作行體大字，瓌奇豪邁①，瀟散中寓正筆。左山云：「魯公後，惟少師能得二王之法，所謂『文起八代之衰』也。坡公行書大概類此。」至元廿年四月初五日，過辭左山，獲觀於座，所論如此。其王文荆文公論云②：「公書不曳之以就長，蹴之以就短」云。

【校】

①「瓌」，元刊明補本作「壞」，形近而誤；據弘治本、薈要本、四庫本改。

②「文」，弘治本、薈要本同元刊明補本；四庫本脱。

題元楊手書後

卷中諸公皆一時名勝①，先生俎豆其間，諸賢樂與游者，其以道義故也。余早歲讀書蘇門，尚及見之，歲時以文酒吟詠於山水間，彬彬然極平時故家風味，不知軒冕爲何物。孰謂三十年後文物凌替而至於斯，掛卷援毫②，豈勝慨慕？至元癸未歲蕤賓日謹題③。

【校】

①「勝」，弘治本、四庫本同元刊明補本；薈要本作「碩」，亦可通。

②「毫」，薈要本、四庫本同元刊明補本；弘治本作「亳」，形似而誤。

③「日」，弘治本、薈要本同元刊明補本；四庫本作「月」。

跋自書訓儉文後

文正公平昔著述純粹深切，其有補世教，如菽粟之於飲食，可斯須離哉？後人傳誦敬仰，宜矣。德昂茂異，喜讀書，善居室。屬余書斯文，將置諸坐右，取爲修齊矜式，所謂「儉者，德之共也」。故樂爲筆之，初不計其工拙也。

跋羅謙甫醫辨後

容齋述《醫論》二篇，求予書，將板行，以證俗之訛謬。因念世之物理流傳失正，漸習成風，無復革易者多矣。較其所係重者，莫醫若也。謙甫心存濟物，明當然之理，不爲流俗所移，固自可尚。又使藥石亂投之禍日有所弭，其於世豈小補哉？所謂「砥柱中流，回狂瀾於既倒」也。故樂爲筆之。

跋紫絲靸鞋帖後

《紫絲鞋帖》四十六字，二十年癸未夏，借觀於張條山家。昔公書《太宗送梨帖》後云「珠還合浦，劍入延平」，蓋自謂也①。此帖雖遒婉可愛，然筆虛墨嫩，九淵之神宜躍而沕，恐臨本也。觀者自當識之。

【校】

①「蓋」，弘治本、四庫本同元刊明補本；薈要本作「盡」，形似而誤。

跋墓馬圖①

書與畫同一關紐②，昔人謂：「學書者苟非自得，雖奪真妙墨，終爲奴書。」余於畫亦然。

【校】

①「墓」，弘治本、薈要本、四庫本作「摹」。

②「關」，薈要本、四庫本同元刊明補本；弘治本作「閧」，非。

題所臨顔魯公十帖後

大名楊君順之，家藏劉元剛嘉定間忠義堂所刻魯公書廿一帖，予擇其大小尤精者臨一十紙。近在京師，入翰林，復觀顔碑十餘本，皆所未見也。又與左山商公論其平生所得於公書者數焉。一日，覺胷中頓有所悟，及南歸，取向所臨《裴將軍》等帖觀之，當時凝神筆端，非不玉汝，奈非其人而學不至何？譬如以美石追琢瑚璉，則不可也。癸未歲夏六月入伏前二日，大雨淋浪，五晝夜不止，開窗隱几坐，見舍東積潦，展觀此帖，偶爲題其後云。

字程氏小子①

癸未夏四月，僕還自京師，道出梁臺，蜀士程天驥自云伊川先生之遺裔，有子方黄口②，攜而拜予，因求其小字，乃訓之曰「伊傳」。嗚呼，小子其念之哉！

【校】

①「字」，弘治本、四庫本同元刊明補本；薈要本脱。

②「口」，元刊明補本、弘治本脱；據薈要本、四庫本補。

跋樗軒壽安宫賦西園雜詩後

余生長汴梁，八歲而北渡河，當時風物有能記憶者，但如隔世夢寐中見爾。及讀如庵《西園雜詩》，何殊趙家老樹遺臺，令人對之有足悲者。故孫樵《雜報》云：「生恨不爲承平時人。」良有以哉！收卷奉還題其後。

漢文翁講室畫像

余讀漢魏五書云：「成都有漢文翁講學石室①，壁間刻三皇五帝以來聖賢畫像，蜀太守張收筆也。收，獻帝時人。」近過劉氏家塾，遂獲其本。蓋自盤古氏以下，至仲尼七十弟子百一十三人，畫極精妙簡古，經千有餘歲，無絲髮剥壞，非神物護持，疇克爾邪？後有東坡所臨王逸少《欲摹帖》，氣韻豪逸，有顔魯公風格。再四展觀，悚然起敬，令人有振纓希古之想，真奇迹也。

【校】

①「講學」，元刊明補本、弘治本、薈要本作「高朕」，據四庫本改。

書劉氏屋柱

至元甲申夏四月，余自泰安、平陰、東阿撿覆桑災而西，赤日黄塵中馳六百餘里，忽得此屋休蔭①，車怠馬煩之意爲釋然也②。主壻劉澤克家有禮，且云：「此屋甫成，未經寢處而公至，可謂彈壓瘴氣矣。」又説：「婦翁張學臨終戒作佛事，以多誦《孝經》爲囑。」不圖田野間有此端士。重午後二日過此。

【校】

①「休」，弘治本同元刊明補本；薈要本、四庫本作「依」。

②「怠」，弘治本、薈要本同元刊明補本；四庫本作「殆」，亦通。

跋坡公春寒帖

茶使分寧李君踵門來謁，坐定，出《春寒帖》相示，願一言爲審定。余曰：「昔坡公在館閣時每作一石一竹，争爲好事者取去①，況詞翰乎？所謂『良金美玉，自有定價』，尚何言？子歸而潛珍東緑②，吾將見燁然之光不唯在惠州季氏矣③。」

【校】

①「争」，弘治本作「浄」；薈要本、四庫本作「盡」。

②「緑」，弘治本、薈要本同元刊明補本；四庫本作「壁」。

③「季」，弘治本同元刊明補本；薈要本、四庫本作「李」。

龍門寺題名

余聞龍門久矣，嘗讀故相雲叟公題名，風煙形勝盡在目中，終以不得一往爲曠。今歲冬，適諸君以事會共①，遂成此遊。相與分雲尋壑，攀木躋危，抵懸瀑下。少焉，環坐磐石，盡一尊而去。凡得詩一十一首。偕來者，判官李讓、州將劉民望、陳州長李公惠、前憲臺獄丞梁平、州學正張貢、士人程翼、蔡州吏目薛世英、郡人徐英。時至元乙酉冬仲望日也。

【校】

①「會共」，抄本、薈要本同元刊明補本；四庫本作「共會」，倒。

跋鹿庵書玉華宮詩後

鹿庵書氣韻瀟散，嘗疑出《焦山鶴銘》。一日，問筆法於先生，曰：「平昔於《沙河碑》致力爲多。」今觀此帖，一一較之，其瘦健清拔，蓋以廣平作骨，而取真逸爲奇放也。

跋米元暉書

元暉書類王謝子弟，以當家論之，闇中模索①，知爲人豪。然其間時有圓轉藏鋒處，豈厭家雞而欲斂乃翁之掉率邪！

【校】

①「闇」，抄本、四庫本同元刊明補本；薈要本作「闇」。「模」，薈要本同元刊明補本；抄本、四庫本作「摸」。

跋虞世南十二大字

虞永興書「攀鱗附翼」十二大字，世皆以雄偉稱之，石刻墨本凡兩見之。予特愛其結密無間，由智永小楷擴而充之，至於如此之極，且見夫落筆不難也。因悟蔡京書「太學首善儀門」、「昊天大帝」之類，其法度一出於此。今夕而有一舉兩得之快，於是乎書。

題耶律公手書濟源詩後

物之有光華者雖微必著，況文章翰墨之卓越乎？近觀故中書令耶律公當壬辰歲過濟瀆留題詩翰，逮今歲龍集適一甲子。其孫希逸始托總尹靳榮，俾刻石祠下，屬予題數語于後。余曰：「事之顯伏，雖數存其間，至後大前光，在後人固當如是。所可敬而仰者，玉泉老仙於儷景同翻、經綸致澤之餘①，復發爲文章翰墨，鏗然而金石振，巍然而冠劍植，表裏國華，鼓舞元化，爲世倚重，已見惡盈好謙、恬然静退之心。故賡和樂天詩韻爲悦，無乃魏公醉白之意歟？俾來者觀咏，將有擊節嘆賞，挹高風而跋絶塵者矣，又何翅紀歲月而傳不朽者哉！」

【校】

①「儷」，抄本、四庫本同元刊明補本；薈要本作「灑」。

題臨潛珍銘後

《潛珍閣銘》，坡公渡海北，爲李光道書於曲江。當時真蹟入石，爲龍潭絶勝。逮淳祐乙巳，東嘉趙汝馭求訪百至，已不復得，惜哉！今所傳者，蓋漢中石刻濮之板本再一傳也。此則以濮本較之，迫視筆勢，往往有形似者，豈踐其迹庶入室之意歟？然龍爲神物，唯劉累乃能擾之，或者輒攀鱗進技，其氣亦可尚也。至元壬辰後六月，廉訪任君攜以示予曰：「此李安仁所藏也，幸吾子題數語于後。」故書。

題山谷苦筍賦帖後

臨安漕副喬仲山，予爲御史時臺小吏也。庚寅冬，南行次杭①，仲山以是帖贐予。或有以真贋爲問者，予曰：「初未嘗經意。唯其無心於得，渠無求而見贈，取與兩間皆出自然，若有不爲嗜好所玩者，故喜爲收之。至於書之真贋，君其問諸墨卿。」

【校】

①「次」，薈要本同元刊明補本作「遺」；四庫本作「餘」；據抄本改。

跋朱文公手書

予所見手蹟十餘番，皆老筆也。公何嘗以書學名家，只以道義精華之氣混混灝灝，自理窟中流出，一旦揮灑，有不期然而然者，未易以翰墨畛畦論也。前人稱孔明《出師表》「祇見性情，不見文字」，予於公書亦云。

題杜仲正省掾家世卷後

先師泌陽府君，河中人。應進士時，石公子堅，同舍生也。且蒲當秦晉之郊，其河山之勝、樓觀之富甲天下，而文物之盛，如金吾李氏昆季及公，皆極一時之選。予嘗三走中條，登高望遠，追惟師之遺言，思其人而不見，徒有永言慨慕之歎。去年冬，予持節全閩①，有杜君仲正來謁，蓋公之甥也。與之語，誾誾侃侃，愿有餘而辭甚雅。因念予兒時耳公之名，閲五十寒暑，始識其甥於甌閩越絶之徼，所謂「老成雖遠，典刑得見于兹」。一日，攜雷苦齋所述示予②，且求訓勵數語于後。予謂今之士夫，思其大而略其細，知其雅而不通其俗，此大夫士之通患。曾不思親其細③，所以全其大也；通其俗，所以尊其雅也。今吾子含香佩橐，所治者皆簿書期會、米鹽瑣屑之務，而能終日黽勉無倦色，安知開封府推，異時不至忠獻禮絶之地乎？

【校】

①「全」，元刊明補本作「仝」；據抄本、薈要本、四庫本改。

②「苦」，抄本同元刊明補本；薈要本、四庫本「若」，形近而誤。

③「親」，抄本同元刊明補本；薈要本、四庫本作「觀」。

跋郭熙山水巨軸

崔生有畫一軸，不見題誌，中隱云：「此郭熙筆也。」信當行兹能事，熙無疑①。但立名不正，物不得順受。所謂「山亭避暑」者，余易之曰「江煙晚浦」。崔抱歸，志甚揚也。

然坐而論道，謂之王公②；作而行之，謂之士大夫。今降而嗜此以爲高且多識，雖屢中，何足道哉！

【校】

①「玆能事」，弘治本、薈要本同元刊明補本；四庫本作「能事是」。

②「王」，弘治本、四庫本同元刊明補本；薈要本作「三」，非。

跋顔魯公裴將軍帖

此帖予見者數本，皆大小不同，獨忠義堂刻臨摹最善，蓋純以隸體發其奇特爾。至於詩格雄偉壯麗，比之清遠等作，又何翅十倍曹丕也。

贈師御史彦貞 名頤

世固有難事，惟篤好者即能之①，況氣志清明者乎？御史師君彦貞，世爲瀚海府人，姿英毅，達時應務乃其所長。復於公餘以吟咏自樂，積而至十數篇，非好之篤，其克如是耶？因求一言見誨。予謂詩固一藝，心之聲，言之至文者也。作之者譬猶良工就利器，雖有棠谿之金，須百鍊乃得其精。如吾御史君，氣不凡，意竇方啓，能敏修不已，將見與日新之業並驅而前，至綴聯雲煙，撑霆裂月，恐不難矣。立夏後十日謹題。

【校】

①「之」，弘治本、薈要本同元刊明補本；四庫本脱。

書歸去來偶題于後

古今聞人例善於辭①，而克行之者鮮。踐其所言，能始終而不易者，其惟淵明乎？此所以高於千古人也。僕今年六十有五，衰病相仍，越在絶域，終日役役，疲於官守，雖云微勞，事有無如何者。因書此辭，不覺慨歎者久之。

【校】

①「聞」，元刊明補本作「問」，形似而誤；據弘治本、薈要本、四庫本改。

跋蘇子美千文帖

長史顛草點畫略具，意度已足，子美迫近之。此帖豪放飛動，所謂筆陣堂堂者乎！歐公於本朝書獨取蘇、蔡三人①，非虛言也，周越輩安得窺其藩籬哉？趙生其寶藏之。

至元庚寅八月謹題。

【校】

①「三」，弘治本、薈要本同元刊明補本；四庫本作「二」。按：疑有脱文。

跋拙翁桃華春水圖

《南華》云：「相呴相沫①，不若相忘於江湖。」此正圉圉相忘時也，但恐馮驩輩見之，即垂涎耳。庚寅秋題於水西寺②。

【校】

①「响」，薈要本、四庫本同元刊明補本；弘治本作「拘」，非。

②「水」，弘治本作「木」，形似而誤；薈要本、四庫本脱。

跋文公與子晉伯謨二帖

建安諸公往往以文公翰墨賜觀，視之皆非也。此二帖毋君希悦所藏，其爲真蹟無疑，所謂「剛健含婀娜，玉德而温栗」者也。因知前書皆邑人江春山效顰，予特表而出之，惡紫之亂朱也。至元庚寅九月二十八日夜漏下卅二刻①，既寤不能寐，起書於府集思堂之燭下，斂衽題。

【校】

①「卅」，弘治本同元刊明補本；薈要本、四庫本作「廿」。

題三河驛壁

余回自海徼，暑毒之氣至此方作，眩卧於舟中者一伏時。蓋以閩中氣節不常，水土殊異，宦游之士鮮有不病而歸者。因念孔孟之道能治心而不治病，倉扁之術治病而不治心。安得合而爲一，俾治南方不治之病，庶乎其有瘳者！余言雖鄙，庶有關於世教，故書。至元庚寅冬十月十有七日，題於三河驛壁，尚聞者知所警。

答戴生

余來官南越，凡十有一月。戴生叔堅者，閩産也，以詩文來謁，且言其志。久乃見其爲人淑均①，有歲寒姿，扣之所學外，又通熟吏事。時居閑日久，思以三釜侍親，義形于色。予告之曰：「行與止有數存其間者，此心不匱，則捧檄之喜，其來之不遠也。《傳》有之：『居則曰人不我知，如或知爾，則何以哉？』蓋言其學之不可不積，行之不可不卓也。」戴生其勉旃。

【校】

①「淑均」，弘治本作「叔均」，非；薈要本、四庫本作「叔堅」，非。

晦翁墨迹

紫陽先生手探月窟，足躡天根，初非欲書名家，唯其道義之氣葱葱鬱鬱，散於文字間者不得不如是耳。《傳》曰：「愛其人，愛及屋上烏。」況先生之手澤乎？韓生其寶藏之。

跋香林先生顛草

嘗愛《甘露寺詩》，草聖筆勢縱横，破碎陣敵。今觀香林先生遺墨，得涪翁步驟爲多。具眼者當知余言爲不妄。

跋黄華書後

昔黄華老仙，方書翰得名，求之者衆，日不暇給。張丹華家僮善於刻鵠，公時命代書，至真贋莫辨。此又張奴之重胎者也①。

【校】

①「胎」，弘治本、薈要本同元刊明補本；四庫本作「儓」。

東坡開葑帖後語①

此《借船》一帖耳，令人讀之，聳然有趨事赴功之意。當時民説忘勞，概可知已②。使公得坐廟堂，釐衆務③，文致太平，爲不難矣。

【校】

①「葑」，弘治本同元刊明補本；薈要本、四庫本作「封」。

②「已」，弘治本、薈要本同元刊明補本；四庫本作「也」。

③「鼇」，元刊明補本作「肇」，形似而誤；據弘治本、薈要本、四庫本改。

題米南宮帖後

今日客有自河朔山東來者，聞時雨霑足，蠶麥有望。適師孟攜此卷相過，臨風展玩，沾沾然有三安之喜。不然奚暇及此，且將爲質錢博米之具耳？

跋禊飲序後

兩晉法書，李唐詩騷，宋人之論議，天機所到，有不可企及者。獨韓子以右軍書嫵媚，可博鵝鵝而已①。其立論峻絶，不詭隨如是，亦可愕眙。然予綿歷世故以來，士大夫所繫非輕，不爾安能有立于世？區區游藝，已是末學，今就末以泥其不必者，竟何爲哉？至元癸巳四月，予入院後五日，師孟持此卷堅求跋尾，因信筆及此。

【校】

①「博」，薈要本、四庫本同元刊明補本；弘治本作「傳」。

書商司業定武蘭亭本後

書學自是吾儕一段妙韻，昔先正商公善書而深識，客至，多談是爲樂，娓娓忘倦。公今已矣，言復得聞邪？去歲冬，予載入京師，與台符司業時會，愛其議論操守。識鑑書翰得家法爲多，如考定定武拓本，辯論隱顯，是否真贋，幾數百言，截斷衆流，會歸其極。予擊節嘆賞，何其該且洽也！然闇中摸索，知爲人豪者初不在是。世家子弟當門户焜燿，鮮不以世味務快一時，商子曾有是乎？及其順受阨窮，以理自信，卓爾有立，於顛沛流離之際，吾胷中耿耿者曾不少挫，是則商之最起予者。故特表而出之，使世知夫寥寥千載下，殷士膚敏者，蓋有人焉，不只以技進而已耳。適佳客在坐，聞予言，皆唯之而去①。因書卷尾以還。

【校】

①「之」，弘治本、薈要本同元刊明補本；四庫本作「唯」。

跋馬左丞所藏貫休羅漢後

時子卿有末疾不出

昔梁直閣將軍張僧繇初作繪事，貌天竺二僧。侯景之亂，剖裂爲二：一失所在，其一後爲唐常侍陸堅所得。及堅病亟，所藏僧見夢曰：「吾有同侶，今在洛陽李氏，能求而合之，當以法力護爾平復。」陸如其言訪之，果驗，遂以錢數萬贖歸，陸疾隨愈。嗚呼！凝思之妙，通於神明，顯諸陰佑者如是。此盡云僧貫筆①。貫平生專藝，在唐一代亦號精絶，能敬禮有加，安知不同繇僧通靈，時出光怪，而致主人勿藥之喜邪？歲癸巳夏四月題。

【校】

①「此盡云僧貫筆」，弘治本同元刊明補本；薈要本作「此蓋云僧貫筆」；四庫本作「此蓋僧貫休筆」。

王惲全集彙校卷第七十三

題跋

宋廣平梅花賦後語

廣平《梅花賦》，予嘗聞雙溪耶律公求斯文久矣①，得之者當以乘馬相貺，願見之心與公略同。至元癸巳春，予待詔闕下，秘書郎趙天民來謁。趙之父，故中書門客也。因詢賦之隱見，曰：「已得之矣。」翌日，録似本來獻，老眼增明，疾讀數過，至「獨步早春，自全其天，貴不性移，儷夫君子之節」之句，當時已爲從父擊節。而襲美謂公「鐵石肝腸吐婉辭」爲疑，以予觀之②，風人託物，詞尚華麗，況徐庾之體乎？當時公甫踰冠，而歲寒之姿、調羹之事，固已表表於未第之前，如淵明高風遠韻，又何害見閑情於一賦者哉！

【校】

①「雙」，四庫本同元刊明補本；抄本作「雙」；薈要本作「䨇」。

②「顧」，抄本同元刊明補本；薈要本、四庫本作「觀」，亦可通。

跋董右丞師中撰李道源先生陰德記後董號漳川居士道源名泌廣平人蓋儒而醫者泌九十歲而終于家子師孟明昌間進士

昔昌黎公以毉師而喻相業，范文正不作相而願良醫。醫之與相，體用固殊，其於濟物則一也。然宰輔柄用，必需時命；毉師拯治，心術爲先。故良醫賢相寥寥，百載間得其人匪易。今皆萃見於一卷中，觀之者當起敬起慕，又何特題咏而已哉！至元癸巳立夏日書。

跋鍼者李君玉詩卷

前賢有以注《易》與《神農經》爲論者，客曰：「當解《易》。」「何居？」曰：「《易》解誤，後世辨明者不少；本草誤，立能殺人。」世謂針法亦然。予右髀有寒疾，將雨先痛。一日，謁默齋先生於沙麓，見其求針者滿堂①，先生笑謂予曰：「汝亦入吾安樂窩邪？如痿者、躄者、瘖啞者、癥結者、氣蹷者②，法雖有重輕，莫不撤針而滯散，舍策而起行。」而予之髀痛③，今三十年曾不再作。後官東平，一日，與李公巨川話及此，曰：「予客淮南時，以兹術授竇公，今青出於藍。今君玉與少傅同鄉，不知其術傳之李邪，竇邪？而別有所授而然邪？向聞李君嘗遊江淮間，曾遇異人箴法④，蓋以神授，未若李、竇相傳，人事著明者也。如太史公論方技，以怪而志者，吾皆不取也。」

【校】

①「堂」，抄本、薈要本同元刊明補本；四庫本作「室」。

②「瘖啞」，元刊明補本作「音亞」，俗用；據抄本、薈要本、四庫本改。按：作「音亞」者，蓋當爲「瘖啞」或「喑啞」省去形符之俗用；以上下皆爲身體有某種缺陷，若「痿」、「癥」乃至「躄」者，故姑從薈要本、四庫本訂之。

③「予」，元刊明補本、抄本作「子」，據薈要本、四庫本改。「髀」，弘治本、薈要本同元刊明補本；四庫本作「骨」。

④「箴」，抄本、薈要本同元刊明補本；四庫本作「針」，亦通。按：「箴」、「針」，古今字。然前有「求針者」之言，四庫本當據此以改，未詳孰是。

跋眼科醫師卷後

心爲衆善之宗，眼具五官之氣，故中有所動，思或稍邪，則司明爲之眊昧。吾嘗念治眼病則易，變目眊爲難。嗚呼！安得一中和之氣，瞭萬有之目，使一歸於正。不知龍目立論，亦將有此法邪？

跋玉田傅氏家傳後

金有國餘百年，專以詞科取士，曰相曰將，多出此途。議者以「學涉剽竊，不明義理」爲言，然不可一概厚誣。事至於弊，秖能拘限常流，通人何所凝滯？及金祚垂亡，其伏節死義者皆前日之進士也①。吾於北地得三人焉：順州刺史剛忠王者，行部傅公父子是也。公諱霖，字汝濟，明昌五年詞賦進士第。大安二年授崇義軍節度副使，二年行部臨潢，殁於王事。嗚呼，其爲烈盛矣哉！

【校】

①「伏」，抄本、薈要本同元刊明補本；四庫本作「仗」，形似而誤。

題漢使任少公招李陵歸漢圖後

自古有死將，而無降將。至於兵敗力屈，此正人臣授命之秋，更無他議，譬猶弱婦不幸而遇强暴，有殺身而已。曾不此思，而曰「雖受汙一時，吾將有以報之」，此正李左校之妄圖也。子孟專使遠招①，縱復南歸，將何爲顔？予始讀《陵傳》，壯其初心憤發，哀其一敗而瓦裂也。中統辛酉春，予扈蹕北上，次桓之北山，或曰此李陵臺也。裴回四顧②，朔風邊草爲之淒然。於是詠河梁之詩，嘆曹柯之議。又且惜武皇信相術而族陵家③，安在其爲雄材大略也？自辛酉迄今三十餘年，復覩斯畫，因感而書此，以爲人臣忠上之勸④。

【校】

①「孟專」，元刊明補本作「輕」，形似而誤且二字誤合；弘治本作「⿰孟尃」，二字誤合；據薈要本、四庫本改。

②「裴回」，弘治本同元刊明補本；薈要本、四庫本作「徘徊」，亦可通。

③「相術」，弘治本同元刊明補本；薈要本、四庫本作「親近」。

④「上」，元刊明補本、弘治本作「止」，據薈要本、四庫本改。

跋南蠻朝貢圖

海中島夷際東南天地者以萬數，有唐盛時，率置都護而羈縻之，不特以力而臣服也。此即庶方小侯，不能專達，附於大邦而致貢。繪而爲圖，以表中國聖人在上，德教洋溢，無遠弗届之者①。不然，意匠慘淡，何取於此？

【校】

①「者」，弘治本、薈要本同元刊明補本；四庫本作「旨」。

書霹靂琴贊後

文章翰墨，善效顰者往往體極形似，至於得意韻之妙，出畦畛之外，天姿限量其間，有不能以寸者，學鹿庵書正坐是耳。或謂此帖子𧨏代作，非也。可秘藏之①，防風濤擁棹，雷霆破屋，將有下取而豪奪者矣。

【校】

①「之」，元刊明補本模糊不清；據弘治本、薈要本、四庫本補。

書娑羅樹碑後

李北海《娑羅樹碑》筆畫勁韻，全是歐率更態度，但縱之使行耳。碑見在淮安州。

題王尚書無競小字東坡論語解

甲午夏五月，方外掾田師孟出是本見示，卒然問曰：「公此書何法？」予曰①：「渠以謂奚自？」曰：「此柳侍書步驟也。」予顧笑曰：「公瑾有云：『天下智謀之士所見略同。』其師孟之謂乎？」

【校】

①「曰」，元刊明補本作「由」，形似而誤；據弘治本、薈要本、四庫本改。

跋趙大年畫王摩詰詩意

大年分天潢之秀，馳譽丹青，當其鎖窗春明①，繡閤香静，以倒暈連眉之嫵，寫荒寒平遠之思，非天機所到，未易企及。所謂風流貴介，筆頭有五湖之心者，蓋盡之矣。

【校】

①「鎖」，弘治本、薈要本、四庫本作「瑣」，亦可通。

題東坡災傷卷後

東坡先生論事如陸宣公，剛直不容於朝似顔太師。今觀此帖，云：「覽其災傷，肺肝如焚。」公憂國恤民之心爲可見矣。然士無功名分者，雖毫髮細事，終不得一入手做，公之謂也。後又方云①：「有聞不惜，頻示及是。」此老又待招人物議也。臨風展玩，重爲慨嘆。

【校】

①「方」，弘治本同元刊明補本；薈要本、四庫本作「有」。

明皇驪山宫避暑圖

《明皇驪山宫避暑圖》，郭忠恕筆也。宫館隨勢作三層覆壓：華清居上方，殿四圍垂簾，宫人隱見簾隙，類望遠而外窺者；中腰樓閣參差，冠山跨壑，半爲宫柳蔽虧；其下水榭極峻，内人上下，雜沓無數，疑供帳也。波間漁郎艤艇，持網罟延佇者非一，駕自閣道乘腰輿擁仗，將升榭而觀漁樂者。少陵云：「簾下宫人出，樓前御柳長。」忠恕意匠，正掇此兩句爲主題。然人物界畫，慘澹取次，不甚精絶，恐亦後人臨摹。至善體詩人之意，殆與少陵同賦而親覩者云。

跋山谷發願文

元貞元年朝謁之明日，余燕息不出，偶展此軸爲娱。因念黄太史禪機翰墨①，號「入神三昧」，至與仇池公並驅争先，如《發願》等文皆平生傑作，但恐益公題評，正好事者竊取，綴之於此耳。窗明目眊，筆虛筆實，有能强爲力者，伎癢悠悠，又復損一，若可喜也。

【校】

①「墨」，薈要本、四庫本同元刊明補本；弘治本作「黑」，半脱。

題李龍眠畫班昭女孝經圖後

道義出乎天然，文章貴乎自得。昭以大家師範六宫，作《女誡》、《孝經通》二十五篇。范史備載誡辭，而初不及經訓，豈擬聖太迫，殆《法言》之嫌乎？至於公麟畫筆，當時聖賢言行情深義奥，後世有未易窺測者。天機所到，千古之事如墮目前①，所謂「出新意於法度之中，寄妙趣於言意之表」，若三百篇比興宛從，絃而歌之，一唱三歎，有遺音者矣。激薄揚清，助世教多矣。此畫予也三見，兹雖張仁所臨，殊有分數。昔東坡稱晉人法書今何所及，得唐人硬黄足矣。其十襲秘藏，遇知者一觀可也。

【校】

①「墮」，四庫本同元刊明補本；弘治本、薈要本作「隨」，非。

題東坡赤壁賦後

余嚮在福唐，觀公惠州醉書此賦，心手兩忘，筆意瀟散，妙見法度之外。今此帖亦云醉筆，與前略不相類，豈公隨物賦形，因時發興，出奇無窮者也？

跋黄華先生墨戲

近過雪庵，按上有黄華山水一卷，或問云：「何如？」曰：「此先生醉時行書也。只爲龍巖學中立太迫，故作是㔄墨法耳。」

跋党竹溪篆趙黄山文王子端書

党篆趙文黄華書，正如打鼓弄琵琶，合着兩會家也。

跋米南宫靈臺戴華卷後

僕觀南宫書多矣，未若此幅韻勝而不鼓努者也①。然雄冠猳佩，氣終行行，惟其自成一家，迺可貴耳。

【校】

①「鼓」，元刊明補本作「詃」，訛字；據弘治本、薈要本、四庫本改。

跋漁人鷸蚌圖

自戰國功利之説興，視仁義爲無物，時君世主以衆暴寡，以强凌弱，干戈相尋，互相吞噬，惟知利之爲先，不究害之在其後也。故漁人鷸蚌之利，例皆被焉，非獨代之喻燕、趙也。雖爲當時妄舉貪得之誡，而孟軻氏云：「善戰者服上刑，連諸侯者次之，闢草萊、任土地者又次之。」可謂正大而有味矣！

跋山谷所書王建宫詞後

唐人詩風雅意韻凌跨百代，況建之宫體爲世絶唱，加以涪翁揮洒醉墨，宜其天章雲錦，爲之爛然生光也。

跋鹿庵先生所書鸚鵡賦後

此鹿庵先生二十年前所書也。嚮嘗問筆法於席下，曰：「予早年於《沙河碑》用功最多①。」今觀此賦，乃知其言爲有徵。先生人品峻潔，文章字畫皆有自得之妙，然珠璣散落有限，得者幸珍藏之。

【校】

①「碑」，薈要本、四庫本同元刊明補本；弘治本作「俾」，非。

跋左山公書東坡醉墨堂詩卷

左山公書端重沉著，本出《離堆記》。其氣韻豪逸，比之魯公似爲放曠，初不知其所宗。不肖澹癖，留心筆硯，誤爲公所知。每過謁，必談論書學利病，留連竟日，不聽辭去。一日，出示楊凝式《維摩帖》，筆勢縱横，天真爛熳，顧謂予曰：「魯公後，得其筆法者，獨少師耳。」由是知公書體兼顔、楊。然古之論書，兼及人品，非其人，雖工有不必貴者。公姿沉毅博學，富經綸器業，生平底藴未展盡者，葱葱鬱鬱①，一散之翰墨間，其風流藴藉有不可梯接者。今已矣，片紙隻字爲世珍惜，況門客故吏邪？簡卿尚寶藏之。

【校】

①「葱葱」，元刊明補本、抄本作「怱怱」，既半脱且形似而誤；薈要本作「悤悤」，半脱；據四庫本改。

題遼太師趙思温族系後

遼氏開國二百載，跨有燕雲，雄長夷夏。雖其創業之君規模宏遠，守成之主善於繼述，亦由一時謀臣猛將與夫子孫蕃衍衆多，克肖肯構，有以維持藩翰而致然也。故開府儀同三司、侍中，贈太師、衛國趙公，早以驍勇善戰受知遼太祖，烜赫貴顯。生子十有二人，其後支分派別，官三事使：相、宣、徽節度團練觀察刺史，下逮州縣職餘二百人。迄今燕之故老談勳閥富盛、照映前後者，必曰韓、劉、馬、趙四大族焉。嗚呼盛哉！孟子稱「故國非謂喬木而有世臣者」，其是之謂歟？裔孫穆聯綴遺譜，裝潢完整，攜示求跋。予切有感焉。近代公侯將相之後，方一再傳，溷迹閭閻，甘心貧微，故家遺族懵然不知者多矣，尚何望於考厥世而復其初哉！論者多曰：「盛氣已過，大福不再。」予以謂不然，其説則孔子所嘆「文獻不足故也」。夫子孫苟能讀書立志，雖愚必明，雖柔必强，族固寒微，可至清貴，況藉餘潤而承休光者乎？克敬潛心字學，慎言行，由史館從事歷州縣職，復保傳舊物，昭明宗系，則其紹述遺美，而又有望於他日也。

題離堆記後

魯公書號稱大雅，尤可重者，以忠義之氣發而爲心畫。然端人不爲枉者作計，此天下之通論。公平生書五百餘石①，略無異議，獨《離堆記》文與字併出公手，或者少有疑焉。蓋鮮于氏附炎國忠，天寶間切取柄用，致位顯赫。及喪師瀘南，反以捷聞，建碑省户，公然獻諛，向之爲人概可知矣。然觀記之所述，詳見者止向未第時卜築、讀書等事，豈「與其潔，不保其往」之義也？若歷臺省，貳風憲，持節劍南，作尹京兆，中間云爲一無稱道，是則不待抑揚，賢不肖之分昭昭矣。不然，方元載以大姦當國，庭議之際，公直言折之曰：「朝廷豈容公再壞邪？」舉朝危公，曾不少撓。又郭定襄以勳貴振耀一時，行次失序，毅然陳書極論其不當。由是而觀，公剛嚴之氣如秋霜烈日，皜不可尚已！何瑣瑣姻婭能降公志，諛彼枯胔者哉？正以子昱等拖舟涉險，歸葬先壟，純孝克成之志有足嘉尚，如犂犢騂角，山川其舍諸乎？此蓋公述作之微旨也。趙氏子穆年十八，好古學，篆隸皆通習之，請予以題記後，作是説以貽之。

【校】

①「石」，抄本、薈要本同元刊明補本；四庫本作「年」，形似而誤。

書中興頌後

唐《中興頌》石刻，字徑數最大，立法最密。就魯公平生所書合而論之，此爲最善。其法度特變大篆爲真楷耳①，所謂「只見性情，不見文字」。至元十三年春正月，江左平，圖書珍異悉達京師，孟秀州德卿以是本見贈，把玩不釋手者累月。從弟韓從益求予臨寫，因勉爲刻鵠耳。

【校】

①「篆」，元刊明補本模糊不清；據弘治本、抄本、薈要本、四庫本補。「真楷」，元刊明補本模糊不清；據弘治本、抄本、薈要本、四庫本補。

題蘇氏寶章後①

忠定二公書金聲玉振，如清商之瑟②，一唱三嘆，有遺音者矣。今觀《迨過》等帖，筆勢圓熟，俱有伯父氣韻，而遲之此幅爲尤佳，所謂「王謝子弟以生長見聞，猶足以超人羣也」。

【校】

①「寳章後」，元刊明補本模糊不清；據弘治本、薈要本、四庫本補。按：元刊明補本疑有脱雙行夾注文字。

②「商」，弘治本、薈要本、四庫本作「簡」。

東坡我有帖

係與外姻子曹正字書内云去逸就勞不知脱去有道乎外郡雖麤俗止早衙紛紛一時辰許餘蕭然皆我有也①

觀公此帖，正以姻家故，假設己意，儆以官守爾。至於「早衙紛紛一時許，餘蕭然我有」，此又見公材力餘裕②，酬酢萬變。若鑑之應物，妍媸巨細，靡不洞徹③，物去湛然，如澄淵橫壑耳。

【校】

①「姻」，元刊明補本作「如」，據抄本、薈要本、四庫本改。「俗止早衙」，抄本、四庫本同元刊明補本；薈要本脱。「時」，元刊明補本作「特」，據抄本、薈要本、四庫本改。「許餘蕭然」，抄本、四庫本同元刊明補本；薈要本脱。

②「力」，元刊明補本、薈要本作「刃」，據抄本、四庫本改。

③「嫱」，元刊明補本、抄本、薈要本作「媪」，訛字；據四庫本改。

跋馬融卧吹圖

古人因技以達事者多，如點瑟暢風雩之樂，廣陵見魏室之微，正平以鼓摻返折曹瞞①，野王以箏歌疑釋晉帝②，是不徒爲樂之至斯也③。若南郡之通樂律，度聲節以畢五音，可謂能也已。然畏威刓方，裁成固罪，爲端士所鄙，雖雄吹逸響，穿裂雲石，又何足貴之哉？其畫格簡古，如書中有筆，自非唐人，夢不到此。

【校】

①「摻」，抄本、薈要本同元刊明補本；四庫本作「撾」。

②「以」，抄本、薈要本同元刊明補本；四庫本作「之」。

③「徒」，抄本、薈要本同元刊明補本；四庫本作「圖」。

夷門圖後語

孫樵讀《開元雜報》，至「生恨不爲太平人」，豈聲明文物，矯首拭目，聞可喜而觀可樂乎？近閱《夷門市廛圖》，其風物氣習備見政和間流宕浮靡之俗，然非盛極無以臻此。予生長汴梁①，及見百年遺老，往往尚能談當時風物②，令人不覺有孫氏之歎。但二帝播遷，已兆眹於此③，所謂「治亂之迹，接踵相尋」也。畫品則穠纖巧麗，出内供奉手無疑，正可與《夢華録》互爲之覽耳。至元丙子二月，觀於平陽寓舍，夏六月，重見於汴京試院中。明年夏六月立秋後一日，連雨中静坐，偶書於燕東開陽坊李黄門之故堂。

【校】

①「生長」，抄本、薈要本同元刊明補本；四庫本作「長生」，倒。

②「尚」，抄本、薈要本同元刊明補本；四庫本作「常」，非。

③「眹」，四庫本同元刊明補本；抄本、薈要本作「朕」，亦可通。

題蘭府君望海寺二詩後

昔張燕公南遷歸，詩筆益壯，人謂得江山之助。今觀蘭廣寧《望海寺》二詩，清雄奇逸，令人覺海上風濤之氣拂拂襲人，所謂「明昌雅製，風斯在下」矣。

題石曼卿手書古檜行後

中允姿豪放，有高世氣①，故其筆不得不瑰偉清勁，一時推重②，至有「河傾崑崙，雪壓太華」之語，何其壯哉！今覩繼先待御家藏《古檜行》③，所謂字愈大而愈奇者也④，然風格脩整⑤，類唐人誥書手，豈公早年書耶？

【校】

①「世」，抄本同元刊明補本；薈要本、四庫本作「山」，非。

②「時」，元刊明補本闕；四庫本作「世」；據抄本、薈要本補。

③「覩」，元刊明補本作「□」；薈要本、四庫本脱；據抄本補。

④「字」，抄本同元刊明補本；薈要本、四庫本脱。

⑤「然」，元刊明補本作「□」；薈要本、四庫本脱；據抄本補。

跋孫過庭書譜

名虔禮唐高宗時人

過庭垂拱間名善書，其《草字譜》風韻瀟散，一宗二王，得飛鳥驚蛇之趣①。予嘗愛而臨之，然以古今題評不及爲訝②。今日觀米襄陽《書史》云：「孫公在唐人，得二王法爲最。」追憶前言，與南宮伯偶同③，所謂「愚者千慮，亦有一得」也。

【校】

①「得」，元刊明補本闕；薈要本脱；四庫本作「有」；據抄本補。

②「及」，元刊明補本闕；薈要本脱；據抄本、四庫本補。

③「伯」，抄本、薈要本同元刊明補本；四庫本脱。

題政和鼎識後

鼎之爲器，鎮方所，辨神姦，惟其制作創於夏后氏，故後世寶重，至有力求而不可得者①。唐武后妄意制作，固無可論，崇寧倣而爲之，還復不能保。當時神秘，不啻宗社之重，一旦其鼎之神主爲鈍軒几席間物，吁，可嘆也！鈍軒，遼金公侯裔，博古有學識，既得銅主，迺爲奇遇訓名字焉。後以技能，命監鑄太宫鐘鼎，實應開先之兆。子穆復繪圖，懇諸公題跋，于以重古物而揚父美。由是知物之無間重輕大小，由德而後可保，因所好而聚，待人而後傳也。

【校】

①「者」，弘治本同元刊明補本；薈要本、四庫本作「也」。

跋諸葛公遠涉帖

諸葛武侯《遠涉遺帖》，余既冠時與鮮于純叔獲覩於沙麓張氏家。迨大德庚子冬，詔集賢所貯書畫賜其院之官屬，吕司直所得者亦有是帖。老眼復觀，焕若神明，頓還舊觀。然比之向所見者，後有東坡跋語，辨其印章，玉泉公家曾收。彦瞻博雅好古，可謂物得所歸矣。

跋宋漢臣臨丹華經後

篆生隸，隸生楷，變隸篆二體入真草而出古意者，唯魯公能然。故洛尹宋君漢臣善八分，體古而畫勁，嘗臆其有所從來，及觀所臨《丹華經》①，筆勢夭矯奪真，第朱墨異色耳。故隸書之妙有以不期然而然者，雖衆期遠到，中道車傾②，亦足以追蹤擇木，凌跨李潮矣。二弟每一披玩，僾然如對其面。嗚呼！方風俗衰靡，無足言者，唐臣義夫能永懷不忘，可謂克念天顯者也。

【校】

①「經」，元刊明補本、弘治本作「處」，據薈要本、四庫本改。

②「傾」，元刊明補本作「領」，形似而誤；據弘治本、薈要本、四庫本改。

讀漢魏五書

兩漢繼三代而下爲最盛，但官儀略見於班史表序。予稚年讀昌黎《科斗記》文①，知衛宏有《漢官儀書》，兵後典籍散亡，何從而得之？壬午冬，再入京師，始獲借觀於宋秘監，蓋青宫賜書也。其一代之制粲然完備，皇乎休哉！宜其光武以軍容過洛，父老有復見官儀之喜。於戲！三代吾不得而見之，得見兩漢斯可矣。宏書才兩卷，求訪三十年之久，方遂一讀，豈亦有數存乎其間邪？矧功名富貴，可倖而致哉！因其奉還，筆之以紀歲月，時壬午十二月八日也。

【校】

①「稚」，元刊明補本模糊不清；抄本作「穉」；據弘治本、薈要本、四庫本補。

跋高宗臨右軍帖

二王真迹不可復見，唐人硬黄臨倣，自當愛玩，況出建炎手書，顧龍跳虎卧之意隱然在目中矣。

跋雪齋書宋孟州獵虎詩卷後

昔興陵選庭臣奉使江左，須得才辨有聞望者可，若宋孟州《射虎詩》，清雄振厲，遠而有光華，大定人文之盛概可見矣。雪中展觀於曾孫祕監處，令人三復，清興四發。今祕監以學問德藝又爲青宫所賓禮，所謂「黄門有父風」者也。

跋臨本蘭亭序

此帖在臨本間最佳，卻疑是唐人塡書，年深墨花脱落，若透絹影耳。猶當以薔薇露盥手①，爇玉蕤香觀之可也。

【校】

①「猶」，弘治本、薈要本同元刊明補本；四庫本作「又」。

題中興頌後

《中興碑》本行於世者有三：其字頗小而加瘦者，蔡之所臨也；其搭印完好①，苦無剥嚙者，永之再勒也。予嘗謂魯公此筆，用忠義爲本，然後以大篆變而爲楷體，故後之學者終莫能及。院主書趙穆博古通篆隸，今復研思於是，是將求筆意而通其變爾。吾知夫識斗間氣者，而得龍泉於豐城之獄必矣。趙生其勉旃。

【校】

①「搭」，弘治本同元刊明補本；薈要本、四庫本作「搨」，亦可通。

跋謝靈運帖

謝康樂以風雅鼓吹兩晉，善書則未知也。今觀節卷《金華二誥》，與張芝《萎形帖》相上下可也。至於筆勢豪宕，殆是伐山開道氣象，千載而下，專車一節①，足見其爲人，而當時鄰略得不以山戎爲駭乎？

【校】

①「車」，弘治本、薈要本同元刊明補本；四庫本作「舉」。

答宋克温問魯公書法

余觀魯公書，分數布置稱停深稳，雖毫髮①，精極楷法。至於韻勝温潤，正周旋曲折，剛健中出婀娜爾。極其所至，第見性情，不見文字，所謂「性情以忠義二氣爲之大本」也②。平日所得如是，未審吾友爲如何耳！

【校】

①「毫」，弘治本、薈要本同元刊明補本；四庫本作「豪」，非。

②「二」，弘治本、薈要本同元刊明補本；四庫本作「之」。

王惲全集彙校卷第七十四

樂府

望海潮　乙卯歲端午賦北郊騎鞠呈節使史侯

龍沙王氣，恒山秀色，德星光動南州。使君高宴，北城佳處，薰風紅閃旗旒。兩翼擁貔貅，駭鼉鳴疊鼓，杖奮驚虯。一點星飛，畫柱得意過邊籌。貂蟬元自兜鍪①，笑閭閻小子，談笑封侯。萬騎平原，千艘漢水，堂堂小試青油。賓從儘風流。喜武同張肆，書漫韓投。樂事更酬。醉魂還夢菊花秋。

【校】

①「貂蟬」，抄本、薈要本同元刊明補本；四庫本作「兜貂蟬」，涉下而衍。

二　爲故相雲叟公壽

炬明珂馬，戟森兵衛，日長鈴閣春凝。舜朝儀鳳，傅巖霖雨，世傳昂宿儲精。天地入經綸，見東山高卧，一念蒼生。談笑金華，故事六合海波平。

一杯福壽川增，請丈人静聽，賤子微誠。蘇嶺雲霞，西溪梅竹，風煙畫出共城。羽翼漢功成。儘山中名在，天外鴻冥。一點台星。清光長射老人明。

三　爲子初總管壽

桐鄉遺愛，于門陰積，充閭氣自葱葱。霜華封菊，橙金泛醁，秋香吹滿簾櫳。人物漢元龍，喜升堂一拜，今歲相同。洗盡金貂，貴氣黄卷貯深功。

見君雅量雍容，信男兒到此，方是豪雄。林下夫人，膝前文度，摩挲湖玉雙峯①。福壽儘無窮。看一家樂事，五縣提封。彩袖歌鍾。年年長醉玳筵紅。

【校】

①「玉」，抄本、薈要本同元刊明補本；四庫本作「上」。

水調歌頭

送王子初之太康

將軍報書切，高卧起蟠蟠。悲歡離合長事，知己古爲難。憶昔草廬人去。鬱鬱風雲英氣，千載到君還。歌吹展江底，長鋏不須彈。路漫漫，天渺渺，興翩翩。西風鴻鵠，一舉横絶碧雲端。自笑鶺鴒孤影，落日野煙原上，沙晚不勝寒。後夜一相憶，明月滿江干。

二

爲仲方東園賦①

野飲不稱意，歸促紫游繮。誰知草堂深處，清賞興尤長。夢裏佳人錦瑟，眼底瓦盆濁酒，衣袖醉淋浪。歌罷竹軒晚，風細月波涼。爲東園，梅與竹，足清香。不須更栽桃李，花底駐春光。人道漆園家世②，王謝風流未遠，培取桂枝芳。讀書貧亦好，此語試平章。

【校】

①「仲方」，弘治本、薈要本同元刊明補本；四庫本作「莊仲方」。

②「園」，元刊明補本、弘治本、薈要本作「源」，聲近而誤；據四庫本改。

三　送王脩甫東還

樊川吾所愛，老我莫能儔。二年鞍馬淇上，來往更風流。夢裏池塘春草，卻被鳴禽呼覺，柳暗水邊樓。浩蕩故園思，汶水日悠悠。洛陽花，梁苑月，苦遲留。半生許與詞伯，不負壯年游。我亦布衣游子，久欲觀光齊魯，羈紲在鷹鞲。早晚西湖上，同醉木蘭舟。

四　和趙明叔韻

西山捲殘雨，天宇翠眉脩。餘霞漸成綺散，樓外月如舟。漾漾銀河垂地，浩浩天風拂枕，吹滿一簾秋。覺我清興遠，歸夢到巖幽。野猿驚，山鳥笑，欲何求。十年一官黃散，了不到封侯。自有竹林佳處，滿酌窪樽貯酒①，一醉共浮休。夔契在廊廟，畎畝不須憂。

【校】

①「滿」，弘治本、四庫本同元刊明補本；薈要本作「蒲」，形似而誤。

五　次前韻

紉蘭綴芳佩，遠駕振靈脩。王城事海無際①，泛若一輕舟。誰著朱衣白簡②，老坐癡牀斜日③，霜鶻漫横秋。落日壯心在，不負鬼神幽。

笑咿嚘，驚骯髒，竟何求。丈夫出處義在，不用計行留。萬事味來嚼蠟④，只有濟時一念，未肯死前休。驅馬出東郭，聊以散吾憂。

【校】

①「王城」，弘治本作「王成」，非；薈要本、四庫本作「玉成」，非。

②「著」，弘治本、薈要本同元刊明補本；四庫本作「作」。

③「斜」，元刊明補本、弘治本作「十」，據薈要本、四庫本改。

④「嚼」，弘治本、薈要本同元刊明補本；四庫本作「嚙」。

六　和姚雪齋韻

書史有真味，誰遣博微官。丈夫出處道在，義命正須安。浩浩都門冠蓋，眼冷雞蟲得失，矯首入遐觀。時對雪齋老，清議豁襟顔。
閲名書，探理窟，警銘盤。自嘆空然鼠腹，過飲不知繁。萬古乾坤清氣，散入詩仙脾膈，揮洒有餘歡。早晚付心訣，風雨滿堂寒。

七　壽雪齋

高齋際晴雪，萬象入遐觀。文章在公餘事，聞望到歐韓。千古微茫洙泗，浩浩發源伊洛，百折障狂瀾。歌詠武公志，儆抑過銘盤。
濟時心，調鼎手①，未容閑。重看印窠垂錦，花底壓千官。見説梅梢春信，一夜蠟痕香滿，光動壽杯寬。勳業鼎鐘上，留待百年看。

【校】

①「手」，元刊明補本作「乎」，形似而誤；據弘治本、薈要本、四庫本改。

八

壽王子壽時年八十三

汾流浥餘潤，霜菊滿秋香。釀成一堂和氣，來薦老人觴。七十人生稀有，況復年踰八十，飲啖日康强。骯髒欲誰與，趙壹倚門傍。頰浮丹，瞳點漆，鬢如霜。平生陰有神相，特爲表剛腸。世事語來無味，只有讀書一念，老矣不能忘。九老更添一，圖畫見高堂。

九

壽時相①

佩蘭近佳節，高第照神州。西山致有爽氣，天際翠眉脩。釀作碧霄清露，暗滿庭前細菊，香淡一簾秋。春酒未容瀉，壽席已風流。鏘鳴玉，看獨步，鳳池頭。薦賢真宰事業②，藥籠到兼收。總道生平襟量，一片丹衷爲國，不負幕中籌。齊澣救時語，持用壽君侯。

【校】

①「九壽時相」，元刊明補本闕；據弘治本、抄本、薈要本、四庫本補。

②「真」，弘治本、薈要本、四庫本作「貢」，形似而誤。

十

文卿提刑自陝西按察改授河東，其子東還，寄聲不肖，且徵鄙作，因贈樂府《水調歌頭》以答雅意。

一峯華不注，東望雨冥冥。黄雲晝角回首，客舍又幽并。喜接西來佳耗，聞道東山未老，雙鬢爲誰青。經濟有公論，且莫嘆飄零。　杏花吟，山色句，儘稱停。平生風味不淺，聊爾寫襟靈。步冷東垣秋水，坐對汾亭夜月，兩地若爲情。合作碧簫曲，留待醉時聽。

十一

宴張右丞遂初園

園林定佳勝①，鐘鼓樂時康。去天尺五韋杜，此日漢金張。誰似主人好客，暫趁金華少暇②，罇俎共徜徉。三館儘英雋，簪履玉生光。　眺東臺，登北榭，讌南堂。露涼玉簪零亂，竹静有深香。醉聽新聲金縷，愛仰東山雅量，清賞興何長。高詠遂初賦，松柏鬱蒼蒼。

【校】

①「定」，弘治本、薈要本、四庫本作「足」。

②「趁」，弘治本、四庫本同元刊明補本；薈要本作「趣」。

水龍吟

壽都督史侯時爲東平總管

漢壇千古風流，笑談自是詩書將。兩淮草木，一門忠孝，先聲遠暢。奕世金貂，雄邊韜略，三軍獨張。道千年漢水，旌旗動色，春都在，投壺唱。

一點德星迴照，光浮動、太山千丈。戟門春静，人安事簡①，提封保障。漢相規隨，蓋公安靖，平生心賞。見壽毫不遠，鳳池消息，醉仙家釀。

【校】

①「人」，元刊明補本作「大」，形似而誤；據弘治本、薈要本、四庫本改。

二　賦蓮花海棠

兩株雲錦翻空，换根元有丹砂秘。繡幃重繞，銀釭高照，故家風味。翠羽生紅，霧紗肌玉，風流誰比。記沉香亭暖，真妃半醉①，雲鬟亂，耽春睡。　夢裏昆明灰冷，悦留在、紅幢翠袂。金盤華屋，無心與並，朱門桃李。一醆傷春，臨軒便恐，綵鸞交墜。倩紫簫唤起，霓裳舊曲，拚花前醉。

【校】

①「真」，弘治本同元刊明補本；薈要本、四庫本作「貴」。

三　送焦和之赴西夏行省①

當年紫禁煙花，相逢恨不知音早。秋風倦客，一杯情話，爲君傾倒。回首燕山，月明庭樹，兩枝烏繞。正情馳魏闕，空書怪事，心膽墮，傷殷浩。　禍福無端倚伏，問古今、幾人明了。滄浪漁父，歸來驚笑，靈均枯槁。邂逅淇南，歲寒獨在，故人襟袍。恨黄塵障盡，西山遠目②，送斜陽鳥。

【校】

①「赴西夏行省」，弘治本同元刊明補本；薈要本、四庫本脱。

②「目」，弘治本同元刊明補本；薈要本、四庫本作「日」，形似而誤。

四　賦春雲①

空齋寂寞春寒，坐來庭竹風聲悄。天低雲暖，冰花誰剪，須臾雲擾。好是東君，與時呈瑞，春迴枯槁。快黄塵壓盡，千林膏沐，休更問，青山老。　我愛春來起早，恍芸窗、光摇瓊島。玉華城郭，炊煙巷陌，酒旗風裊。高興悠然，沽壚思與，文園傾倒。爲使君預報，春城燈火，比年時好。

【校】

①「雲」，弘治本、薈要本、四庫本作「雪」，形似而誤。

五　壽陳節齋

倚天望漢臺高，公趙人，有鄧將軍望漢臺。騫騰便到煙霄上①。一時殊遇，風雲儷景，元龍豪爽。剛斷冰清，風流卻有，東山雅量。道十年京洛，棠陰遺愛，人如醉，春風釀。一點德星回照，光浮動、太行千丈。戟門春静，人安事簡，功餘保障，燕寢香凝。不妨時在，騷壇吟賞。爲使君預泛，鳳池春浪，壽金華相。

【校】

①「煙」，弘治本、薈要本同元刊明補本；四庫本作「青」，非。

六

日邊儷景同翻，千年高際風雲會。堂堂大節，中流砥柱，狂瀾横制。黄閣歸來，英姿颯爽，故家房魏。甚是中卻有，東山雅量，經綸盡，金華事。總道丹心爲國，要春滿、人間桃李。詩壇風月，清時鐘鼓，不妨遊戲。一點台星，五雲縈繞，鳳池佳氣。爲相君滿泛，金盤仙露，枕秋蟾醉。

七

己未春三月，同柔克濟河，中流風雨大作，幾覆者再，感念疇昔，爲賦此詞，且以經事之後，重有所惜云。

春流兩岸桃花，驚濤極目吞天去。孤舟纜解，棹歌聲沸，漁舠掀舞。雲影西來，片帆吹飽，滿空風雨。悵淋漓元氣，江南圖畫，煙霏盡，汀洲樹。

天地此身逆旅，笑歸來、滿衣塵土。功名些子，就中多少①，艱危辛苦。北去南來，風波依舊，行人争渡。聽滄浪一曲，漁人歌罷，對夕陽暮。

【校】

①「就」，弘治本同元刊明補本；薈要本、四庫本作「枕」，非。

八

舜泉在濟南城中，自壬子年水去來不常。今歲秋八月，余到官兩日，泉流復出，其深可厲，回風瀟瀟，翠萍盈沼，邦人以爲神來之兆。近陪憲使展敬祠下，因索鄙作，謹繼丞相雙溪公懷古嚴韻，用紀其異。

窈然碧玉池方，緑波不見還凝佇。翠萍痕在，金支光瀇，湘妃無語。瑶瑟聲沉，畫欄愁絶，幾回如許。甚風煙依約，魚龍黯慘，空回首，珠簾暮。

一夕翠華臨幸，也悲涼、故宫塵土。石根碧漲，天瓢翻出，黑灣雷雨。思舜亭高，風漪吹散，滿空秋暑。欲蒼梧回叫，鳳簫凄斷，聽躬耕處。

九

登邯鄲叢臺

春風趙國臺荒，月明幾照苕華夢。從亡横破①，西山留在，翠鬟煙擁。劍履三千，平原池館，誰家耕壟。甚千年事往，野花雙塔，依然是，騷人詠。　還憶張陳繼起，信侯王、本來無種。乾坤萬里，中原自古，幾多麟鳳。一寸囊錐，初無銛穎，也沾時用②。對殘釭影澹，黄糧飯了，聽征車動。

【校】

①「從」，弘治本、薈要本同元刊明補本；四庫本作「縱」，亦可通。

②「沾」，弘治本、薈要本同元刊明補本；四庫本作「占」，俗用。

十①

至元十七年三月廿二日，余按部東行，梁門劉君仲祥自高林來餞。臨岐把酒，長歌不休。既而壺傾，猶不忍別，復聯鑣幾三十里②，踰大尹而去。不知劉君得於余者何，而乃尔相愛③，因以《水龍吟》歌之，且酬雅厚④，仍荅見徵之意云。

綠楊一道飛花，綉衣亂點如晴雪。玉缾酒盡，陽關歌徹，未容輕發。綠綺論心，幾人得似，劉君風節。記山堂轟醉，已成塵迹，今又作東城別。　世事悠悠誰料，淡長空、孤鴻明滅。老懷耿耿，正須自信，堅彌百折。白髮灰心，平生留在，情馳丹闕⑤。悵孤雲細草，東州四望，恨高城隔⑥。

【校】

①「十」下迄本卷尾，弘治本、抄本、薈要本同元刊明補本；四庫本脱。

②「幾三十里」至「水龍吟・十二」之「畎畝不忘之意也」，弘治本同元刊明補本；薈要本闕。

③「而」，弘治本脱。

④「厚」，弘治本作「意」。

⑤「闕」，元刊明補本作「関」，據弘治本改。

⑥「恨」，弘治本作「悵」，涉上而形誤。

十一 賦秋日紅梨花

纖苞淡貯幽香，玲瓏軒瑣秋陽麗。仙根借暖，定應不待，荆玉翠被。瀟灑輕盈，玉容渾是，金莖露氣。甚西風，宛勝東闌暮雨，空點綴，真妃淚。

誰遣司花妙手，又一番、争奇呈異。使君高卧，竹亭閑寂，故來相慰。燕几螺屏，一枝披拂，綉簾風細。約洗粧快瀉，玉缾芳酒，枕秋蟾醉。

十二

至元二十三年丙戌孟冬廿八日，小雪，十月中。是日雪作，連明霑地，而釋潤於春澤，其應時顯瑞，數年已來未之見也。實可爲明時慶，因作樂府《水龍吟》以紀其和。余平昔屢嘗賦此，未免掇拾故事，張皇景氣而已。兹篇之作，頗體白戰，抑老懷，略見樸忠之至，畎畝不忘之意也。

畫樓十日春陰，晚風吹作冰花轉①。初冬中候，應時呈瑞，幾年未見。沽酒尋梅，就中此興，撩人不淺。更露堂添得，虚窗夜白，清於水，光如練。

我老久諳世味②，最忻然、人安米賤。蝗蝝入地，麥旗掉壟③，翠翻平甸。大獵清邊，爲民祈穀，睿思何遠。在詞臣合取，元和賀例，拜明光殿。

【校】

①「冰」，弘治本、薈要本作「水」，形似而誤。

②「久」，元刊明補本作「矣」，據弘治本、薈要本改。

③「壟」，弘治本同元刊明補本；薈要本作「隴」，亦可通。

十三

郭宣徽善甫開宴娛賓，命樂工郭仲禮鳴笳佐酒，思甚清暢。酒闌人散，餘音嫋嫋，宛猶在耳，且有衰年情嚮之感①。明日，嵓甫修撰爲求樂府，賦越調以歌之。

春風緑綺堂深，樽前初識龜年面。煙花紫禁，幾年供奉，香飄合殿。悲壯淒清，九天飛下，鳳吟鶯轉②。待近前細看，品題銀字，知還是，紅牙管。

儘著金黄玉磬③，泛宮聲、五音初遍。明聲四合，回頭聽處，少陵情惋。緑酒拋春，何心傾倒，汾陽金盌。爲斯人少漏，玉堂消息，瀉清商怨。

【校】

①「情嚮」，弘治本同元刊明補本；薈要本作「清響」。

②「轉」，弘治本同元刊明補本；薈要本作「囀」，亦可通。

③「黃」，弘治本同元刊明補本；薈要本作「簧」，亦可通。

十四

丙戌八月十二日，宴李氏宅，郡侯扎忽觧酒酣①，爲予親彈琵琶勸酒。明日，賦此曲以謝。

相逢一醉金荷，氣豪長恨歡娱少。貂蟬貴侍，内家聲伎，琵琶最好。鐵撥鵾絲，劃然中有，繁音急調。笑黃雲出塞，青衫拭淚，恩怨事，君休道。

且聽新聲硬抹，更銀筝、與相繚繞。空堂雪輥，玉盤珠迸，清雄縹緲。漢殿承恩，侯藩作牧，此心未老。付曲中細瀉，他年事業，拜紅雲島。

【校】

①「扎忽觧」，弘治本同元刊明補本；薈要本作「扎哈岱」。

十五

去歲秋至今年春，凡七月不雨，有終風徒曀而已，生意殊悴然也。逮二月九日，雨雖以小言，隨妥而釋，三日方霽。向來焦枯，一洗而潤，且又在清明節前。嘗念一旱所繫甚重，《詩》云：「哿矣富人，哀此惸獨。」然衆安我乃能安，不然雖屋潤者，其可能獨安乎？此施既光，誠可賀也，作越調以歌之。秋澗老人序。

喜看春雨如膏，東風吹作冰花轉。海棠紅瘦，梨花香澹，似嫌春晚。縱使寒生，猶勝空際，陌塵黃捲。道佳人拾翠，王孫憶草，都不負，尋芳眼。

欲見太平有象，除豐年、更何可羨？田家作苦，老臣憂國，眉頭俱展。最好知時，清明前後，一犂非淺。笑樂天空抱，元和詩律，夢金鑾殿。一作「典春衫爲問，鄰家新釀，撥春江面。」

十六 賦箏

故家張樂娛賓，樂中無似秦箏大。華筵聽處，一揮銀甲，笙竽幽籟①。四座雄聲，滿空秋雨，來從天外。甚翛然思變②，白翎清調，驚飛下，金蓮塞。

長憶桓伊手語③，撫哀絃、醉歌悲慨。使君元有，不凡風調，平生豪邁。綠酒毺堂④，爲余翻作，八鸞□海⑤。道更張正賴，新聲陶寫，繼中書拜。

【校】

①「籟」，抄本同元刊明補本；薈要本作「積」。

②「脩」，元刊明補本作「脩」；據抄本、薈要本改。

③「桓」，抄本同元刊明補本；薈要本作「值」。

④「綠」，元刊明補本作「録」；據抄本、薈要本改。

⑤「□」，抄本同元刊明補本；薈要本作「離」。

十七　送崔中丞赴上都

綠楊一道飛花，繡衣亂點如晴雪。都門幾日，翠鸞回軫，情馳魏闕。頃不忘君，時雖多暇，遠猶辰説。道六條儘備，諸人多様，卒難應，和鸞節。

物勝自餘芽柄，恐都輸、豸霜摧折。人無定志，事隨雲變，莫捫渠舌。百步穿楊，空拳搏虎，豈容重發。望君侯早晚，去登黄閣，作調元客。

十八

飛卿係出將種，余官燕趙時相識，讀書尚義，若不碌碌者。然流離頓挫，迄于今十年，其窮極矣！既爲哀之，且求其所以然，遂有斯作，以越調《水龍吟》歌之。庶幾怕奇履霜自傷，窮思返義，俾採詩者聞之，不無當笞逐兒之感。

彫零萬木叢中，秋霜不隕蒼筠節。十年相見，燕南趙北，無根行客①。妻病兒殤，歸來空在，蒯緱彈鋏。分躬耕壟，□山鵲起②，誰喚與，將軍獵。腰下鐵絲有箭，奈荒煙、冷霾虎穴。見哀漂母，猶勝低首，看人顔色。百折彌堅，一窮終泰，不容終結。望伯奇細瀉，履霜幽怨，灑西風血。

【校】

①「根」，抄本同元刊明補本；薈要本作「限」。

②「□」，抄本同元刊明補本；薈要本作「又」。

酹江月　東原寒食

天涯寒食，問東風、底事留連行客①。千樹芳菲春不管，吹盡枝頭紅雪。湖水春波，佳人錦瑟，腸斷非離索。西來一劍，不堪塵滿霜鍔。　憑仗誰話春愁，一罇濁酒，醉了還重酌。盡日西歸歸未得，怒殺山中猿鶴。六印雙旌，兩都無分，此去從吾樂。太行佳處，布衣高卧雲壑。

【校】

①「留」，元刊明補本作「□」；薈要本作「流」；據抄本補。

二①

平陽府倅第有來禽兩株，以托根官舍②，有空谷幽居之嘆。逮亞尹明卿來，培植顧護，始知重惜。今年清明前，花盛開，芳姿綽約，頻增容色。侯置酒高會，遂極歡賞。余因念草木之微，豈輕重顯晦，亦有數存其間邪？乃以《酹江月》歌之，同飲者忽治中英甫、劉提舉若哥③。時至元甲戌春二月十有三日也。

遺臺樹老，獨畫闌、春事猶未消歇。好在來禽花盛發，滿意清明時節。翠袖翻香，朱顏暈酒，綽約冰肌潔。幾年空谷，等閑飄墜香雪。

回首綺閣東風，使君情重，一顧傾城色。只恐花飛春減卻，來約樽前歡伯。起舞山香，醉歌金縷，細按紅牙拍。青鸞高興，恍然歸夢瑤闕。

【校】

①「二」，元刊明補本脱；據抄本、薈要本補。

②「托」，元刊明補本作「杔」，據抄本、薈要本改。

③「若」，抄本、薈要本作「老」。

三　賦玉瀉鵝薰壚贈數學劉文卿①

客窗涼夕，問故家、何物能慰岑寂。都把龍涎二萬斛，滿貯宮池瀉鵝。玉立瓊洲，雪翻花臆，夢繞春江碧。看雲失水②，淋温元氣猶濕③。

我昨拄杖敲門④，主人情重，預報春消息。相對掀髯談笑間，一縷飛雲搖曳。暖透天心，冷穿月窟，好箇行窩客。金盤瀉露，約君同醉秋月。

【校】

①「𪆁鶒」，元刊明補本作「□□」；薈要本脱；據抄本補。「壚」，抄本、薈要本作「爐」。

②「失」，抄本同元刊明補本；薈要本作「去」，形似而誤。

③「濕」，抄本同元刊明補本；薈要本作「溜」。

④「拄」，元刊明補本作「杜」，據抄本、薈要本改。

四

為友人壽中丞子初

棲遲林壑，甚雍容、雅量氣横寥廓①。人道魁然真宰輔，心在朝家黄閣。幾卷閑書，一門清樂，不羡千金橐。諸郎楚楚，鳳毛輝映麟角。

今歲錦席雲涼，菊香添麝，竹樹煙霏薄。風愛堂前秋氣好，歌裏甘棠如昨。十二金釵，百壺清酒，細把紅螺酌。年年此日，醉看清獻龜鶴。

【校】

①「寥」，弘治本同元刊明補本；薈要本作「零」，形似而誤。

五

賦雞頭

紫荷盤若，向波心、濈濈鴻頭高啄。滿喙明珠三百顆①，一夕秋風吹落。沙盎圓磋，麝湯旋煮，香噴佳人嚼②，杯盤涼夜，楚江風味依約。

今歲冷淡中秋，空階兩濕，坐久寒生幕。草草時新聊應候，兒女燈前歡噱。趁暖爭拈，分明鬥嗑，翠屑紛如削。老夫傍看，苦吟思與韓較。韓昌黎聯句云「雞頭刺劍石③」。

【校】

①「啄滿喙明珠三百顆」，弘治本同元刊明補本；薈要本作「喙滿喙明珠三百顆啄」，倒。

②「嚼」，抄本同元刊明補本；薈要本作「爵」，半脱。

③「雞」，元刊明補本作「鳥」；抄本作「鴻」，據薈要本改。

六　福建官舍言懷

散材無用，空擁腫、豈是入時花樣？白髮蒼顔官舍底，日把早衙來放。主治官書，隱憂民瘼，擬愜澄清望。簡華霜在，顧余闒甚得喪。

□□□□□□，藕絲能繫，況忝爲司長。後擁前呵非不欲，夢寐山林長往。不憶蓴鱸，不懷松桂，祇爲身多恙。諸公垂顧，免教憔悴煙瘴。

滿江紅　爲大丞相史公壽

柱石中朝，還不減、汾陽勳考。人盡道，今年相府，南衙春早。肘後不知金印大，書中漸覺群疑少。問南枝、消息幾多春，調羹了。

寶竇暖，香雲裊；晴雪霽①，西山曉。見一星，朝出五雲縈繞。漢日舒長鈴閤静，雅歌聲入江淮渺。願神尖、長對壽眉青，應難老。

【校】

①「雪」，抄本同元刊明補本；薈要本作「雲」，涉上而形誤。

二

至元十七年十一月十四日夜，夢丞相忠武史公坐甲第西閤中，余侍立其傍。欻急報至，云有敵犯府城西面。公佩櫜鞬，集將領，將出，余握玉魚一雙，跽請從行。公曰：「不遲！不遲！」因朗誦一樂府，意甚欣暇，曰：「此徒單侍講詞也。」既覺，但記其「日月風雲瀟灑」六字。五夜枕上，因足成之。覺思來甚易，録之以驗他日之祥云。

雷動雲横，驚飆鶩、北城西下。人共駭，赤丸夜語，電光飛射。將領未承諸葛令，櫜鞬已在汾陽胯。笑書生、思握玉鱗符，從公駕。

鈴索静，雲麾亞；追往事，何多暇。道一篇，樂府翰林情話。日月低回黄閣夢，風雲慘淡凌煙畫。儘花邊、高塚卧麒麟，終瀟灑。

三

德元來辭，求贈言爲榮，且及河防利害。又聞介甫提刑捍禦衛災有功，用殷卿嚴韻聊助行色，兼簡德裕、彦隆二良直。

冠劍梁園，又去作、厖眉書客。休自嘆，功名幾許，一家風雪。春色似嫌鶯燕老，秋霜歷試松筠節。愛趙生、游刃簿書間，昆刀鐵。

都會地，繁華歇；形勝在，猶堪説。更諸君、表裏玉煇冰潔。水陸若論都漕計，夷門忍使黄流拆①。好相須、著力障狂瀾②，休傷別。

【校】

①「拆」，弘治本同元刊明補本；薈要本作「折」，形似而誤。後依此不悉出校記。

②「著」，元刊明補本作「箸」，形似而誤；弘治本、薈要本作「着」，亦可通；徑改。

四

復用前韻，有懷西溪梁園之游。

書劍梁園，憶曾是、青驄游客。宫苑廢，三山依約，綠雲紅雪。好在西溪王老子，留連醉書花時節①。記樽前、金縷唱新聲，忘箏鐵。

襟韻合，曾衰歇；消客氣，歆情説。儘暮年②，心事風霜孤潔。一片黄流翻晚照，回鷲靈梵東南拆③。偶追思、往事嘆餘生，長年別。

【校】

①「書」，元刊明補本、弘治本作「盡」，據薈要本改。

②「暮」，元刊明補本作「莫」，據弘治本、薈要本改。

③「靈梵」，弘治本、薈要本作「吴楚」，當以此爲是。

五

不肖目疾中，承都運趙侯天章漕副相過，自惟衰朽，何以得此。昨晚又以樂府見示，疾讀數過，不覺有起予之嘆。復尋前盟，略酬二公雅意。

風月溪堂，也曾是、東州行客。長記得，相逢一笑，羈愁都雪。又對青山談世事，老懷未減元龍節。恨霜蹄、蹴踏短轅間，論鹽鐵。

官裏事，何曾歇；公等志，吾能説。儘縱横，鞭箠玉壺冰潔。爛醉春風能幾度，桃花未了楊花拆①。甚一城、相望半年過，長如別。

【校】

①「拆」，弘治本同元刊明補本；薈要本作「折」，形似而誤。

六

廿一年二月初四日午夜，枕上復繼前韻，書夢中所見。

秣馬膏車，又去作、天涯羈客。明見得，水雲深處，萬花如雪。緑暗江城多洞府，紅燒燭影翻雙節。被曉風、吹散枕中春①，簷間鐵。

塵世事，無窮歇；吾最愛，滄浪說。恐靈均，澤畔衹成孤潔。心事比量無少惡，前途何必論龜折②。儻祥金、陶鑄遇良工，從區別。

【校】

①「被」，元刊明補本作「祓」，據弘治本、薈要本改。

②「折」，元刊明補本、弘治本作「拆」，據薈要本改。

七

至元廿一年歲次甲申二月廿八日，灤口離筵①，送殷卿同寮西還鎮陽。

一柱華峰，綠翠似、芙蓉金削。辜負卻，畫船春水，一尊同酌。寒食清明都幾日，征鞍遽作西歸客。漫春風、檣燕語留人，高城隔。

春草碧，楊花白；粧點就，行軒色。道不應，霜翮能舒長策。三尺青萍風義在，看君冠蓋長安陌。對夕陽、淡處最關情，河梁別。

【校】

①「灤」，元刊明補本作「滦」，形似而誤；據弘治本、薈要本改。

八

壽康平章用臣

柱石中朝，人道是、漢家真相。試看取，鳳池高步，珮聲清響。世祖功臣三十六，策勳合在雲臺上。欲暫分、霖雨霈秦川，從時望。

睿思遠，誰能亮；空健倒，驪駒唱。撫一方，何似際天賚亮①。肘後不知金印重，玉堂正要吾軍張。向五雲、深處望三台，光千丈。

【校】

①「夤」，弘治本同元刊明補本；薈要本作「寅」，亦可通。

鳳凰臺上憶吹簫

爲張孝先紫簫賦係亡金宮中物

宮樹春空，御帡香冷，誰遺金盌人間。愛一枝紫玉，雙鳳聲蟠。秋月春花客思，把幽情、都付伊傳。驚吹處，籟翻天吹，鶴怨空山。

風流貴家公子，記夢裏，瓊樓穩跨蒼鸞。恍露凝銀浦，霜裂琅玕。不見雲間弄玉，餘音散、赤壁江寒①。秦臺曉，碧雲零亂瑤天。

【校】

①「壁」，弘治本同元刊明補本；薈要本作「璧」，聲近而誤。

二　贈喬媼張氏

碧鳳翹寒，玉霄宫晚，雲窗謨讀黄庭①。恨淩波羅襪，洛浦塵生。往事風流雲散，但翠衾、冷落餘馨。人何在，淡粧縞袂，幽樹柴荆。

相逢一樽芳酒，對夜色、疎星歌裊雲停。記水南佳麗，姚魏池亭。夢繞芙蓉城闕，歸馭穩、緱嶺風清。桃花晚，等閑休負瑶英。

【校】

①「謨」，弘治本、薈要本作「誤」。

王惲全集彙校卷第七十五

樂府

木蘭花慢

憲陵臺畔客，笑幾度，送人行。對一道青山，兩行官柳，去住人情。蒼生望初不繫，問此身、何用絆虚名。宦味真成畫餅，隱居卻伴侯鯖①。

十年慚愧草堂靈。自分苦飄零。甚一片閑雲，幾迴歸夢，野釣林耕。浮沉待從里社，覺儻來、軒冕總堪驚。寄謝竹林舊友，且休筆削寒盟。

【校】

①「侯」，薈要本、四庫本同元刊明補本；弘治本作「俟」，形似而誤。

二

送史誠明總管還洛陽，春日飲餞任氏園亭①，時紅梅爛開。

愛春光淡沱，歌吹暖，竹西亭。正花簇金鞍，香翻雪樹②，碧酒同傾。誰將翠帷雙捲，擁紅粧、臨水照娉婷。縹緲凌波仙子，依俙羅襪塵生。　使君高興動青冥。心事怯流鶯。對如畫江山，一時豪傑，湖海交情。自憐鬢華如此③，且相逢、一笑惜飄零。明日河陽客舍，春風柳色青青。

【校】

①「亭」，元刊明補本作「淳」，據弘治本、薈要本、四庫本改。

②「翻」，弘治本闕；薈要本、四庫本作「生」。

③「鬢」，弘治本、薈要本作「人」；四庫本作「年」。

三

嘆西山歸客，又愁裏，過清明。記幕燕巢傾，朝堂人去，往事堪驚。行藏固非人力，頓塵纓、終愧草堂靈。潘岳無閑可賦，淵明何地堪耕①。

漢家一論到書生。六合望澄清。甚樓上元龍，山中宰相，何止虛名。當年卧龍心事，儘羽毛、千古見青冥。憔悴中堂故吏，醉來老淚縱橫。

【校】

①「何」，元刊明補本作「河」，形似而誤；據弘治本、薈要本、四庫本改。

四

河内人焦其氏者作樂器，僅容一握，張以二絃，隱彈袖間，因雙鳴起舞，周旋跕躚，曲盡音節，昔人未之見也。座間承待制翰學命不肖以樂府《木蘭花慢》歌之，因狀其名曰《鳴鳳雙棲曲》。

愛雙鳴棲鳳，趁舞袖，共婆娑。恨疊鼓凝笳，繁絃急管，悲壯何多。金泥小檀花面，儘凄清、翻盡雪兒歌。幄殿悄聞私語，銅龍冷簌秋波。

明粧高燭洗金荷。心賞重經過。聽一曲留連，珠簾畫棟，幾度斜河。紅雲島仙音部，説新聲、得意掩雲和。看取長安日近，春風摇蕩鳴珂。

五

至元七年京師除夜，燈下與兒子孺讀文正范公行己，且憶馬賓王「來事可爲」之語，因感而賦此，以見其志云。

淡中庭瞑色，初遣奠，夜寒凄。對草草杯盤，昏昏燈火，客裏京師。比量舊年心事，笑蹉跎、書劍向來非。誰著朱衣白簡，春風三拜龍墀。　山妻稚子竟何爲。温飽汝嘻嘻。悵故國丘山，蒼煙喬木，鄉月空輝。葵心要須傾日，道等閑、休遣鏡鸞知。自信蒼顏如鐵①，不堪雙鬢如絲。

【校】

①「如」，弘治本、四庫本同元刊明補本；薈要本作「似」。

六

奉送節使賢侯分帥譙軍，兼簡仲季諸卿爲一噱也。且寄聲子初知府。

壯東南一柱，分閫寄，事非輕。見雨露恩綸，河山帶礪，勳府元盟。依依汴堤楊柳，甚一朝、光彩動旗旌。曉日千梁浮蝀，春風百雉嚴城。臨軒鼙鼓正凝情。忠孝舊家聲。看奕世功名，麒麟高閣，宛轉丹青。緑波北潭花影，又一年、春好是清明。彩袖一杯壽了，望中三楚雲平。

七

十三年平陽秩滿清明日賦①

老西山倦客，喜今歲，是歸年。笑鏡裏衰容，吟邊華髮，薄宦留連。功名事元有分，且著鞭、休羨祖生先。望重芙蓉大府②，夢餘禪榻茶煙。

恨無明略卧林泉。平子太拘牽。儘俛首轅駒，寸心能了，猶勝歸田。前塗事，如抹漆，又向誰、重理伯牙絃。自是一生心苦，非關六印腰懸。

【校】

①「秩」，薈要本、四庫本同元刊明補本；弘治本作「秋」，形似而誤。

②「大」，弘治本同元刊明補本；薈要本、四庫本作「天」。

八　望郝奉使墓

灑西風老淚，又馬上，望郎山。對紅露秋香，芙蓉城闕，依舊雄藩。碧雲故人何在，憶扶摇、九萬看鵬摶。賦就鳳凰樓晚，星沉鸚鵡洲寒。

一丘宿草鎖蒼煙。零落復何言。似燕許才名，風雲際會，自古天慳。皇皇使華南下，愛丹衷、擬締兩朝歡。恨殺姦回秋壑，月明愁滿江干。

九

憲臺諸公九日登高□□遠風臺□□□□首唱樂府①，諸公賡和，以紀雅集之盛。余時移病在告，既而君美御史以嚴韻見徵，勉爲續貂云。

遠風臺上客，説雅集，玉生光。縱樽俎無情，登臨佳節，此興能忘。龍山會君莫羡，愛緑蘿、影裏到山莊。驄馬長安清貴，留連春草池塘。

淵明骯髒倚門傍。多病對秋香。悵歲晚田荒，幾多稂莠，蕤蕤登場。人間事，如意少，且同來、一笑共匡牀。寄謝牛山公子，何須揮涕殘陽。

【校】

①「遠風臺」，弘治本同元刊明補本；薈要本、四庫闕。按：補作「韓墅遠風臺，侍御繼先」

十　壽史中丞

相門佳公子，都忘卻，貴人驕。有萬石忠勤，伯魚詩禮，才氣飄飄。風流謝家玉樹，說妙齡、英譽冠東朝。桂殿親承弓研，豸冠高映金貂。

兩臺清議聳風標①。睿眷見恩饒②。要寶瑟朱絃，羹梅伊鼎，試手更調。鳳凰池，還浴鳳，看羽毛、奕世動雲霄。鄭重歲寒貞節③，青松千尺難凋④。

【校】

①「兩臺」，抄本、薈要本同元刊明補本；四庫本作「睿兩臺」，衍。

②「睿」，抄本、薈要本同元刊明補本；四庫本作「幾」，非。

③「歲」，元刊明補本模糊不清；據抄本、薈要本、四庫本補。

④「千」，元刊明補本作「二」，據抄本、薈要本、四庫本改。

十一

再和何侍御前府韻，前章所謂變風，終章止乎禮義而已。

六合一家統，依日月，到重光。道太岱封書①，雲龍接踵，此意難忘。西園萬花繡錯②，好枕中、蝶化似蒙莊。斂翅深棲金粉，貪芳更度銀塘。

一生白眼貴人傍。贏得姓名香。幾戲影棚追③，隨人鼓笛，賀老當場。雖可笑，猶有用，似也勝、東許怒争牀④。静想行藏有命，且休眼熱王陽。

【校】

①「太」，抄本、四庫本同元刊明補本；薈要本作「泰」，亦通。

②「西」，元刊明補本作「丙」，形似而誤；據抄本、薈要本、四庫本改。

③「追」，抄本、薈要本、四庫本作「邊」。

④「東」，抄本、薈要本、四庫本作「陳」。

十二　爲史總帥葛夫人之壽①

靄長筵拜慶，似眉壽，幾人同。更緑髮垂肩，方瞳炯漆，五福尊崇。風流大家儀範，甚能移、子孝作臣忠。獵獵征東漢旆，堂堂南下殊功。

一江春浪醉醒中②。都捲入歌鐘。看和氣怡聲，承顔起舞，袖錦翻紅。雲間婺光分彩，儘瀟然、林下謝家風。笑擁滿庭蘭玉，年年樂事無窮。

【校】

①「葛」，弘治本同元刊明補本；薈要本、四庫本作「尊」。

②「醒」，元刊明補本作「醒」，形似而誤；據弘治本、薈要本、四庫本改。

十三　賦芙蓉杏花

聽夜來微雨①，甚一霎，過東牆。愛活色生香，芙蓉標格，暖貯春光。瓏鬆寶團瓊綴，笑海棠、能睡更無香。爛熳宋郎心眼，風流時世新粧。

少年走馬杏花崗②。勾惹興偏長。記誇酒青旗，樹頭招颭，唤客初嚐。别來吴姬粉面，比舊年、風韻轉芬芳。似覺生紅鬧意，未容説與東皇。

【校】

①「微」，弘治本、薈要本同元刊明補本；四庫本作「風」。

②「崗」，元刊明補本作「樹」，非；四庫本作「岡」，亦通；據弘治本、薈要本改。按：作「樹」者，有違詞韻。

十四

至元十七年上巳日，同西溪公飲鎮陽城南高氏勝遊園，歸賦此詞。

問城南花柳①，最好處，勝遊鄉。對湖水微茫，瑶翻碧瀲②，修禊浮觴。比量今春樂事，憶去年、書劍共遊梁。曉日繁臺古寺，春風碧草宫牆。

人生離別是尋常。兩歲喜徜徉。更金縷新聲，佳人錦瑟，踏遍春陽。多君歲寒心在，似西溪、松柏鬱蒼蒼。記得醉時笑語，夢回枕上猶香。

【校】

①「問」，抄本、薈要本同元刊明補本；四庫本作「聞」，非。

②「瑶」，抄本同元刊明補本；薈要本、四庫本作「摇」。

十五　賦紅梨花①

愛一枝香雪，幾暮雨，洗粧殘。儘空谷幽居，佳人寂寞，淚粉闌干。芳姿似嫌雅淡，問誰將、大藥駐朱顔。塞上燕支夜紫，雪邊胡蝶朝寒②。

風流韻遠更清閒。醉眼入驚看。甚底事坡仙，被花熱惱，惆悵東闌。細傾玉瓶春酒③，待月中、横笛倩雲鬟。吹散碧桃千樹④，盡隨流水人間。

【校】

①「賦紅梨花」，元刊明補本、薈要本、四庫本俱闕，據抄本補。

②「胡」，抄本、薈要本同元刊明補本；四庫本作「蝴」，亦可通。

③「酒」，抄本同元刊明補本；薈要本、四庫本作「釀」。

④「千」，元刊明補本、四庫本作「干」，據抄本、薈要本改。

十六

穀雨日，王君德昂約牡丹之會①，某以事奪，北來祁陽道中，偶得此詞以寄。

問東城春色②，正穀雨，牡丹期。想前日芳苞，近來絳豔，紅爛燈枝。劉郎爲花情重，約柳邊、娃館醉吴姬。羅襪凌波微步，玉盤承露低垂③。春風百匝繡羅圍。看慣綵雲飛④。甚着意追歡，留連光景，回首差池。半春短長亭畔⑤，漫一杯、藉草對斜暉。歸縱荼蘼雪在⑥，不堪姚魏離披。

【校】

①「丹」，元刊明補本闕；據抄本、薈要本、四庫本補。

②「東城」，抄本、薈要本同元刊明補本；四庫本作「城東」。

③「低」，抄本、四庫本同元刊明補本；薈要本作「低微」，衍。

④「慣」，元刊明補本闕；據抄本、薈要本、四庫本補。「綵」，抄本、薈要本同元刊明補本；四庫本作「彩」，亦可通。

⑤「短」，元刊明補本闕；薈要本、四庫本作「坐」；據抄本補。

⑥「荼蘼」，抄本、薈要本同元刊明補本；四庫本作「酴醿」。

十七

和國範郎中見贈嚴韻

卧孤松雲壑，愛青貫，四時心。自絶澗幽蟠，蒼煙高擁，氣壓千林。冰霜幾年凌傲，甚九天、一日露恩深。白璧無雙國士，朱絃三歎遺音。

春風草木變瀟森①。又復見雄襟。想直犯龍顔，片言曾霽，萬里重陰。相逢莫驚白首，更明時、幾世似于今。只恐南陽壟底，空懷梁甫長吟。

【校】

①「森」，抄本、薈要本同元刊明補本；四庫本作「林」。

十八　賦白蓮和王西溪

愛玉華仙供，偶移影，下瑶池。悵野渚蒼煙，結榔非所①，繁豔争欺。風清月寒半墜，道無情、有恨欲誰知。羅襪凌波微步，淡香高韻幽姿。

風煙回首夢共溪。采采畫船歸。趁粉露和香，秋光細釀，瓊液淋漓。招呼謫仙共飲，記兩舷、脚踏醉吴姬。一曲清吟未了，翠盤狼藉珠璣。

【校】

①「榔」，抄本、薈要本、四庫本作「根」。

十九

武邑縣王楫善居室，母爼氏出隆平富家，今年八十有九，慈祥康健，精彩如五六十人。教授馬君向余説如此，因紹介拜求余文①，將爲母氏百世之光。予方以善俗任責，楫之孝養致樂，實有關於風化者，故作是辭以付，俾來者庶有所勸焉。

爛雲衢彩婺，和曉月②，滿庭闈③。正梅粉香飄，林梢紫動④，淑景初遲。觀津盛傳王氏，道孝心、重見老萊衣。和氣一家瑞靄，慈顔九十柔儀。

香燒静院趁朝暉。未省杖扶持。縱德厚流長，遐齡能健，此事應稀。婆娑緑萱堂背，愛一竿、蒼竹六孫枝。照映西山秀色，年年翠點修眉。

【校】

①「紹介」，抄本、薈要本同元刊明補本；四庫本作「介紹」，倒。

②「和」，弘治本、薈要本同元刊明補本；四庫本作「如」，形似而誤。

③「滿」，元刊明補本作「蒲」，形似而誤；據弘治本、薈要本、四庫本改。

④「梢」，弘治本、四庫本同元刊明補本；薈要本作「稍」，形似而誤。

二十　賦酴醾①

愛雪團嬌小，開較晚，儘春融。似麝染沉熏，檀輕粉薄，費盡春工。緑陰小庭晴晝①，放繡簾、輕度竹梢風。待着一天香韻，醉吟留伴詩翁。

洗粧不用露華濃，玉樹濕青葱。欲細挽柔條，重圍錦幄，不放春空。春殘未應多恨，道典刑、猶在酒杯中。何似留芳翠枕，夜深歸夢瑶宫。

【校】

①「晝」，弘治本、薈要本同元刊明補本；四庫本作「畫」，非。

廿一　壽崔子文①

際河山兩界，道此地，正交衝②。纔北渚離筵，南亭奔迓，終歲倥偬。風流故家從事③，暫淹留、蓮幕簿書叢。更辦錦箋詩句，筆端暈碧裁紅。

今朝壽席且從容。賓客喜相同。就雪蟻浮香，眉毫舒彩，莫放杯空。人生正須適意，儘冰梢、蠟蔕未沖融。海曲尚存遺愛，稼齋自有春風。

【校】

①「文」，弘治本、薈要本、四庫本作「交」。

②「交」，弘治本同元刊明補本；薈要本、四庫本作「臨」。

③「事」，弘治本同元刊明補本；薈要本、四庫本作「教」。

廿二　寄王宣慰立夫

浩魚龍灤海①，曾同醉，鳳凰樓。記獵較河南，並持英蕩，千里長遊②。風流故家人物，愛賦詩、鞍馬氣橫秋。落日隆中懷古，薰風洛水浮舟。

重逢春色入東州。小試統清流。看坐嘯江淮，風連臺閣，名動金甌③。經綸半生心事，細推量、合在百花頭。此日清香晝戟，不應談笑封侯。

【校】

①「浩魚」，弘治本同元刊明補本；薈要本、四庫本作「飄泊」。

②「千」，弘治本同元刊明補本；薈要本、四庫本作「萬」。「遊」，弘治本、薈要本同元刊明補本；四庫本作「流」。

③「甌」，元刊明補本作「既」，據弘治本、薈要本、四庫本改。

廿三　爲張詹事壽

愛承華詹尹，儘明略①，更雄襟。甚瀟灑清吟，半生夢寐，銅輦秋衾②。莫論量歸計早③，恐未容、亭扁遂初心。共道東山絲竹④，風雲兩袖商霖⑤。

春坊桃李滿清陰。氣幹鬱千尋。看它日明堂⑥，圜杈偃植，棟宇雄沉。家近上林春早，覺桂香⑦、浮酒動華簪。滿酌一杯爲壽，魯連不用千金。

【校】

①「愛承華簷尹，儘明略」，弘治本作「愛承□□□，□明□」；薈要本作「愛承□□□，□□□」；四庫本作「愛承平宿彥，傳絕學」。

②「衾」，弘治本、薈要本作「爲」，非；四庫本作「深」，非。

③「莫」，弘治本闕；薈要本作「□□」；四庫本作「爲」，非。

④「竹」，四庫本同元刊明補本；弘治本、薈要本闕。

⑤「風雲兩袖商霖」，弘治本作「□雲兩□商霖」；薈要本作「□□□□商霖」；四庫本作「何時雲雨商霖」。

⑥「它」，弘治本闕；薈要本、四庫本作「旭」。

⑦「覺桂香」，弘治本作「覺□□」；薈要本、四庫本作「覺花香」。

廿四　居庸懷古①

壯巉巉鐵峽②，誰設險，劈蒼岑。擁萬里風煙，一拴橫鎖③，形勝雄沉。漢王陽□□□④，憶當年、叱馭走駸駸。半夜郵亭索酒，平明燕市長吟。

追思往事不堪尋。山色古猶今。甚三十年來⑤，青雲垂翅，素髮鬅鬙。投閑卻交應聘⑥，笑委身、從事老難任。立遍西風殘照，山光翠滿疏林。

【校】

①「居庸懷古」，弘治本、薈要本、四庫本脱。

②「壯」，弘治本同元刊明補本；薈要本、四庫本作「望」。

③「拴」，弘治本同元刊明補本；薈要本、四庫本作「栓」，亦通。

④「□□□」，元刊明補本、弘治本、抄本脱；據薈要本、四庫本補。

⑤「十」，弘治本、四庫本同元刊明補本；薈要本作「丁」，形似而誤。

⑥「閑」，薈要本、四庫本同元刊明補本；弘治本作「閉」，形似而誤。

廿五

伏聞鑾輅近在山北，以疾不能前迓，愚衷有不能已者①，作樂府《木蘭花慢》以見葵藿傾嚮之萬一云②。

悵居庸北口，愛蒼靄，擁千岑。潧秋滿陪京③，翠華南狩，萬騎駸駸。從千官瞻天伏④，望清塵、齊拜聽車音。日月中天統在，風雲龍虎臺深。

馬遷留滯卧周南。戀闕破丹心。恨伏枕悠悠，情關藥裹，夢共秋衾。豈知金鑣野鹿，恐暮年、分薄是長林。卻爲有恩未報，許身愧比南金。

【校】

①「已」，弘治本、四庫本同元刊明補本；薈要本脱。

②「木蘭花慢」，弘治本、薈要本同元刊明補本；四庫本作「木蘭花慢一闋」。

③「滿」，元刊明補本、抄本作「蒲」，據薈要本、四庫本改。

④「瞻天伏」，元刊明補本、抄本脱；薈要本闕；據四庫本補。

望月婆羅門引

舜舉，宋屯由幕官也①，與予一見，有忘年之歡。既而告别東遊，賦此爲餞②。

星屯落落，當年旌旆擁雍丘。西風騰踏清秋。回首黄雲畫角③，吹斷夕陽樓。且杯傾竹葉，歌戛吳鉤④。

功名浪求⑤。枉弊盡、黑貂裘。重恨人生無定，長負歡遊⑥。燕鴻南去⑦，悵秋水、秋煙總是愁。江浦晚、穩宿汀洲。

【校】

①「屯」，元刊明補本闕；薈要本、四庫本作「子」；據抄本補。

②「爲錢」，元刊明補本作「篇」；薈要本、四庫本作脱；據抄本補。

③「黄」，元刊明補本闕；薈要本、四庫本作「寒」；據抄本補。

④「鉤」，元刊明補本作「鈞」，據抄本、薈要本、四庫本改。

⑤「功名浪求」，抄本、四庫本同元刊明補本；薈要本作「求功名浪」，倒。

⑥「遊」，元刊明補本闕；據抄本、薈要本、四庫本補。

⑦「燕鴻」，元刊明補本闕；薈要本、四庫本作「行蹤」；據抄本補。

二

小窗人静，梅枝香細月華明。博山一縷雲蒸。好个臞仙風骨，詩思苦憑陵。有閑書遮眼，欹枕松聲①。

素無宦情。較得失、一毫輕。自歎高歌白雪，寡和誰聽。瀟然巾卷，見芝宇、光浮壽頰生。春酒緑、何礙頻傾。

【校】

①「歆」，抄本、四庫本同元刊明補本；薈要本作「歌」，形似而誤。

三

燕城元夕有感，且憶去歲汴梁行樂。

去年元夕，飄零書劍大梁城。春風九市花燈。尚憶東樓行樂，談笑故人情。對一樽芳酒①，滿意歌聲。

今年可能。人與境、兩竛竮。寂寞黃昏陌巷，戍鼓斷人行。梅花歸夢，正一笑、柴門稚子迎。庭樹鵲、何苦頻驚。

【校】

①「芳」，抄本同元刊明補本；薈要本、四庫本作「苦」，形似而誤。

四

太行晴霽，孤墉高處揖清寒。雲間萬髻千鬟。底事春風面目，一變玉巑岏。淡夕陽平遠，野鳥飛還。

青雲莫攀。吾高興、在東山。偃蹇孤松丘壑，不礙春慳。背陰桃李，正藉得、春光亦强顔。長劍鋏、且莫輕彈。

五

柳邊層榭，倚闌人共月孤高。亂雲脱壞崩濤。一片廣寒宫殿，桂影數秋毫。儘掀髯老子，露濕宫袍。

人生此朝。能幾度、可憐宵。況對清樽皓齒，舞袖纖腰。碧空如洗①，拚一醉、河傾轉斗杓。今夕樂、歸夢臨皋②。

【校】

①「空」，元刊明補本闕；薈要本、四庫本作「天」；據抄本補。

②「夢臨皋」，元刊明補本闕；薈要本、四庫本作「路逍遥」；據抄本補。

六

昨者觀唐津舟車之盛，通湊南北①，實爲燕南一咽會也②。第吾輩居此，有抱瑟竽門之嘆，以《婆羅門》歌之。

河山清眺，風煙兩戒見殷都。唐津浩浩舟車。一水東浮滄海，實帶束燕吴。更中州雄跨，奇貨堪居。

平生壯圖。笑到此、反區區。正似齊門抱瑟，不解吹竽。視吾耿耿，道玉佩、或能利走趨。如不爾、歸老樵漁。

【校】

①「北」，元刊明補本闕；據抄本、薈要本、四庫本補。

②「實爲」，元刊明補本闕；薈要本、四庫本作「誠爲」；據抄本補。

七

爲吹頭管張解愁賦

愁懷索寞，悠悠心事野鷗邊。幾回崔九堂前。照眼故家風調，人物尚依然。按清商一曲，傾動華筵。新聲巧翻。道且莫、詑真元。愛煞珠繩銀管，滿意清圓。風花無夢，待回施①、春光與少年。杜陵老、凄斷鄰船。

【校】

①「施」，抄本、薈要本同元刊明補本；四庫本作「放」。

春從天上來

承御韓氏者，祖母之姪也，姿淑婉，善書，年十一選入宫。既笄，爲承御，事金宣宗、天興二帝①，歷十有九年，正大末以放出宫。明年壬辰，鑾輅東巡。又明年，國亡於蔡，韓遂適石抹子昭②，相與流寓許昌者餘十年。大元至元三年，弟澍爲汲令，自許迎致淇上者累月。一日酒間③，談及宫掖故事，感念疇昔，如隔一世而夢鈞天也，不覺泣下，予亦爲之欷歔也。今將南歸，贅兒子魄於許，既老且貧，靡所休息，而抱秋娘長歸金陵之感。迺爲賦此，庶幾攄瀉哀怨，洗亡國之愁顔也。且使好事者倚其聲而歌之，不必覩遺臺而興嗟，過故都而動黍離之歎也。歲丙寅秋九月重陽後二日，翰林修撰王惲引。

羅綺深宮。記紫袖雙垂，當日昭容。錦封香重，彤管春融。帝座一點雲紅。正臺門事簡，更捷奏、清晝相同。聽鈞天，侍瀛池内宴，長樂歌鐘。

回頭五雲雙闕④，悦天上繁華，玉殿珠櫳。白髮歸來，昆明灰冷，十年一夢無蹤。瀉杜娘哀怨，和淚把、彈與孤鴻。淡長空。看五陵何似，無樹秋風。

【校】

①「帝」，弘治本、薈要本同元刊明補本；四庫本作「年」，非。

②「石抹」，弘治本同元刊明補本；薈要本作「舒穆嚕」；四庫本作「石林」。

③「間」，元刊明補本作「問」，形似而誤；據弘治本、薈要本、四庫本改。

④「回頭」，弘治本、薈要本同元刊明補本；四庫本作「待回頭」，衍。

摸魚子

賦白蓮，至元廿二年乙酉九月重九后三日雨中作。

澹亭亭，影摇溪水，芳心知爲誰吐。王華寶供年年事①，消得一天清露。私自語②。君不見仙家，玉井無今古。淡粧誰妬。儘千頃昆明，紅幢翠蓋，雲錦爛秋浦。瓊綃襪，自有凌波故步。賞心莫遣遲暮。風清月冷無人見，零亂碧煙脩渚。聞好去。待醉浥秋香，不羡風標鷺。遠遊重賦。擬太一真仙，共浮滄海，一葉任掀舉。

【校】

①「王」，弘治本、薈要本、四庫本作「正」。

②「私」，元刊明補本作「松」，形似而誤；據弘治本、薈要本、四庫本改。

二

送雷彦正西還，時授恩州倅。

望都門，滿山晴雪，怱怱君又西去。當時漢將征西幕，氣壓瘴江煙雨。還自許。儘虎穴雄探①，萬里班超舉。燕臺再遇。甚牢落高情，霜風偃薄，似厭貂裘土。絃歌事，正爾邯鄲故步。功名從此軒翥。一麾回首甘陵樹，千室正歌來暮。須記取。拊摩外催科，未礙陽城古。征鞍莫駐。趁渭北春天，升堂拜慰，捧檄爲親舞。

【校】

①「雄」，元刊明補本作「椎」，形似而誤；據弘治本、薈要本、四庫本改。

奪錦標

君卿宣慰來別，索鄙作賮行，賦樂府《奪錦標》爲贈，庶酒酣相憶，倚聲歌之，六朝老樹不無動色也。

六郡雄藩，會稽旁帶，兩浙風煙如昔。碧草莫傷春浦，冠蓋東南，幾多行客。正新亭父老，望雲霓、苦思休息。道朝家、雨露同春，問甚江南江北。

賀監歸舟逸興，何似雙旌，儘慰元郎行色。鏡水緑通朱閣，威暢恩宣，海波春寂。笑東山老去，此心初、非泉石①。約海樓、翡翠同遊，醉裏山陰陳迹。

【校】

①「此心初、非泉石」，元刊明補本、弘治本、薈要本、四庫本疑皆脱一字。

喜遷鶯　祁陽官舍早春聞鶯

五更殘夢。聽緑窗鶯語，羅衾香擁。百囀多情，嬌啼無淚，枕上一聲時送。真成翠髪雙筍①，當户玉琴初弄。欲誰共。趁風和求友，喬林煙蓊。

春動。花氣重。暗度垂楊，暖入酴醿洞。倦客芳悰②。佳人幽思，愁滿彩牋金鳳。自憐比來心事，兩翅果誰摶控③。聽指縱。望高城落日，黄塵飛鞚。

【校】

①「髪」，弘治本同元刊明補本；薈要本、四庫本作「娥」。

②「悰」，弘治本同元刊明補本；薈要本、四庫本作「蹤」。

③「摶」，弘治本、薈要本同元刊明補本；四庫本作「搏」，形似而誤。

二　題聖姑廟

仙姓郝氏，博陵縣會渦里人。里去滱水甚邇，水多蘋蘩蘭茝。仙年方笄，姿態殊麗①，嘗同女郎輩採蘋溪中，樂而忘返。一日，欻蒼煙盛起，白晝異色②，龍淵鮫室，金支光爛，飄飄然有波神泝流而上。衆姝驚散③，仙獨留不去，遥見與神顧語，乘碧茵同逝。俄煙開日晶，遂失所在。其母哀求水濱，願言一見，良久，覺異香襲人，仙霧鬟風馭，隱約於波渚間，若有以謝曰：「兒以靈契，託跡綃宫，陰主是水，塵緣已斷，毋庸悲悒。今而後，使鄉梓田蠶歲宜，有感而通④，乃爲吾驗。」時魏青龍二年也。後人相與館仙於博陵城，臺制甚宏麗。縣教諭李曜告余如此，今燕、趙間冷竈日香火趨祀者⑤，所至風動，以「孝感聖姑」稱云。至元庚辰夏四月，按部至縣，喜其事甚異，爲民禱蠶祠下，以仙吕命曲，庶爲迎送神辭，俾邦人歲時歌以祀焉。

汀洲蘋滿。記翠籠采采，相將鄰媛。蒼渚煙生，金支光爛，人在霧綃鮫館。小鬟頓成雲散，羅襪凌波不見。翠鸞遠。但清溪如鏡，野花留靨。

情睠。驚變現。身後神功，緑滿吴蠶繭。漢女菱歌，湘妃瑤瑟，春動倚雲層殿。彤車載花一色，醉盡碧桃清燕。故山晚。嘆流年一笑，人間飛電。

【校】

①「態」，薈要本、四庫本同元刊明補本；弘治本作「熊」，形似而誤。

②「晝」，薈要本、四庫本同元刊明補本；弘治本作「畫」，形似而誤。
③「姝」，元刊明補本作「妹」，形似而誤；據弘治本、薈要本、四庫本改。
④「通」，弘治本、四庫本同元刊明補本；薈要本作「過」，形似而誤。
⑤「冷」，弘治本、薈要本同元刊明補本；四庫本作「合」。

三

己丑秋八月廿六日，雨中飲賈方叔家。樂籍劉氏歌以侑觴，衆賓欣然爲之賞音。劉因求樂府於予，遂賦此，且道坐客醉語。

秋懷誰寫，聽一聲金縷，同傾芳酒。嬌囀林鶯，圓纍珠串①，春在碧羅雲袖。宫中磬簴齊發，字外五音何瀏。坐間友。道江南風月，此聲無有。回首。傷離久。三疊陽關，不到青青柳。得意石州，片帆雲影，翻動海山明秀。風流故家未減，自笑杜陵衰叟。再相遘。卷中人正好，崔徽消瘦。

【校】

①「圓」，元刊明補本作「圓」，形似而誤；據弘治本、薈要本、四庫本改。

感皇恩

贈李士觀。諱儀，霸州人。予廿時，鹿庵先生門同舍郎也，性端方。嘗爲刑司經歷官，好學不倦，與人交有終始。

回首竹林遊①，山陰陳迹。洒落襟期記疇昔，論文把酒，醉盡清泉白石。幾年江海上、空相憶。

邂逅淇南，羈愁都釋。兩鬢憐君更如漆。幽懷重敍，不待小槽紅滴。新詩隨咳唾、驪珠濕。

【校】

①「竹」，弘治本同元刊明補本；薈要本、四庫本作「山」。

二

贈元舜舉。嘗爲宋文卿屯田官，以善歌聞天下，祁州人。與參政楊西庵爲通家。

今夕是何年，故人相遇。快著銀杯瀉春露。高陽舊友，要聽一聲金縷。行雲留不去，驚如許。

鳳喙微吟，珠繩低度。夜半銀屏恍私語①。庭花零亂，掩盡六朝瓊樹。明朝南浦道，傷平楚。

【校】

①「私」，元刊明補本作「彩」，形似而誤；據弘治本、薈要本、四庫本改。

三　題沙河南封鎮壁留别元舜舉

濃緑漲千林，征鞍東去。十日祁陽爲君住。幾回清唱①，飛盡海棠紅雨。人生當適意，何良苦。

簿領閒堂②，風沙長路。贏得佳人怨遲暮。沙頭酒盡③，猶惜玉鞭輕舉。一聲聲不斷，歌金縷。

【校】

①「唱」，弘治本同元刊明補本；薈要本、四庫本作「溜」。
②「間」，元刊明補本、弘治本闕；據薈要本、四庫本補。
③「酒」，弘治本同元刊明補本；薈要本、四庫本作「滔」。

四

暴下晉州①，卧病中謝故人相訪。

暴下晉州城，茫然心曲。卧對風軒數竿竹。暑光不受，似我腰圍束②。病機還自忖③、非寒燠。　力仕難任，居閑不足。風雨憂愁更相促。星星鬢影，中有利名千斛。省來都外物、真蠻觸。

【校】

①「暴」，元刊明補本、弘治本、四庫本作「瀑」，據薈要本改。
②「束」，元刊明補本、弘治本作「東」，據薈要本、四庫本改。

③「忖」，弘治本、薈要本、四庫本作「恃」。

五

史公總帥子明命題其弟柔明所寫《平江捕魚圖》，乃以樂府《感皇恩》歌之。古人稱文章與畫同一關紐，所媿辭意恐不稱於畫也。

疊嶂際清江，楓林輝映。潮落波平鏡光静。六朝興廢，都付漁郎煙艇。尊鱸香正美、秋風冷。　　笳鼓歸來，風雲增勝。夢裏無煩想幽景。風流公子，寫出五湖高興。畫中還領取、江山影。

六

至元十七年八月八日爲通議西溪兄壽。三十年前，西溪授館蘇門趙侯南衙，予始相識。時初夏，桐陰滿庭，故有「南衙清晝」之句。

少日竹林遊，鳳麟飛走。一段江山最英秀。南衙傾蓋，滿院桐陰清晝。鬢□□□際①、渾依舊。

雲夢心胷，文章山斗②。好个經綸玉堂手，婆娑桂影，凉入露槃仙酎。一杯先領取、喬松壽。

【校】

①「鬢□□□際」，弘治本同元刊明補本；薈要本、四庫本作「鬢絲清鏡裏」。

②「文」，元刊明補本、弘治本作「又」，據薈要本、四庫本改。

七

昔向長年老敕斷家事，無令子孫關白，時人高之。今總帥公以鴻名茂績照映一世，未老，得請于朝，亦慕子平爲人，盡以内務付之諸郎。其賢於人遠甚，某喜聞而樂道之，爲賦此以歌其盛德云。

節序四時間，功成還退。此事君侯與心會，幽亭高卧，眼冷畫堂金翠。越粧都付與、諸郎輩。

虎帳籌邊，錦韉歌凱。慘淡風雲夢江海。大弨挂壁，小隱一枝松蓋。清閑人道勝、中書拜。

八

送子初中丞赴燕，時予在真定憲司，坐間作，勸子初酒。

燈火夜闌珊，故人相對。忘盡南窗引書睡。情談亹亹，時帶少年風味。門前霜月炯、停吟轡。　湖海相望，金蘭交契①。白髮中年能幾會。明朝趙北，又是摇摇風旆。一杯還到手、休辭醉。

【校】

①「蘭」，薈要本、四庫本同元刊明補本；弘治本作「闌」，半脱。

九

夏日同延陵君過簽事順之心遠堂，以《感皇恩》歌之①。

書葉散芸香，牙籤無數。案上藜羹當膏乳，地偏心遠，日與聖賢晤語。市聲飛不到、横披處。

一炷龍涎，滿甌春露。旋掃幽軒約賓住。清談有味，總是故家風度。子雲亭户好、龍津路。

【校】

①「皇」，弘治本、四庫本同元刊明補本；薈要本作「君」，非。

十　廣平道中寄總管甯端甫

風雨暗公堂，故人晤對。邂逅燕城又三載。偶因官事，喜向廣平重會。照人光彩好、心期在。

萬里功名，半生湖海。十五年間鬢顔改。笑談尊俎，比老幾回傾蓋。秋風橫漯上、期相待。

十一

癸未重午日，治頭回鑾①，得《感皇恩》一闋，他時倚聲歌之，不能無相憶之情也。示秀才鄭彦通。

流水小橋横，治頭沙路。一道清陰轉林塢。滿襟涼潤，猶是夜來新雨。幽禽忺客至、如晤語②。

坐蔭辛夷，閑揮吟麈。澤畔行歌恐良苦。人生適意，正要時情容與。卻憐身處世、初無補。

【校】

①「治」，弘治本同元刊明補本；薈要本、四庫本作「冶」。

②「忺」，弘治本、四庫本同元刊明補本；薈要本作「欣」。

十二

乙酉歲八月九日晚，積雨開霽，碧空如洗，月色入户，似與幽人約者。遂披衣步月於庭中。久之，覺風露凛然，恍疑去青冥無幾也，因以《感皇恩》歌之，且寓幽懷之梗概云。

佳節近中秋，秋霖晴快。飛浄殘雲碧空大。金波穆穆，掩盡玉繩光彩。坐來風露冷、青冥外。

世運難前，儒冠何賴。四壁相如到沽賣。紛紛過眼，多少時情物態。杳然清夢去、桴滄海①。

【校】

①「桴」，弘治本、四庫本同元刊明補本；薈要本作「浮」，亦可通。

十三 與客讀辛殿撰樂府全集①

幽思耿秋堂，芸香風度。客至忘言孰賓主。一篇雅唱，似與朱絃細語。恍疑南澗坐、揮談麈。

霽月光風，竹君梅侶。中有新亭淚如雨。力扶王略，志在中原一舉。丈夫心事了、驚千古。

【校】

①「樂」，四庫本同元刊明補本；弘治本、薈要本作「案」，形似而誤。

十四　贈提刑曹仲明

把酒愛髯卿，故家風度。不爲臨江老能賦。飽諳世事，成敗見來無數。歲月如流睽、離良苦。

春事瓓珊、飛花落絮①。更著佳人怨遲暮②。羈愁頓解，一笑團圓兒女。慇懃君記取、周郎語。

【校】

①「春事瓓珊、飛花落絮」，元刊明補本、弘治本闕；據薈要本、四庫本補。

②「遲暮」，弘治本、薈要本同元刊明補本；四庫本作「暮遲」，倒。

十五　登樓即事

斜日倚高樓，亂峯圍繞。山色湖光翠如掃。天涯倦客，目斷野煙高鳥。老境騷騷憂、心悄悄。

拂袖歸來，菟裘草草①。也待癡頑事須了。故園三徑，已是菊荒松老。諸君應有語、歸來好。

【校】

①「拂袖歸來，菟裘草草」，元刊明補本、弘治本脱；據薈要本、四庫本補。

十六

辛卯年秋八月，與周宰遊王氏祠堂。

日日午餐餘，即須幽討。拄杖長行覓周老。三杯兩琖，不致玉山傾倒。與君何處去、乾岡好。

松影閑庭，長吟藉草。白髪多來故人少。春山何在，兩樹寒梅枯槁。一聲鄰笛起、催歸早。

十七

史總管誠明伯還汶川①，老懷淒然，有不能已者，賦《感皇恩》歌以送之。

十里走徵車，笑余游宦。老馬爲駒望英盼。客懷相慰，時對淩煙生面。浩歌雖慷慨、南山粲。

公子翩翩，沉酣經傳。不是當年閉門衍。楊花歸路，肯逐東風流轉。且遮西日去、長安遠。

【校】

①「川」，弘治本同元刊明補本；薈要本、四庫本作「州」，當形似而誤。

十八 壽表弟韓雲卿

臨事羨君材，笑余拙宦。待詔雲龍更英盼。夢迴孤枕，依舊新豐旅爨。明時無寸補、空留戀。

綠泛蓮波，望高霄漢。灑灑元康濟時彦。諸公延譽①，莫爲驥淹臺院。百年安健裏、千千筭。

【校】

①「延」，弘治本、薈要本同元刊明補本；四庫本作「廷」，形似而誤。

十九 壽左司吴君章母夫人①

曉色静簾櫳，嫠光千丈。香滿含真泛春釀。洛花呈瑞，照眼一枝先放。要將金屑粉、粧仙仗。

月榭焚香，松陰扶杖。好箇人間壽星樣。爛斑舞袖②，輝映鳳池春浪。年年稱慶日、長無恙。三月十二日，時襄下有牡丹兩闌③，内一花獨先開。

【校】

①「章」，弘治本同元刊明補本；薈要本、四庫本作「草」，形似而誤。

②「爛」，弘治本同元刊明補本；薈要本、四庫本作「斕」，亦可通

③「襄」，弘治本、薈要本、四庫本作「庭」，當以此爲是。

二十 壽董野莊

健羨玉堂仙，中朝元老。過眼浮華任紛擾。百年心事，愛煞野莊春好。南枝誰道是、調羹了。

風月吟懷，冰霜節操。千尺青松儘難稿①。春宫調護，好箇當年商皓。日邊消息近、中書考。

【校】

①「稿」，弘治本、薈要本、四庫本作「槁」，亦通。